संक्षिप्त
पर्यायवाची
शब्दकोश

सिविल सर्विस, बैंक पी.ओ, रेलवे, टी.ई.टी, स्कूल व कॉलेज के छात्र-छात्राओं
एवं सभी प्रतियोगी परीक्षाओं के अभ्यर्थियों के लिए विशेषत: उपयोगी

अरुण सागर 'आनन्द'

वी एण्ड एस पब्लिशर्स

प्रकाशक

वी एण्ड एस पब्लिशर्स

F-2/16, अंसारी रोड, दरियागंज, नई दिल्ली–110002
☎ 23240026, 23240027 • फैक्स: 011-23240028
E-mail: info@vspublishers.com • *Website:* www.vspublishers.com

क्षेत्रीय कार्यालय : हैदराबाद
5-1-707/1, ब्रिज भवन (सेन्ट्रल बैंक ऑफ इण्डिया लेन के पास)
बैंक स्ट्रीट, कोटी, हैदराबाद–500 095
☎ 040-24737290
E-mail: vspublishershyd@gmail.com

शाखा : मुम्बई
जयवंत इंडस्ट्रिअल इस्टेट, 1st फ्लोर–108, तारदेव रोड
अपोजिट सोबो सेन्ट्रल, मुम्बई – 400 034
☎ 022-23510736
E-mail: vspublishersmum@gmail.com

BUY OUR BOOKS FROM: | AMAZON | FLIPKART |

© कॉपीराइट: वी एण्ड एस पब्लिशर्स
ISBN 978-93-505713-3-0
संस्करण 2020

प्रकाशकीय

वी एण्ड एस पब्लिशर्स ने पिछले दिनों विज्ञान से सम्बन्धित कई शब्दकोश प्रकाशित किये हैं। इसी क्रम में जब हमारा ध्यान मातृभाषा हिन्दी की ओर गया तो बाजार में हिन्दी से सम्बन्धित अन्य शब्दकोशों की कमी को महसूस करते हुए **पर्यायवाची शब्दकोश** संकलित करने का निश्चय किया गया। हमारे निर्देशानुसार लेखक अरुण सागर 'आनन्द' ने लम्बे समय तक परिश्रम करने पश्चात् छात्र-छात्राओं, शिक्षकों, लेखकों, कवियों तथा तमाम हिन्दी प्रेमी पाठकों की जरूरतों को देखते हुए हिन्दी पर्यायवाची शब्दकोश का संकलन किया है। इस पर्यायवाची शब्दकोश में पाठकों की सुविधा के लिए शब्दों का संपादन वर्णमाला अनुक्रम के अनुसार किया गया है। शब्द पर्याय के लिए तत्सम्, तद्भव, देशज, विदेशज आदि सभी प्रकार के शब्दों का संकलन किया गया है। वैसे आंचलिक शब्दों को इस शब्दकोश से हटा दिया गया हैं जिसकी सर्वमान्यता पर किसी प्रकार का संदेह उत्पन्न हो।

हमें पूर्ण विश्वास है कि प्रस्तुत पर्यायवाची शब्दकोश पाठकों के शब्द सामर्थ्य को बढ़ाने में अत्यंत उपयोगी साबित होगा। प्रकाशन सम्बन्धी किसी त्रुटि या भूल सुधार के लिए पाठकों से सुझाव सादर आमन्त्रित हैं।

आपकी सेवा में सदैव समर्पित!

प्रस्तावना

प्रिय छात्रगण,

वर्तमान समय कठिन प्रतियोगिता का है लेकिन प्रतिभाशाली व्यक्ति प्रत्येक परिस्थिति में सफलता प्राप्त कर लेते हैं। एक सफल प्रतियोगी में दृढ़-इच्छाशक्ति, कड़ी मेहनत एवं सटीक रणनीति का होना अतिआवश्यक है। इस सटीक रणनीति का एक हिस्सा सर्वोत्तम पुस्तकों का चयन करना है।

हिन्दी भाषा को सामान्य रूप से व्यक्त करने के लिए पर्यायवाची तथा विलोम शब्दों की आवश्यकता हर विद्यार्थी को होती है, ख़ासकर आई.ए.एस की परीक्षा देने वाले विद्यार्थियों को। इसके बग़ैर हिन्दी में उत्कृष्ट लेखन संभव नहीं है।

प्रस्तुत शब्दकोश में भाषण, संवाद लेखन एवं साहित्य सृजन में सामान्य रूप से प्रयुक्त होने वाले शब्द तथा उनके सटीक पर्यायवाची व विलोम शब्द उपलब्ध कराये गये हैं। इसके अतिरिक्त सामान्य रूप से हिन्दी में प्रयुक्त होने वाले उर्दू शब्दों तथा उनके पर्याय व विलोम शब्दों को भी इस कोश में सम्मिलित किया गया है, जिससे इसकी उपयोगिता और बढ़ गयी है।

मैं उम्मीद करता हूँ कि यह शब्दकोश सभी हिन्दी एवं अहिन्दी भाषियों के लिए उपयोगी साबित होगा। किसी भी भाषा को साहित्यिक दृष्टि से बोलने, लिखने तथा उनकी हमें शुद्धता के लिए उन सटीक शब्दों की ज़रूरत होती है, जो हिन्दी साहित्य की गरिमा में चार चाँद लगा दे। साहित्य के सृजन में पयार्यवाची एवं विलोम शब्दों का अपना महत्त्व है।

इस कोश में भाषा की शुद्धता पर पूरा ध्यान रखा गया है और यदि इसका क्रमबद्ध रूप से अध्ययन किया जाये तो सामान्य अध्ययन पर कम से कम श्रम में अधिक से अधिक शब्दों को स्मरण किया जा सकता है।

आशा है कि यह कोश उपयुक्त शब्द तलाश करने वालों और आई.ए.एस. प्रतियोगिता के साथ अन्य सभी प्रतियोगी छात्रों के लिए लाभप्रद सिद्ध होगा।

अ

अ - देवनागरी और संस्कृत कुटुंब की अन्य वर्णमालाओं का पहला अक्षर और स्वर वर्ण है। इसका उच्चारण स्थान कंठ है। व्यंजन वर्णों का उच्चारण 'अ' वर्ण की सहायता के बिना नहीं हो सकता। यथा क+अ = क, ख+अ = ख आदि वर्ण अकार के साथ बोले और लिखे जाते हैं। उपसर्ग के तौर पर 'अ' का प्रयोग करने से यह रहित, उलटा के अर्थों में प्रयुक्त होते हैं। उदाहरण- स्वस्थ-अस्वस्थ। स्वस्थ के पूर्व 'अ' वर्ण का प्रयोग करने से इसका अर्थ उलटा हो जाता है।

अंक–1. संख्या, नंबर, आँकड़ा; 2. निशान, चिन्ह, छाप; 3. गोद, अंकवार, आँक; 4 दाग़, धब्बा।

अंकन–अनुरेखन, प्रत्यंकन, अनुरेखण, रेखानुरेखण, अक़्स बनाना, ख़ाका बनाना, लेखन।

अँकाई–मूल्यांकन, अंदाजा, आँकने की क्रिया।

अँकुर–अँखुआ, आँख, कोंपल, कलिका, नोक, प्ररोह, कनखा, भराव, उपरोपिका, किसलय, नवपल्लव।

अंकुश–1. दबाव, रोक, अंकुसी, गजांकुश; 2. हाथी को नियंत्रित करने की कील; 3. नियंत्रित करने या रोकने का तरीक़ा।

अंग–1. भाग, अवयव, हिस्सा, संघटक, घटक, उपादान; 2. अंश, खंड, टुकड़ा; 3. शरीर, तन, देह, गात, गात्र।

अंगज–1. बेटा, लड़का, सुत, सुवन, आत्मज, तनुज, तनय, नन्दन, लाल, पुत्र; 2. रोम, केश, बाल।

अंगजा–बेटी, लड़की, सुता, आत्मजा, तनुजा, तनया, नंदिनी, दुहिता, पुत्री।

अँगड़ाई–आलस्य दूर करने के लिए शरीर को खींचना, मोड़ना, चेतन होने के लिए उपक्रम करना।

अंगद–1. बाजूबंद, भुजबंध; 2. बालिपुत्र, बालिकुमार, तारेय, बालितनय।

अँगना–कामिनी, वामा, सुंदरी, सुमुखी।

अंग-भंग करना–अपंग करना, विकलांग करना, अंगहीन करना, हाथ-पैर काट देना; 2. मोहित करने के निमित, स्त्री की कटाक्ष क्रिया।

अंगार–चिनगारी, अँगारा, दहकता हुआ कोयला, धुँआरहित कोयला।

अंगिया–वक्ष-स्थल को ढँकने के लिए स्त्रियों द्वारा प्रयुक्त अंतर्वस्त्र, बॉडिस, चोली, कुरती, कंचुकी।

अंगी–1. मुख्य, प्रमुख, प्रभावकारी; 2. रस प्रमुख भाव।

अंगीकरण–स्वीकार, स्वीकारोक्ति आत्म-स्वीकृति, क़बूल करना, अंगीकार, मंजूर।

अंगीठी–प्रतप्त कोयलों का समूह रखने को एक पात्र, बोरसी, आतिशदान, सिगड़ी।

अँगूठी–मुद्रा, मुँदरी, छल्ला, मुद्रिका, अंगुष्ठिका, अंगुलिमुद्रा, अँगुश्तरी।

अंगूर–दाख, किशमिश, द्राक्षा।

अँगोछा–गमछा, तौलिया, उपवस्त्र।

अँग्रेज़–फिरंगी, गोरा, आंग्लदेशी।

अंचल–1. आँचल, पल्ला, पल्लू, छोर; 2. सीमा प्रदेश (सीमांत) क्षेत्र; 3. किनारा, तट।

अंजन–1. सुरमा, काजल; 2. आँजन, काजल।

अंजुमन–संघ, सभामण्डली, सभायोजन, संगठन।

अँटसँट–अंडबंड, अव्यवस्थित, अनावश्यक, अनुपयुक्त, ऊटपटांग।

अंड–1. अंडा, डिंबा; 2. अंडकोश, फोता।

अंत–1. समाप्ति, इति, इतिश्री; 2. छोर, किनारा, सिरा; 3. मृत्यु, मरण; 4. नाश, उन्मूलन, निरसन, उत्सादन; 5. फल, नतीजा, अंजाम, परिणाम।

अंतःकरण–अंतर्मन, अंतरात्मा, हृदय, मन।

अँतड़ी–आँत, अंतड़ी, अन्त्र।

अंतःपुर–ज़नानखाना, रनिवास, हरमखाना, महल के भीतर स्त्रियों के रहने की जगह।

अंतर–1. भेद, फ़र्क़; 2. आड़, परदा, ओट; 3. फ़ासला, दूरी।

अंतरात्मा–अंतःकरण, अंतर्मन, हृदय।

अंतरिक्ष–अंबर, आकाश, आसमान, अनत, गगन, नभ, व्योम, महाव्योम, शून्य, ज्योतिष्पथ।

अंतर्गत–शामिल, सम्मिलित, भीतर आया हुआ गुप्त।

अंतर्दृष्टि–ज्ञानचक्षु, सूझ, आत्मचिन्तन।

अंतर्द्वंद्व–मानसिक संघर्ष, दुविधा।

अंतर्धान–ओझल, गायब, लुप्त, अदृश्य।

अंतर्हित–अदृश्य, छिपा हुआ, गायव, लुप्त, गुप्त, तिरोहित।

अंदाज़–1. अनुमान, अटकल; 2. नाप-जोख, कूत, परिणाम; 3. ढंग; 4. हाव-भाव, भाव, मटक, ठसक।

अंदेशा–1. सोच, चिन्ता, फ़िक्र, खटका; 2. भय, ख़तरा, भास; 3. सन्देह, आशंका; 4. दुविधा, असमंजस, पसोपेश।

अंधकार–अंधेरा, अंधेरी, अँधियारा, अँधियारी, तम, तिमिर, तमस, कालिमा, धुन्धकार।

अंधकारमय–तमोमय, तमाच्छादित तिमिरावृत्त।

अंधा–1. अंध, नेत्राहीन, चक्षुहीन, सूरदास; 2. मूर्ख, अज्ञानी, विवेकशून्य।

अँधेर–1. अँधेरखाता, धाँधली, अन्याय, बेइंसाफ़ी; 2. अशांति, विप्लव।

अंधेरी रात–तमी, तामसी, तमस्विनी, श्यामा।

अंब–1. अंबा, माता, जननी।

अंबर–1. आकाश, आसमान, गगन; 2. कपड़ा, वस्त्रा, वसन; 3. बादल, मेघ, घन, वारिद, नीरद।

अंबार–ढेर, राशि।

अंबिका–1. माता, माँ; 2. पार्वती, देवी, दुर्गा, देवकन्या; 3. अंबाष्ठालता।

अंश–1. हिस्सा, भाग, अवयव, खंड टुकड़ा; 2. अंश की भिन्न की रेखा से ऊपर संख्या।

अंशु–किरण, प्रभा, ज्योति, सूर्य।

अकड़–1. ऐंठ, तनाव;, 2. अभिमान, घमंड, शेखी; 3. धृष्टता, ढिठाई।

अकड़ जाना–कठोर हो जाना, पथरा जाना, ऐंठ जाना।

अकथ–अनिर्वाच्य, अवाच्य, अवचनीय, अकथ्य, वर्णनातीत, अवर्णनीय।

अकल्याण–1. अशुभ, अमंगल; 2. अहित, अनिष्ट, ख़राबी, हानि।

अकस्मात्–अचानक, सहसा, तत्क्षण, संयोगवश, अकारण, अनायास, दैवयोग, यकायक, हठात्, एकाएक, एकदम।

अकारण–बेमतलब, बेबात, बेवजह, बेसबब, नाहक, कारणरहित, निष्प्रयोजन।

अकारथ–बेकार, व्यर्थ।

अकाल–1. दुर्भिक्ष, भुखमरी, कुसमय, काल, दुष्काल; 2. महँगी, मूल्यवृद्धि, तेज़ी।

अकिंचन–तुच्छ, दरिद्र, ग़रीब, निर्धन, कंगाल, दीन।

अकुलाना–1. आकुल होना, घबराना, व्याकुल होना, अधीर होना; 2. ऊबना, उकताना।

अकृतज्ञ–कृतघ्न, एहसानफ़रामोश।

अकेला–1. एकाकी, तनहा, एकमात्र, अद्वितीय, अनन्य; 2. अकेले-अकेले, अकेले-दम।

अकेलापन–एकांतिकता, एकांतवास, एकाकीपन, विविक्तता।

अक्खड़–अनौपचारिक, धृष्ट, नियम विरुद्ध, शिष्टाचार विहीन, ग़ैररस्मी, बेतकल्लुफ़।

अक्षर–1. वर्ण, हरुफ; 2. अविनाशी।

अकसर–प्रायः बहुधा, अधिकतर, प्रायशः, अधिकांशतः।

अखंड–1. पूरा, समूचा, पूर्ण, अविभक्त; 2. अजस्र, निरंतर, लगातार; 3. अक्षय, अक्षुण्ण।

अखंडता–सततता, निरंतरता, अविच्छेदता, अविच्छिन्नता, अछिन्नता, पूर्णता।

अखरना–1. बुरा लगना, अप्रिय लगना; 2. कष्टदायी लगना, दुःखदायी लगना, खलना।

अखाड़ा–1. मंडली, मठ; 2. व्यायाम- शाला, मल्लयुद्ध करने का स्थान, तमाशा दिखाने वाले या नाच-गान करने वालों का जमावड़ा, साधुओं की मण्डली।

अखिल–1. पूरा, समूचा, संपूर्ण; 2. अंखड, अक्षय, अक्षुण्ण।

अख़्तियार–अधिकार, वश, प्रभुत्व, सामर्थ्य।

अगड़म–बगड़म-प्रकाष्ठ, निरर्थक पदार्थ, काठ-कबाड, बेकार की चीज़, अंगड़- खंगड़।

अगणित–1. असंख्य, बेशुमार, अनगिनत; 2. अनंत, अपार, अमित, अपरिमित, असीम, निस्सीम।

अगम, अगम्य–1. कठिन, दुर्बोध, मुश्किल, दुश्वार, अज्ञेय; 2. अथाह, गहरा, अपार; 3. विकट, बहुत अधिक।

अगर–यदि, जो, यद्यपि, अगरचे।

अगर-मगर (करना)–टालमटोली करना, टालना।

अगल-बगल–आसपास, आजु-बाजू, निकट।

अगला–अग्र, अग्रवर्ती, सामने का, पहले वाला, आगे आने वाला, पहला, प्रथम।

अगस्त्य–शिव, तीर्थ, दक्षिण का एक प्रसिद्ध तीर्थ, एक ऋषि का नाम, वृक्ष।

अगाध–1. अथाह, गहरा; 2. अज्ञेय, दुर्बोध; 3. अपार, असीम, बहुत।

अगुआ–अग्रणी, मुखिया, नेता, सरदार, नायक, प्रधान, मार्गदर्शक, पुरोगम, पुरोधा, विवाह सम्बन्ध ठीक करने वाला।

अगोचर–1. अप्रकट, अव्यक्त, इंद्रियातीत, अप्रत्यक्ष, अप्रकाशित, अप्रकाशमान्, गुप्त; 2. ईश्वर।

अगोरना–1. रखवाली करना, पहरा देना, रखाना, चौकीदारी करना, यत्न से रखना; 2. प्रतीक्षा करना, इंतज़ार करना, बाट देखना।

अग्नि–1. आग, पावक, अनल; 2. दावानल वन की आग; 3. बड़वानल-समुद्र की आग; 4. जठरानल- पेट की आग।

अग्निकण–स्फुल्लिंग, चिनगारी।

अग्निकांड–अग्निदाह, प्रचंड अग्नि, दीपन, ज्वलन, प्रचंड ज्वाला, प्रज्वलन।

अग्निज्वाला–ज्वाला, शिखा, अग्निशिखा, भस्मनी, लूक, लुकारी, लपट, लौ।

अग्नि संताप–संज्वर, संताप, दाह, झुलस, जलन।

अग्र–1. आगा, अग्रभाग; 2. सिरा, नोक; 3. श्रेष्ठ, उत्तम; 3. प्रधान, प्रमुख, मुख्य; 4. अगला, आगामी।

अग्रगण्य–1. प्रधान, प्रमुख, मुख्य; 2. प्रथम, पहला; 3. प्रसिद्ध, विख्यात, मशहूर, नामवर।

अग्रज–1. बड़ा भाई, बड़भ्राता; 2. अगुआ, नेता, नायक।

अग्रणी–1. नायक, नेता, मार्गदर्शक, अगुआ; 2. प्रधान, प्रमुख, मुख्य।

अग्रसूचना देना–पूर्वाभास देना, पूर्वज्ञान कराना, पूर्व चिन्ह बताना, पूर्व लक्षण बताना।

अग्राह्य–1. अनुचित, अनुपयुक्त; 2. अस्वीकार्य, अमान्य।

अघाना–तृप्त होना, पेट भरना, संतुष्ट हो जाना, छकना, पूर्ण हो जाना; जी भर जाना।

अचंभा–चकित, सन्न, आश्चर्य, ताज्जुब, विस्मय, हैरानी।

अचल–1. अविचल, अटल, अडिग, निश्चल; 2. दृढ़, स्थिर, अटूट।

अचला–धरती, पृथ्वी, मेदिनी, भूमि।

अचवना–मुँह धोना, कुल्ली करना, आचमन करना, अचवन करना।

अचानक–एकाएक, एकबारगी, सहसा, अकस्मात्, यक-ब-यक, अनायास, हठात्, दैवयोग से, संयोग से, संयोगवश, अप्रत्याशित रूप से, आकस्मिक रूप से, अनजाने ही।

अचिर–तुरन्त, बिना देरी के, फ़ौरन।

अचीन्हा–बे पहिचाना, अनजान।

अचूक–1. अमोघ, अनिष्फल; 2. (साधन, औषध आदि के सन्दर्भ में लाक्षणिक प्रयोग) रामबाण, ब्रह्मास्त्रा

अचेत–1. मूर्च्छित, बेहोश, विकल, विह्वल; 2. असावधान, अनजान, बेख़बर; 3. नासमझ, मूर्ख, जड़।

अच्छा–1. चोखा, चौकस, उम्दा, आला, श्रेयस्कर, बढ़िया; 2. कुशल, वर, उद्भट; 3. पुण्य, शुभ, सत्, सु, उचित, उपयुक्त; 4. सही, ठीक, दुरुस्त, नेक, शरीफ़; 5. स्वस्थ, नीरोग, भलाचंगा, सुन्दर; 6. हैं, हाँ।

सबसे अच्छा–1. श्रेष्ठ, उत्तम, अत्युत्तम; 2. सर्वश्रेष्ठ, सर्वोत्तम।

अच्छा लगना–1. प्रिय लगना, भाना, पसंद आना, सुहाना, रुचना, नज़र में चढ़ना; 2. जँचना, फबना, सजना, शोभा देना।

अच्छा न लगना—1. बुरा लगना, अखरना, खलना, चुभना, सालना; 2. एक आँख न भाना, फूटी आँख न भाना।

अछूत—1. अस्पृश्य; 2. हरिजन, अंत्यज, अनुसूचित जातीय।

अजनबी—अपरिचित, अज्ञात, अनजान, नावाकिफ़, अविदित।

अजय—पराजय, हार।

अजस्र—लगातार, निरन्तर, सिलसिलेवार, क्रमिक।

अजिर—1. आँगन, सेहन; 2. हवा वायु, पवन, वात।

अजीर्ण—अपच, बदहज़मी।

अजीब—अद्भुत, विचित्रा, विलक्षण, अनोखा।

अज्ञ—मूर्ख, अज्ञानी, बेवकूफ़, नासमझ।

अज्ञान—जड़ता, मूर्खता, अविद्या, मोह, अविवेक।

अज्ञानी—निर्बुद्धि, अनभिज्ञ, अज्ञ, मूढ़, अनजान, मूर्ख, बेवकूफ़, नासमझ।

अटकना—अड़ना, रुकना, फँसना, बझना, रुकावट पड़ना, बाधा पड़ना, टिकना, ठहरना।

अटकल—अनुमान, अंदाज़, कूत।

अटकाना—रोकना, ठहराना, टिकाना, अड़ाना, छेकना, रुकावट डालना, फँसाना, उलझाना, गति रोकना, अवरोध करना।

अटना—समाना, भर जाना, भरना, पर्याप्त होना।

अटल—स्थिर, अचल, अडिग, अविचलित, चिरस्थायी, पक्का, दृढ़, ध्रुव, निश्चित, अवश्यम्भावी, नियत, स्थायी, निश्चल, अचर, कृत संकल्प, दृढ़ संकल्प, दृढ़ प्रतिज्ञ, दृढ़ निश्चय, स्थिरमति, हठी, नित्य, अक्षय, शाश्वत, अमर।

अटूट—1. अखण्ड, निरन्तर; 2. अचल, दृढ़, अटल।

अणु—कण, छोटा टुकड़ा, रज, रजकण।

अण्डाकार—दीर्घवृत्तीय, दीर्घवृत्ताकार, अण्ड-वृत्ताकार।

अति—1. बहुत अधिक, अतिशय, अतीव, अत्यधिक, अतिमात्रा, ज़्यादा; 2. अनेक, असंख्य, अपार, अपरिमित, असीम, बेशुमार, बेहद, परम, विपुल, निपट; 3. अधिकता, ज़्यादती, अनाचार।

अतिक्रमण—संक्रामण, अतिचरण, उत्क्रमण, अतिचार, अवज्ञा, उल्लघंन।

अतिथि—अभ्यागत, मेहमान, गृहागत, पाहुना।

अतिरिक्त—1. सिवाय, अलावा; 2. भिन्न, अलग पृथक्, विभिन्न, जुदा, न्यारा।

अतिसार—उदरामय, अतीसार, पेचिश।

अतीत—1. भूत, गत, व्यतीत; 2. पृथक्, अलग, जुदा; 3. विरक्त।

अतीव प्रसन्नता—परमानन्द, हर्षातिरेक, हर्षोन्माद, अत्यानन्द, प्रहर्ष, मौज।

अतुल—1. अमित, असीम, अपरिमिति; 2. असमान, अनुपमेय।

अत्यंत—1. अधिक, अतिशय, अत्यधिक, काफी; 2. बेहद।

अत्याचार—1. अन्याय, ज़्यादती विरुद्धाचरण, शीलाघात, हिंसा, अनाचार, दुष्टता, व्यभिचार, पाप, दुराचार, बलात्कार; 2. आडम्बर, पाखंड, ढकोसला।

अत्याचारी–क्रूर व्यक्ति, दुष्ट मनुष्य, बदमाश आदमी।

अथाह–अगाध, गहरा, अतलस्पर्शी, अपरिमित, अपार, गंभीर गूढ़, कठिन।

अदद–गिनती, अंक, संख्या।

अदब करना–श्रद्धा रखना, पूजा-भाव रखना, भक्ति-भाव रखना, सम्मान करना, आदर करना, इज़्ज़त करना, शिष्टाचार।

अदरक–आदी, आर्द्रक, शृंगवेर।

अदला-बदली–विनिमय, आदान-प्रदान, उलटफेर, हेरफेर, परिवर्तन।

अदायगी–ऋण भुगतान, निपटाव, भुगतान, चुकती, भरपायी, वापसी, प्रतिदान, प्रत्यार्पण।

अदालती–1. क़ानूनी, न्यायिक, वैध, वैधानिक; 2. न्यायालय विषयक, न्याय सभा का।

अदृश्य–अलख, अगोचर, ओझल, अंतर्धान, तिरोहित, लुप्त, गायब, परोक्ष।

अद्भुत–1. विचित्र, विलक्षण, आश्चर्यजनक, स्वर्गीय, विस्मयजनक, अनोखा, अप्रतिम, दिव्य, अनूठा, असांसारिक, निराला अपूर्व, अलौलिक, अपार्थिव, अतिप्राकृत, लोकातीत; 2. अजीब, अजब।

अद्वितीय–1. एकाकी, अकेला, एक; 2. बेजोड़, असाधारण, अनुपम; 3. विचित्र, विलक्षण, अद्भुत, अजीब; 4. प्रधान, मुख्य।

अधम–1. निकृष्ट, निम्न, पतित, नीच; 2. भ्रष्ट; 3. हेय।

अधर्म–1. विरुद्धाचरण, धर्मोल्लघंन, नीतिभंग, अपराध; 2. कल्मष, दुरित, अघ, दोष, कुकर्म, पातक, अपकर्म, पाप, दुष्कर्म, दुराचार, अनाचार, पापकर्म, गुनाह।

अधार्मिक–धार्मिक मत विरोधी, धर्मविमुख, धर्मविरत, नास्तिक।

अधिकता–बाहुल्य, बहुलता, बहुत्व, बहुविधता, विविधता, बहुरूपता, अनेकरूपता, विभिन्नता, प्राचुर्य, प्रचुरता, अनेकता, आधिक्य, वैपुल्य, विपुलता, पर्याप्ति, यथेष्टता, पुष्कलता, रेलपेल, अतिशयता, बहुतायत, उद्रेक, अतिरेक, अधिकाई, वृद्धि, स्फीति, प्रभूतता।

अधिकांश–भूयिष्ठ, अत्यधिक, अतिशय, अधिकतम, बहुतम, ज़्यादातर।

अधिकार–1. प्रभुत्व, आधिपत्य, स्वत्व, स्वामित्व; 2. दावा, हक़; 3. अख़्त्यार, वश, क़ाबू; 4. सत्ता, शासन, अधिकार; 5. शक्ति, प्रभाव, क्षमता, सामर्थ्य, योग्यता।

अधिकार क्षेत्र–अधिक्षेत्र, न्यायक्षेत्र, न्याय सीमा, अधिकार सीमा, अमलदारी, अस्तित्व क्षेत्र, प्रभाव क्षेत्र, कार्य क्षेत्र, कर्म क्षेत्र।

अधिकार छोड़ना–स्वत्व त्यागना, हाथ उठा लेना, दावा हटा लेना, दावा छोड़ देना।

अधिकारी–1. हक़दार, दावेदार, स्वत्वधारी, स्वामी; 2. कब्ज़ेदार, अधिपति, प्रभु; 3. सत्ताधारी, शासक, पदाधिकारी, अफ़सर; 4. विज्ञ, पात्र, योग्य।

अधिवक्ता–प्रतिनिधिवक्ता, मुखपात्र, पक्षवक्ता, वकील, नुमाइंदा।

अधीन–1. आश्रित, मातहत, वशीभूत, पराधीन, पराश्रित, आज्ञाकारी; 2. विवश,

परतंत्र, परवश, अस्वच्छंद, गुलाम,लाचार, शरणागत।

अधीनस्थ–अतिरिक्त, सहायक, निम्न पदस्थ, उपाश्रित।

अधीनस्थ पदाधिकारी – उपाधिकारी, अधीनस्थ अभिकर्त्ता, सहायक कर्मचारी, निम्न पदाधिकारी, नायब अधिकारी, कनिष्ठ अधिकारी, उपाश्रित अधिकारी, पेशकार।

अधीर–धैर्यहीन, व्यग्र, बेचैन, व्याकुल, विह्वल, चंचल, अस्थिर, उतावला, आतुर, असंतोषी।

अधेड़–प्रौढ़त्व, प्रोढ़ावस्था, पक्की उम्र।

अधोलोक–पाताल, रसातल।

अध्यक्ष–सभापति, प्राध्यक्ष, प्रधान, संचालक, प्रबंधक, अधिष्ठाता, नायक, प्रमुख, मुखिया, सरदार, चेयरमैन।

अध्ययन–1. पठन, पढ़ना, पढ़ाई, पारायण; 2. अवलोकन, निरीक्षण, प्रेक्षण, पर्यवेक्षण; 3. अनुशीलन, परिशीलन।

अध्यापक–शिक्षक, गुरु, उस्ताद।

अनंत–1. असीम, बेहद, निस्सीम, अपरिमित; 2. अविनाशी, नित्य, अक्षम, अक्षुण्ण, अमर; 3. अतिशय, अधिक, अगणित, असंख्य, बहुत, बेशुमार; 4. आकाश, आसमान, नभ, गगन।

अनकहा–अव्यक्त, अनुक्त, गुप्त, अकथित, अध्वनित।

अनगिनत–अगणित, संख्यातीत, असंख्य, अनगिनत, बेहद, बेशुमार, असीम।

अनजान–1. अज्ञात, अपरिचित, अनभिज्ञ; 2. भोला- भाला, नासमझ, नादान, सीधा, अज्ञ, अज्ञानी।

अनदेखा–बिनदेखा, अदेखा।

अनन्तर–तदुपरांत, तत्पश्चात्, इसके पश्चात्, इसके बाद, उसकी पीछे, फिर।

अनपढ़–मुर्ख, गँवार, अपढ़, अशिष्ट, अशिक्षित, उजड्ड, अक्खड़ जाहिल, निरक्षर।

अनबन–1. मतभेद, वैमनस्य, विरोध, असहमति; 2. झगड़ा, तक़रार, विवाद, बखेडा, टंटा।

अनमना–उदास, अन्यमनस्क, उन्मन, विमुख, विरक्त, उदास, गतानुराग, अन्यमनस्क।

अनवरतता–नित्यता, लगातार, शाश्वतता, चिरन्तनता, चिरस्थायित्व, सनातनता, सातत्य, क्रमबद्धता, निरन्तरता, बिना रुके।

अनाज–अन्न, धान्य, गल्ला, दाना, खाधन्न।

अनाज गोदाम–धान्यागार, धान्यकोष्ठ, कोठार, खत्ती, अन्नागार, अन्नभंडार, गल्ला–गोदाम।

अनाड़ी–अदक्ष, अकुशल, अनभ्यस्त, अनभ्यासी, अननुभूत, अनिपुण, अनभिज्ञ, अपटु, अनुभवरहित, अनुभवहीन, कलारहित, अशिक्षित, नादान।

अनाथ–नाथहीन, असहाय, दीन, निःसहाय, बेकस, यतीम, दुःखी, निराश्रित, निरावलंब, निराश्रय, आश्रयहीन, बेसहारा, बेचारा, परितक्त, अशरण।

अनादर–अवहेलना, अवज्ञा, तिरस्कार, उपेक्षा, उपहास, अश्रद्धा, अवमान, अपमान, तौहीन, हिकारत, अपकर्ष, मानमर्दन, प्रतिष्ठा भंग, परिभव, पराभव, असम्मान।

अनादर करना–अवज्ञा करना, अपमान करना, उपेक्षा करना, तुच्छ समझना, अवहेलना

करना, तिरस्कार करना, हेय समझना, निरादर करना।

अनादरपूर्ण—निरादरपूर्ण, असम्मानपूर्ण, अपमानपूर्ण, अवमानी, अपेक्षामय, पराभवपूर्ण।

अनाप-शनाप—1. अंटसंट, ऊटपटांग, अव्यवस्थित, बेहिसाब; 2. अपरिमित, असीम, बेहद, निस्सीम।

अनावश्यक—अनपेक्ष, निष्प्रयोजन, व्यर्थ, बेकार, अनपेक्षित, फिजूल, फ़ालतू, ग़ैर-लाज़िमी, ग़ैर-ज़रूरी, गौण।

अनिंद्य—अनिंदनीय।

अनियत—कदाचित, विरला, यदा-कदा।

अनियमित—अनियत, नियमविरुद्ध, बेक़ायदा, अनियमी, असमान।

अनिवार्य—1. अनावश्यक, अपरिहार्य, अवश्यक, बाध्यकर, ज़रूरी, लाज़िमी; 2. अटल, अवश्यम्भावी।

अनिवार्य गुण— सहज प्रवृति, नैसर्गिक प्रवृति, स्वाभाविक गुण, अपरिहार्य लक्षण, अत्यावश्यक गुण, भाव, निष्कर्ष।

अनिश्चय—असमंजस, दुविधा, उलझन।

अनिश्चित—अनिर्णयात्मक, अनिर्णीत, संदिग्ध, दुविध ापूर्ण, संशयात्मक, दोलायमान, विचाराधीन, अनियमित, असंबद्ध, अनधिकृत, असंख्य, अगण्य, अस्पष्ट, अस्थिर,भ्रामक, संशयपूर्ण, शंकाकुल।

अनिष्ट—1. बुरा, अनुचित; 2. अशुभ, अहितकर, अमंगल, अकल्याण; 3. अवांछित, अनभिष्ट।

अनुकंपा—कृपा, दया, सहानुभूति।

अनुकरण—1. नकल, देखादेखी; 2. अनुसरण, अनुगमन, अनुवर्तन; 3. अनुकृति, प्रतिकृति।

अनुकूल—1. अनुसार, अनुरूप, मुआफ़िक, संगत, अविरुद्ध, पक्ष में अभिमत, सामंजस्यपूर्ण; 2. हितकर, लाभदायक, कल्याणकार।

अनुकूलता— अनुयोज्यता, अविरुद्धता, अनुरूपता, आनुकूल्य, अनुकूलनशीलता, अविमुखता।

अनुकूल होना—अनुरूप होना, ऐक्य होना, एकमत होना, एकरूप होना।

अनुचित—1. अनुपयुक्त, अवांछनीय, अयुक्तसंगत, युक्तहीन, असंगत; 2. नामुनासिब, इष्टप्रतिकूल, बेज़ा, ग़ैरमाकूल, नाजायज़, ग़ैरबाज़िब; 3. नीतिविरुद्ध, अनैतिक, असमीचीन, असमयोचित।

अनुपम—1. उपमारहित, असाधारण, अप्रतिम, निरूपम, अपूर्व, अद्वितीय, बेजोड़, अतुल, बेनजीर; 2. सुन्दर, बढ़िया, अच्छा, लाजवाब।

अनुपस्थिति—1. ग़ैरमौजूदगी, ग़ैरहाजिरी, अविद्यमानता; 2 अभाव, कमी, रहित, शून्यता।

अनुभव—तजुर्बा, अनुभूति, आपबीती, संवेदनशीलता, इंद्रियबोध क्षमता, इंद्रियबोध शक्ति, संवेदन, संवेदना।

अनुभवहीन—अकुशल, अपटु, अनिपुण, अनाड़ी, अनभ्यस्त, अनुभवरहित।

अनुभवी—कर्मप्रवीण, दक्ष, कुशल, निपुण, जानकार तजुर्बेकार।

अनुमति—1. आज्ञा, अनुज्ञा, हुक्म, इज़ाजत, स्वीकृति, समादेश; 2. सहमति, सम्मति, मंजूरी, मर्ज़ी, रजामंदी।

अनुमति-पत्र–अनुज्ञापत्र, आज्ञापत्र, पर्ची, परमिट, परवाना, इज़ाजतनामा।

अनुमान–1. अटकल, अंदाज़, कयास, कूत; 2. पूर्वानुमान, प्राक्कलन, मूल्यांकन, आकलन।

अनुयायी–1. अनुगामी, मतावलंबी, भक्त, अनुकर्त्ता, अनुगतिक, समर्थक; 2. नौकर, सेवक, अनुचर, चाकर, दास।

अनुरक्ति–अनुराग, प्रेम, स्नेह।

अनुरूप–आनुषंगिक, सदृश, समरूप, समान, तुल्यरूप, समान, एकरूप, मिलता–जुलता।

अनुरूपता–सामंजस्य, संगति, सादृश्य, संगतता, अनुकूलता, समरूपता, एकरूपता, तुल्यरूपता, समानता।

अनुरोध–प्रार्थना, विनय, विनती, निवेदन, अभ्यर्थना, याचना।

अनूठा–1. अनोखा, निराला, विलक्षण; 2. असाध ारण, अनुपम, बेजोड़।

अनेक–विविध, नाना, कई, असंख्य, अगणित।

अनेकता–बहुरूपता, वैविघ्य, विविधता अनैक्य, विभिन्नता, नानात्व।

अनोखा–विलक्षण, विचित्र, असाधारण, अद्‌भुत, निराला, अजीब, विस्मयजनक, आश्चर्यजनक, अलौकिक, अपूर्व, अद्वितीय, अप्रतिरूप, अनूठा, बेजोड़, चमत्कारिक।

अन्न–धान्य, अनाज, दाना, गल्ला, शस्य, बीज्य, खाद्य-सामग्री, खुराक।

अन्य–1. दूसरा, इतर, और; अनंतर, बाद वाला।

अन्यथा–1. वर्ना नही तो; 2. और तरह, और कुछ।

अन्वेषण–जाँच, खोज, अनुसंधान अन्वेषण।

अपकार–1. अहित, अमंगल, अनिष्ट, हानि, बुराई, अनुपकार; 2. द्रोह, द्वेष, दुष्क्रिया, मंदकर्म।

अपकारी–कुकर्मी, अनर्थकारी, अहितकारी, अनिष्ठसाधक, बुरा करने वाला, दुष्टबुद्धि, कुबुद्धि, पीड़क।

अपकर्ष–अवनति, अधोगति, घटाव, उतार, पतन, अधोपतन।

अपढ़ आदमी–अशिक्षित व्यक्ति, निरक्षर व्यक्ति, निरक्षर भट्टाचार्य, अप्रबुद्ध व्यक्ति।

अपना–1. निज, निजी, व्यक्तिगत, वैयक्तिक; 2. स्व, स्वकीय, आत्म, आत्मीय।

अपनाना–1. स्वीकार करना, ग्रहण करना, आत्मसात् करना, क़बूल करना, अख़्तियार करना, अंगीकार करना; 2. अपना बनाना, आत्मीयता स्थापित करना, गले लगाना, कलेजे से लगाना, आश्रय देना।

अपनापन–स्वत्व, निजीपन, व्यक्तिगत, अपनत्व, आत्मीयता।

अपने आप–1. स्वयं, स्वमेव, स्वतः, खुद-ब-खुद; 1. अनायास, बेसाख्ता, बरबस, बेअख़्तियार; 3. हठात, यंत्रवत्।

अपमान–अनादर, अप्रतिष्ठा, अपयश, बेइज्ज़ती, गौरवहीनता, अमान, तिरस्कार, अवहेलना, धिक्कार, निरादर, अवमानना, मानहानि, उपेक्षा, ज़िल्लत, बेक़द्री।

अपमानजनक–निरादरपूर्ण, तिरस्कारपूर्ण, उपेक्षापूर्ण, घृणास्पद, पराभवपूर्ण।

अपयश–अपकीर्ति, अयश, अकीर्ति, अपवाद, निन्दा।

अपराध–1. दुष्कर्म, गुनाह, ग़लती, दोष, पाप; 2. कसूर, ख़ता, जुर्म।

अपराधी–पापकर्मी, मुजरिम, अपराधशील, दण्डनीय, कृतापराध, अपराधोद्यत, पापी, सदोष, दोषी, कसूरवार, अपराध चैतन्य।

अपवित्र–1. अपावन, अशुचि, अशुद्ध; 2. अस्वच्छ, मलिन, दूषित, गंदा, पाप।

अपशकुनी–अपशाकुनिक, अनिष्टशंसी, अनष्टिकारी, अमंगलसूचक।

अपहरण–हर लेना, छीन लेना, ज़बरदस्ती उठा ले जाना अगवा।

अपार–अनंत, असीम, निस्सीम, बेहद, बेशुमार।

अप्रसन्न–नाराज, उदास, दुःखी, विरक्त, अन्यमनस्क, खिन्न, म्लान; 2. असंतुष्ट।

अप्रसन्नता–खिन्नता, म्लानता, नाराज़गी, रंजीदगी, असंतोष, उदासी।

अप्राकृतिक–असहज, असाधारण, अप्राकृत, पैशाचिक, प्रकृति विरुद्ध, अस्वाभाविक।

अप्रिय–अवांछनीय, बुरा, प्रतिकूल, अचारू, बेमज़ा, नागवार, अरुचिकर, अनचाहा, अप्रीतिकर, विरक्तिजनक, घृणास्पद।

अप्सरा–1. देवांगना, देवबाला, देववधू, सुरबाला, सुरनारी, सुरसुन्दरी, दिव्यांगना; 2. हूर, परी; 3. सुन्दरी, कामिनी, मोहिनी।

अफ़सोस–दुःख, खेद, विषाद, शोक, पश्चाताप, गम, म्लानि।

अब–1. इस समय, अभी, आज; 2. संप्रति, आजकल, इन दिनों; 3. आगे, भविष्य में।

अभयदान–रक्षावचन, सुरक्षादान, सुरक्षण, रक्षण।

अभागा–हतभाग्य, बदनसीब, भाग्यहीन, अभाग्यशाली, मनहूस, बदकिस्मत, मंदभाग्य, दुःखापन्न।

अभाग्य–दुर्दैव, दुर्भाग्य, अदिष्ट, विधिवाम, कुसमय, बदकिस्मती, भाग्यहीनता।

अभाव–कमी, तंगी, टोटा, हीनता, क्षीणता।

अभिनंदन–प्रशंसा, वंदना, नमन, अभिवादन, प्रणाम, प्रार्थना।

अभिनय करना–इंगित करना, हाव-भाव व्यक्त करना, नाटकीय प्रदर्शन, स्वाँग।

अभिनेता–नट, भाँड, नाटक पात्र, मंचनायक, अदाकार पात्र, नायक, छद्मवेशी।

अभिन्नता–ऐकात्म्य, ऐक्य, अभेद, तादात्म्य, सायुज्य, एकात्मता, अनन्यता, पूर्णता।

अभिप्राय–1. तात्पर्य, आशय, विचार, मंतव्य, उद्देश्य, ध्येय, लक्ष्य, प्रयोजन; 2. इरादा, नीयत, मंशा, मुराद; 3. अभिलाषा, इच्छा, आकांक्षा, स्पृहा, कामना।

अभिमन्यु–सौभद्र, पार्थनंदन, पाण्डुपौत्र।

अभिमान–1. गर्व, गौरव, नाज, फ़ख़; 2. अहंकार, अहमन्यता, दर्प, दंभ, मद, मदांधता, गरूर; 3. अकड़, घमंड, शेखी, डींग।

अभिमानी–गर्वी, दर्पी, दम्भी, घमंडी, अहंकारी, मदांध, गर्वीला, मगरूर, शेखीबाज़।

अभिलेख–शिलालेख, उत्कीर्ण लेख, ऐतिहासिक प्रमाण, लिखित प्रमाण, सुरक्षित विवरण, वृत्तलेख, पुरातत्व ग्रंथ, ऐतिहासिक प्रलेख, तारीख़ी दस्तावेज़।

अभिवादन–नमस्कार, प्रणाम, सलाम, वंदना।

अभेद्य–अकाट्य, अखंडनीय, अटूट, दृढ़, दुर्भेध।

अभ्यास–1. बार-बार अनुशीलन, पुनरावृत्ति, मश्क, दोहराव, रियाज़; 2. स्वभाव, आदत, बान, टेव।

अमर–1. अमर्त्य, मृत्युंजय, अनश्वर, अनादि, दीर्घजीवी, अविनश्वर, अविनाशी, अक्षय, सदाजीवी, अनंत, अमिट, अजर; 2. शाश्वत, नित्य, निरंतर, चिरस्थायी; 3. दिव्य, अलौलिक,देवता, सुर, देव।

अमरूद–पेरुक, अमृतफल, बिही, सफरी।

अमानत–थाती, धरोहर, उपनिधि, न्यास।

अमानतदार–निक्षेपधारी, न्यासी, प्रन्यासी, न्यासधर, न्यायधारी, धरोहर रक्षक।

अमान्य–अस्वीकार्य, अनधिकृत, नामंजूर, अस्वीकृत।

अमावस्या–कुहू, अमा, अमावस, कृष्णपक्ष की अंतिम तिथि।

अमीर–1. कुलीन, अभिजात; 2. धनी, धनवान, संपन्न, धनकुबेर, रईस।

अमीरी–सम्पन्नता, धनबाहुल्य, वैभव, समृद्धि, मालदारी, दौलतमंदी।

अमूल्य–अनमोल, बहुमूल्य, मूल्यवान, क़ीमती, बेशक़ीमती।

अमृत–1. जीवित, अमर, अनश्वर, अमर्त्य; 2. सुधा, पीयूष, अमिय, सोम, आबेहयात।

अयोग्य–अक्षम, अनुपयुक्त, अनुपयोगी, नालायक, बेकार, असमर्थ, अगुण सम्पन्न, योग्यताहीन, व्यर्थ, गुणहीन।

अयोग्य ठहराना–अनर्हित ठहराना, अपात्र ठहराना, अक्षम ठहराना, अनुपयुक्त बताना, नालायक सिद्ध करना, गुणहीन सिद्ध करना, बेकार सिद्ध करना।

अयोग्यता–अनर्हता, अपात्रता, अक्षमता, अनुपयोगिता, अपटुता, अदक्षता, गुणहीनता, अनुपयुक्त।

अयोध्या–अवध, अवधपुरी, विमला, साकेत।

अरवी–घुइयाँ, आलुकी, गजकर्ण, अरुई।

अराधना–पूजना, जपना, सुमिरना, स्मरण करना।

अरुचि–जुगुप्सा, घृणा, अप्रीति, विराग, विरक्ति, नापसंदगी, नफ़रत, विराग, विमुखता, अनिच्छा, ऊब, नीरस, बोर।

अरुण–सूर्य, दिनकर, दिवाकर, भास्कर, दिननाथ।

अर्जुन–धनंजय, कुन्तिसुत, पांडुनंदन, पार्थ, विजयरथ, गांडीवधर, कपिध्वज, सव्यसाचि, धनुर्धर।

अर्थ–1. अभिप्राय, आशय, मतलब, तात्पर्य, अभिमत, प्रयोजन, मायने, इष्ट, हेतु, निमित्त, ध्वनि, मत, भाव बोधगम्यता, उद्देश्य, विवक्षा; 2. धन, संपत्ति।

अर्थहीनता–प्रयोजनहीनता, आशयहीनता, अनर्थकता, धनहीन।

अलंकार–1. आभूषण, भूषण, गहना, ज़ेवर, ज़ेवरात; 2. काव्यालंकार।

अलग–पृथक्, भिन्न, जुदा, न्यारा, अलहदा, विविक्त, विभक्त, असंबद्ध, वियुक्त, विलग, अलग–थलग।

अलगाना–अलग करना, पृथक् करना, वियुक्त करना, असंयुक्त करना, असंबद्ध करना।

अलगाव–विच्छेद, पार्थक्य, अपयोजन, वियोजन, पृथक्करण, पृथक्ता, विलगता, वियोग, बिलगाव, विश्लेष, विभाजन, असंयोजन, बँटवारा।

अलबेला–1. बाँका, छैला, रंगीला, रसिक, रसिया; 2. लुभावना, सुहावना, मनोहर, चित्ताकर्षक, मनोरम, मनोरंजक।

अलसाना–सुस्ती करना, ऊँघना, तंद्रित होना, मंद होना, ठंडा पड़ना, सुस्ताना, झपकना, प्रमत्त होना, उनींदा होना, तन्द्रित होना।

अलापना–गीत गाना, गाना गाना, गायन गाना, तराना छेड़ना, स्वरकंपन करना, राग छेड़ना।

अलौलिक–1. असाधारण, अपूर्व, अद्भुत, लोकोत्तर, विलक्षण, विचित्र, अनूठा, अनोखा, असांसारिक, ग़ैर दुनियावी; नैतिक।

अल्प–अप्रचुर, बहुत कम, थोड़ा, नाकाफ़ी, नाममात्र को, न्यून, अत्यल्प, नहीं के बराबर, जरा-सा।

अल्पानुमान–अवमानन, न्यूनानुमान, अल्पमूल्य निरूपण, कम अंदाज़ा।

अवकाश–समय, मौक़ा, छुट्टी, फुर्सत, विश्राम।

अवकाश ग्रहण करना–रिटायर होना, सेवा निवृत्त होना, निवृत होना, कर्म त्याग करना, कार्य निवृत्ति ग्रहण करना, अपदस्थ होना, पदच्युत होना, पेंशन ले लेना, काम से हट जाना।

अवकाश प्राप्त–निवृत्त, कर्म विरत, अवसर प्राप्त, पेंशन प्राप्त, रिटायर्ड।

अवज्ञा–अवहेलना, अवमानना, अनादर, निरादर, तिरस्कार, अपमान।

अवनति–अधोगति, अपकर्ष, पतन, ह्रास, उतार, घटाव, गिराव।

अवमानना–अनादर करना, अपमान करना, निरादर करना, अवहेलना करना, तिरस्कार करना, उपेक्षा करना।

अवलोकन–निरीक्षण, निरूपण, प्रेक्षण, पर्यवेक्षण।

अवश्य–ज़रूर, असंशय, निश्चय ही, निःसंदेह, अनिवार्यत; लाज़िमी तौर पर।

अवस्था–आयु, उम्र, वय, दशा, हालत, स्थिति।

अविवाहिता–युवती, किशोरी, कुमारिका, कुमारी, बाला अल्पवयस्का, कन्या, कुँवारी।

अविश्वसनीय–अविश्वास्य, अयुक्त, अप्रमाणिक, जाली।

अवैध–अमान्य, नाजायज़, ग़ैर-क़ानूनी, अवैध ाानिक, नियम विरुद्ध, असंगत, नीति विरुद्ध।

अव्यवस्था–क्रमभंग, अनवस्था, अनियमता, अस्तव्यस्तता, अनियंत्रण, गड़बड़।

अव्यवस्थित–1. क्रमहीन, बेतरतीब, अनियमित, अस्त–व्यस्त, विपर्यस्त; 2. अटपटा, बेतुका, बेढंगा, बेक़ायदा, बे सिर-पैर का; 3. अंट-संट, अंड-बंड, उलटा-पुलटा; 4. ऊटपटाँग, ऊलजलूल, अनाप-शनाप।

अशकुन–अपशकुन, अशगुन, अशुभ, अमंगल।

अशांति–अस्थिरता, चंचलता, उतावलापन, उकताहट, आकुलता, व्याकुलता, व्यग्रता, असंतोष।

अशिक्षित → असाधारण

अशिक्षित–अशिष्ट, अपढ़, अनपढ़, मूर्ख, गँवार, उजड्ड, अक्खड़, जाहिल।

अशुद्ध–1. अपवित्र, दूषित, मलिन, अशुचि, सदोष, दोषयुक्त, ऐबदार; 2. ग़लत, त्रुटिपूर्ण, झूठा, मिथ्या।

अशुभ–1. अशिव, अपशकुन, अमंगल, अकल्याण, अहित, पाप; 2. अपवित्र, अशुचि, मलिन, दूषित।

अश्लील–अशिष्ट, ग्राम्य, बेशर्म, गंदा, अभद्र, कुत्सित, फूहड़, लज्जास्पद, लज्जाकर, लज्जाप्रद, बुरा, अपकीर्तिकर, ख़राब, शर्मनाक, असंस्कृत, गँवारू, भद्दा, देहाती, ओछा, कमीना, असभ्य, अविनीत, अयोग्य, अनुचित, लचर।

अश्लीलता–असभ्यता, बेहूदगी, भद्दापन, गँवारपन, अशिष्टता, बेशर्मी, अभद्रता, फूहड़पन, ओछापन, कमीनापन।

असंतोष–नाराजगी, अतृप्ति, खिन्नता, विराग, अपराग, अनुरक्ति, अभक्ति, अश्रद्धा, असन्तुष्टि।

असंभव– असंभाव्य, नामुमकिन, गैरमुमकिन।

असत्य–झूठा, मिथ्या, अवास्तविक, काल्पनिक, बनावटी, जाली, कृत्रिम, कृतक खोटा

असफलता–विफलता, असिद्धि, नाकामयाबी।

असभ्य–अशिष्ट, गँवार, उजड्ड, अभद्र, अविनीत, दुःशील, असंस्कृत, कुशील, अकुलीन, हीनाचार, असौम्य, अननुग्रही, असंस्कृत।

असभ्यता–अविनय, अशिष्टता, अभद्रता, ग्रात्यता, गँवारपन, उजड्डपन, वन्याचरण, बर्बरता, निष्ठुरता, धृष्टता, प्रगल्भता, ढिठाई, गुस्ताख़ी।

असमंजस–दुविधा, उभयसंकट, हिचक, अनिश्चय, उहापोह, कशमकश, किंकर्तव्यविमूढ़ता।

असमान–विषमरूप, विषम, विरोधी, भिन्न, असदृश, असम, अतुल्य, बेमेल।

अमानता–असादृश्य, असाम्य, वैषम्य, पार्थक्य, पृथकता, विभिन्नता, भिन्नत्व, भिन्नता, भेद, अन्तर, फ़र्क़, विषमता, विभेद, असमता, असदृशता।

असरदार–प्रभावशाली, प्रभावपूर्ण, प्रभावी, फलप्रद, प्रभावोत्पादक, ज़ोरदार।

असली–1. यथार्थ, वास्तविक, तथ्यपूर्ण, यथार्थिक, अवितथ; 2. सच्चा, खरा, असल, सत्य, तात्विक।

असहनशीलता–असहिष्णुता।

असहनीयता–सहिष्णुता, अक्षमता, अक्षन्तव्यता, अमर्षणीयता।

असहमति–आपत्ति, विरोध, एतराज़, हुज़्ज़त, नापसन्दगी।

असहाय–1. अनाथ, निःसहाय, बेकस, यतीम, बेसहारा, निराश्रित; 2. विवश, लाचार, वशीभूत, दीन, मजबूर।

असाधारण–1. अद्वितीय, अन्यतम, अनन्य, अतुल, अतुलनीय, अप्रतिम, बेजोड़, बेमिसाल, बेनजीर, लाजवाब, अनुपम, निरुपम; 2. अनूठा, अद्भुत, अनोखा,

निराला, विचित्र, विलक्षण, अजब, अज़ीब, अज़ीबोग़रीब; 3. अपूर्व, विशिष्ट, अपने ढंग का, कमाल का, गज़ब का, लाखों में एक; 4. मूर्धन्य, धुरंधर, दिग्गज, सिद्ध, प्रसिद्ध।

असाधारणता–अपप्रकृतत्व, अपसामान्यतया, विसामान्यतया, स्तरच्युति, वैरूप्य, विलक्षणता, अस्वाभाविकता।

असावधान–1. बेपरवाह, लापरवाह, बेख़बर, गाफ़िल; 2. बेहोश, अचेत, प्रमादी।

असावधानी–1. बेपरवाही, लापरवाही, गफलत; 2. अनवधान, प्रमाद, बेहोशी।

असीम–अपरिमित, अमित, अनंत, असीमित, अपार, असंख्य, अकूत, बेहिसाब, बेहद।

असुन्दर–1. कुरूप, बदसूरत, बदशक्ल, बेडौल, भौंडा; 2. अनुपयुक्त, भद्दा, बेतुका, बेढब, बेढंगा।

असुर–दनुज, दैत्य, दानव, दैतेय, इंद्रारि, दितिसुत, सुरद्विष, राक्षस, निशचर, तमीचर, निशाचर।

अस्त–1. तिरोहित, अदृश्य, लुप्त; 2. नष्ट, ध्वस्त; 3. लोप, अदर्शन।

अस्तित्व–1. सत्ता, वजुद; 2. विद्यमानता, उपस्थिति, मौजूदगी।

अस्त्र-शस्त्र–हथियार, आयुध, औज़ार।

अस्थायी–1. अस्थिर, क्षणिक, क्षणभंगुर, अनित्य, नाशवान, फ़ानी; 2. सामयिक, आरज़ी, कच्चा, नापायदार, काग़ज़ी।

अस्थिर–1. विचलित, विकंपित, डाँवाडोल, डगमग; 2. चंचल, चपल, अधीर, अशांत, गतिमान, चलायमान, कंपायमान, दोलायमान; 3. अस्थायी, क्षणभंगुर, अनित्य, नाशवान।

अस्पताल–औषधालय, रुग्णालय, दवाख़ाना, उपचारगृह।

अस्पष्ट–1. अवाच्य, दुर्वाच्य, अपाठ्य, अव्यक्त, गिचपिच; 2. संदिग्ध, अनियत, अनिश्चित, अनिर्दिष्ट, गोलमाल, डाँवाडोल; 3. अतीन्द्रिय, अप्रत्यक्ष, अगोचर, अलक्ष्य, अगम्य, अविभाव्य, इंद्रियातीत, इंद्रियागोचर, धुँधला, धूमिल।

अस्वीकार करना–1. इनकार करना, मना करना, नकारना, न मानना; 2. ठुकरा देना, अनंगीकार करना, ग्रहण न करना; 3. खंडन करना, मुकर जाना, प्रत्याख्यान करना।

अस्वीकृति–अमान्य, नामंजूर, अस्वीकार, असम्मति, विरोध, नापसंदगी।

अहंकार–गर्व, अभिमान, दर्प, मद, मान, चित्त।

अहंकारी–गर्वित, अकड़ू, मगरूर, अकड़बाज़, गर्वीला, आत्माभिमानी, ठस्सेबाज़, घमंडी।

अहसान–1. उपकार, भलाई अनुग्रह; 2. कृतज्ञता, आभार।

अहितकर–अनिष्टकारी, कष्टप्रद, अशुभकारी, अमंगलकारी, अकल्याणकर।

अहीर–गोप, ग्वाल, गोपाल, यादव, अहिर, भीर।

आ

आ - देवनागरी वर्णमाला का दूसरा वर्ण। 'अ' का दीर्घ रूप।

आँकना–अंदाज़ना, अनुमान करना, अंदाज़ा लगाना, निरखना, समझना, कूतना, आकलन करना, प्राक्कलन।

आँख–अक्ष, अक्षि, चश्म, चक्षु, नयन, नेत्र, विलोचन, लोचन, लोयन, नैन, दीदा।

आँगन–चौक, सहन, सेहन, अहाता, प्रांगण।

आँधी–अंधड़, तूफ़ान, बवंडर, चक्रवात, झंझावात।

आँसू–अश्रु, अश्क, नयनजल, नेत्रजल, नयनवारि, नयननीर, लोचन जल, टसुआ।

आँसू भरा–अश्रुपूरित, अश्रुपूर्ण।

आइसक्रीम–मेवों की बर्फ़, जल की बर्फ़, जमाई गई मिठाई, मलाई बर्फ़।

आकर्षक–चित्ताकर्षक, मोहक, विमोहक, विमोही, प्रलोभक, मनमोहक, मनोहारी, मनोहर, मुग्ध ाकारी, सुन्दर, मनमोहक, प्रलोभनकारी, स्पर्शी, दिलचस्प, हृदयग्राही, लुभावना, दिलकश, चिन्ताहारी।

आकर्षण–सम्मोहन, खिंचाव, कशिश, दिलकशी।

आकर्षित करना–समाकर्षित करना, आकृष्ट करना, लुभाना, खींचना, मुग्ध करना, मोहना।

आकलन–प्राक्कथन, अगणन, अर्धगणन, मूल्य निरूपण, आँक, कूत, तखमीना।

आकस्मिक–अनअनुमानित, आपाती, अकारण, औपलक्षणिक, अप्रत्याशित, अचानक।

आकाश–अभ्र, व्योम, अंबर, नभ, अंतरिक्ष, गगन, अनंत, आसमान, फ़लक, फलक, महाव्योम, दिव, अर्श, नीलांचल, शून्य, मेघवेश्म, विष्ण ुपद, उर्ध्वलोक, खगोल, नभमंडल।

आकाश गंगा– आकाशनदी, स्वर्गनदी, मंदाकिनी, नभगंगा, सुरदीर्घिका।

आकुल–व्यग्र, व्यस्त, उद्विग्न, क्षुब्ध, उद्वेलित, विक्षुब्ध, बेचैन, अधीर, विकल, बेकल, बेसब्र, बेहाल, व्याकुल, अशांत, आर्त, अकल, आतुर, बेक़रार, बेताब, व्याप्त, दुःखित, व्यग्र, उतावला।

आकृति–1. बनावट, ढाँचा, गढ़न, अवयव, आकार, चेहरा-मोहरा, डील-डौल, नैन-नक्श; 2. मूर्ति, चित्र, अनुकृति, प्रतिकृति, प्रतिबिंब, प्रतिरूप, प्रतिमूर्ति; 3. आलेख्य, रूपरेखा।

आक्रमण–1. हमला, चढ़ाई, धावा, अभियान; 2. प्रहार, वार, आघात।

आक्षेप–1. आरोप, अभियोग, इल्ज़ाम, दोषारोपण; 2. व्यंग्य, कटुभाषण।

आख़िर–1. अंतिम, पिछला, समाप्त, खतम; 2. अंत, समाप्ति, उपसंहार; 3. नतीजा, परिणाम, फल।

आख़िरकार–अंततोगत्वा, अंततः, फलतः, परिणामतः, शेषतः।

आख्यान–कथा, कहानी, क़िस्सा, वृत्तांत, वर्णन, बयान।

आख्यायिका–उपन्यास, प्रसिद्ध कथा, लोककथा।

आग–अग्नि, दव, पावक, अनल, हुताशन, रोहिताश्व, उष्मा, ताप, तपन, जलन, आतिश, पांचजन्य, ज्वाला, दावानल, दावाग्नि।

आगामी–आने वाला, भविष्यत्, भविष्य।

आगे–अग्रे, अग्र, पूर्व, प्रथम, पहले, सामने, सम्मुख।

आचरण–समानुष्ठान, अनुचेष्टा, चेष्टा, चर्या, गतिविधि, व्यवहार, बर्ताव, चाल-चलन, शिष्टाचार, सदाचार।

आचार–व्यवहार, आचरण, अनुष्ठान, बर्ताव।

आचार्य–1. गुरु, अध्यापक, प्राध्यापक; 2. विज्ञ, ज्ञाता, पंडित, विद्वान।

आज्ञा–आदेश, हुक्म, फरमान, शासनादेश, निर्देश, निदेश, अनुशासन, समादेश, इजाजत, सहमति।

आज्ञाकारी–आदेशपालक, व्यवस्थाप्रिय, अनुगत, हुक्मबरदार।

आडंबर–1. बनावटी, टीमटाम, दिखावा, स्वाँग; 2. ढकोसला, पाखंड, ढोंग, प्रपंच, छल प्रपंच।

आड़–1. ओट, पर्दा, ओझल; 2. रोक, टेक, थूनी, रोध, अवरोधक, अवरोध, बाढ़, 3. शरण, आश्रय; 4. रक्षा, सुरक्षा।

आतंक–1. संत्रास, अतिभय, दहशत; 2. होहल्ला, भगदड़, कोलाहल, उपद्रव, हुड़दंग।

आत्मत्याग–आत्मपरित्याग, आत्मनिरोध, आत्मनियम, स्वार्थत्याग, इच्छा दमन, स्वार्थहोम, मन को मारना।

आत्मदर्शन–आत्मपरीक्षण, अंतरावलोकन, अंतर्निरीक्षण, अंतर्दर्शन, अंतर्दृष्टि।

आत्मसंयम–आत्मनियन्त्रण, आत्मनिग्रह, इंद्रियसंयम, जितेन्द्र।

आत्मसात करना– आत्मीकरण करना, सम्मिलित कर लेना, मिला देना।

आत्मा–1. चित्त, मन, अंतरात्मा, रुह, अंतःकरण, अंतर, अंतर्मन, हृदय; 2. जीव, जीवात्मा।

आदत–1. स्वभाव, प्रकृति; 2. टेव, बान, लत; 3. अभ्यास, रियाज़, मश्क़, दोहराव, पुनरावृति।

आदरणीय–मान्य, माननीय, सम्मानीय,पूजनीय, पूज्य, श्रद्धास्पद, श्रद्धेय,पूज्यपाद।

आदरवचन–स्तुतिवाक्य, स्तुतिवचन, प्रशंसोक्ति, विनयोक्ति।

आदर्श–1. दर्पण, शीशा, आईना; 2. प्रतिमान, प्रतिरूप, मानक, नमूना।

आदि–1. प्रथम, पहला, आरंभिक; 2. आरंभ, शुरुआत; 3. इत्यादि, वगैरह; 4. मूलकारण, बुनियाद; 5. ईश्वर, परमात्मा।

आदी होना–आसक्त होना, लिप्त होना, अभ्यस्त होना, लत डालना, लत लगाना।

आदेश–1. आज्ञा, हुक्म, फ़रमान, अध्यादेश, निर्देश, अनुदेश, हिदायत।

आदेशात्मक–आज्ञा सम्बन्धी, अधिदेशी, अधिदेश विषयक, नियोजनीय।

आधा–अर्द्ध, अर्धांश, अद्धा।

आधार–1. नींव, जड़, मूल, बुनियाद, मानदंड, मापदंड, कसौटी, आधारशिला, आधार स्तंभ, मूल तत्व, मूल कारण, सहारा, आश्रय, अवलंब।

आधारहीन–1. निराधार, अमूल, निर्मूल, निराश्रय, भित्तिशून्य, बेबुनियाद; 2. अवास्तविक, अवास्तव, मिथ्या, बेअसल, सरासर ग़लत।

आधुनिक–अर्वाचीन, अप्राचीन, वर्तमान, नूतन, नूतनकालीन, वर्तमानकालीन, आजकल का।

आनंद–उल्लास, आह्लाद, हर्ष, मोद, प्रमोद, लुफ़्त, मज़ा, सुख।

आनंददायक–परिहासपूर्ण, हास्यात्मक, प्रमोदपूर्ण, विनोदात्मक, रसिक, आनंदी, आनंदकर, दिलचस्प, रसदायक।

आना–1. आगमन होना, पदार्पण करना, प्रवेश करना, पधारना, शुभागमन, तशरीफ़ लाना, 2. आ धमकना, आ टपकना, उपस्थित होना, हाज़िर होना।

आनाकानी–उपेक्षा, अनसुनी, कतराना, टालना, बहाना करना, बचाना, जी चुराना।

आपत्ति–दुःख, क्लेश, विपत्ति, आफ़त, आपात्, आपदा, विपदा, संकट, मुसीबत, वज्रपात, विघ्न, दोषारोपण।

आभासी–प्रतीपमान, आभासमान, भासित, प्रकाशित, बोधगम्य, द्युतिमान।

आभूषण–अलंकरण, अलंकार, भूषण, आभरण, ज़ेवर, गहना।

आमंत्रित करना–आह्वान करना, बुलाना, सभा बुलाना, संयोजन करना, संयोजित करना।

आम–1. साधारण, सामान्य, मामूली; 2. अंब, आम्र, फलश्रेष्ठ, रसाल, सहकार, कामशर, प्रियंबू।

आयु–अवस्था, जीवन, काल, वय, उम्र।

आयुधागार–शस्त्रागार, शस्त्रशाला, आयुधोद्योगशाला, शस्त्रकर्मशाला, हथियार घर।

आयुष्मान–चिरायु, शतायु, चिरंजीव, चिरजीवी, दीर्घायु, दीर्घजीवी।

आरंभ–1. प्रारंभ, शुभारंभ, शुरू, सूत्रपात, शिलान्यास, उपक्रम, श्रीगणेश, इब्तदा, आग़ाज़, बिस्मिल्ला; 2. आविर्भाव, प्रादुर्भाव, उदय, उत्पत्ति, जन्म; 3. अथ, आदि।

आरक्षण–प्रारक्षण, रक्षण, पूर्वरक्षण, संरक्षण।

आराम–बाग़, उपवन, वाटिका, बगीचा, फुलवारी, सुख, चैन, स्वास्थ्य, चंगापन, विश्राम, शांति, राहत, क़रार, सुकून, सुविधा, ऐशोआराम।

आरोग्य–स्वास्थ्य, पुष्ट, दृढ़, तंदुरुस्त, सेहतमंद, सेहत।

आरोपित करना–थोपना, मत्थे गढ़ना, इलजाम लगाना, लांछन लगाना।

आर्थिक–वित्तीय, राजस्व सम्बन्धी, अर्थ विषयक, वित्त विषयक।

आलम—1. जगत, दुनिया, संसार, दशा, हालत, अवस्था।

आलसी—सुस्त, स्फूर्तिहीन, निकम्मा, मंद, टीला, शिथिल, श्लथ, काहिल, अनुद्योगशील, कामचोर, दीर्घसूत्री, चेष्टाहीन, अकर्मण्य, काहिल, निखट्टू, अहदी, ठलुआ, निरुद्योगी।

आलसी आदमी—तंद्रालु व्यक्ति, निरुद्योगी व्यक्ति, आलसी, अकर्मण्य व्यक्ति, काहिल आदमी, निखट्टू आदमी।

आलिंगन—प्रेमालिंगन, परिरंभण, अंकमाल, अँकवार।

आलोचना—1. समीक्षा, टीका-टिप्पणी, गुण-दोष निरूपण; 2. छिद्रान्वेषण, नुक्ताचीनी।

आवर्तमान—घूर्णी, भ्रामी, चक्रिल, चक्रावर्ती, परिभ्रामी, घूर्णमान, घूम-घूमकर चलने वाला, रोटरी।

आवश्यक—1. अपेक्षित, ज़रूरी, प्रयोजनीय; 2. अनिवार्य, अपरिहार्य, लाज़िमी, अवश्यकरणीय; 3. महत्त्वपूर्ण, अनुपेक्ष्य, सारभूत, अनुपेक्षणीय।

आवश्यकता—ज़रूरत, अपेक्षा, गरज, अनिवार्यता, अपरिहार्यता, महत्ता।

आवाज़—1. ध्वनि, शब्द, स्वर, वाणी; 2. नाद, निनाद, सुर, तान, रव; 3. सदा, पुकार।

आवारागर्दी—आवारापंथी, गुंडई, चरित्र-हीनता, शोहदापन।

आवेग—1. जोश, वेग, स्फूर्ति, उत्तेजना, मनोवेग, संवेग, सनक, उद्वेग।

आशय—अभिप्राय, तात्पर्य, मतलब, निमित्त, उद्देश्य, नीयत।

आशा—आस, उम्मीद, तवक्को, प्रतीक्षा, इंतज़ार।

आशान्वित—आशापूर्ण, आशामय, आशावान।

आशीर्वाद—आशीष, मंगलकामना, शुभवचन, आर्शीवचन, दुआ, शुभकामना, धन्यवाद।

आश्चर्य—अचरज, अचंभा, वैकल्य, विस्मय, कुतूहल, कौतूहल, कौतूक, हैरानी, हैरत, ताज्जुब, चमत्कार, करिश्मा, करामात, कमाल, गज़ब।

आश्चर्यचकित—विस्मित, भौचक्का, हक्का-बक्का, चकराया हुआ।

आश्रम—मठ, मुनिवास, ऋषिकुल, ऋषिवास।

आश्रय—आसरा, भरोसा, अवलंब, पनाह, प्रश्रय, सहारा, शरण।

आश्रित—अधीनस्थ, शरणागत, अधीन, निर्भर, मातहत।

आश्वासन—विश्वास, भरोसा, यकीन, निश्चय।

आसन—चौकी, सिंहासन, तख्त, आसंदी, आसनी, सीट।

आसपास—प्रत्येक दिशा में, हर तरफ़, चारों ओर, इधर-उधर, पड़ोस, नज़दीक, निकट।

आह भरना—उच्छ्वास लेना, दीर्घ निश्वास छोड़ना, ठंडी सांस लेना।

आहार—खाद्य-पदार्थ, भोज्यपदार्थ, भोजन, भक्ष्य-पदार्थ।

इ

इ - देवनागरी वर्णमाला का तीसरा (स्वर) वर्ण। इसका उच्चारण स्थान तालू है।

इंद्र–मधवा, पुरंदर, वज्री, सूरपति, देवराज, महेन्द्र, अमरेश, अमरपति, देवेश, प्राचीपति, वज्रपाणि, सुरेश, सुरपति, सुरपाल, सुरेश्वर, मेघराज, सुरश्रेष्ठ, देवेन्द्र, देवपति।

इंद्र का पुत्र–जयंत, उपेन्द्र, ऐंद्रि।

इंद्र का वज्र–कुलिश, वज्र, पवि, अशनि, भिदुर, भेदी शतकोटि।

इंद्र का हाथी–अभ्रमातंग, गजेन्द्र, ऐरावत।

इंद्रधनुष–इन्द्रायुध, शक्रधनु, ऋजुरोहित।

इंद्रपुरी–अमरावती, देवपुरी, इंद्रलोक, देवलोक।

इंद्राणी–शची, पुलोमेंजा, इन्द्रवधू, पूतक्रतायी, माहेंद्री, जयवाहिनी, ऐंद्री, पौलोमी।

इकट्ठा–1. समवेत, संयुक्त, समन्वित; 2. एकत्र, संचित, संकलित, संग्रहीत।

इकट्ठा करना–1. सम्मिलित करना, समवेत करना, संयुक्त करना, मिलाना, जोड़ना, एक जुट करना; 2. कोषबद्ध करना, संचित करना, जमा करना, बचाना, संकलित करना, संग्रहीत करना, एकत्र करना, ढेर लगाना।

इकरार–संविदा, नियमपत्र, क़रार, सट्टा, ठेका, पट्टा, वायदा, कौल, करार, प्रतिज्ञा।

इकरार करना–संविदा करना, पट्टा लिखना, अनुबंध लिखना, ठेका करना, इकरारनामा लिखना, सट्टा लिखना, क़रार करना।

इच्छा–वांछा, चाह, मनोरथ, लालसा, अभिलाषा, उत्कंठा, ईप्सा, आकांक्षा, एषणा, कामना, मनोकामना, लिप्सा, स्पृहा, ललक, अभीप्सा, ईहा, वासना, तृष्णा, ख्वाहिश, मुराद, आरजू, हसरत, अरमान, मर्ज़ी, अभिरुचि, रुचि, चाव, शौक़, तलब।

इच्छुक–अभिलाषी, आतुर, चाहने वाला, आकांक्षी।

इठलाना–चोंचले करना, नखरे करना, इतराना, ऐंठना, हाव-भाव दिखाना, शान दिखाना, दिखाना, शेखी, मदांध मारना, तड़क-भड़क दिखाना, अकड़ना, मटकाना, चमकाना।

इतिहास–इतिवृत, प्राचीनकथा, पुरावृत्त, पूर्ववृत्तांत, पुराण, पूर्वकथा, अतीत कथा, पूर्ववृत।

इत्यादि–आदि, प्रभृति, वगैरह।

इनकार–अस्वीकृति, निषेध, अनंगीकरण, नकार, खंडन, प्रत्याख्यान, निवर्तन, प्रत्याख्या, अनंगीकार, अस्वीकार।

इनाम देना–पुरस्कृत करना, पारितोषित करना, पारितोषिक देना, पुरस्कार देना, बख्शीश।

इमली–अम्लिका, चिंचा।

इरादा–1. निश्चय, संकल्प, विचार; 2. अभिप्राय, प्रयोजन, आशय, उद्देश्य, हेतु, मंशा, नीयत।

इर्द-गिर्द–मंडलाकार मार्ग में, चक्करदार रास्ते पर, घेरे में, चतुर्दिक, आपपास, चारों दिशाओं में।

इशारा–संकेत, इंगित, लक्ष्य, निर्देश।

इशारे करना–संकेत करना, इंगित करना, मौन संभाषण करना, आँखों से भाव प्रकट करना।

इष्ट–1. वांछनीय, इंच्छित, अभीष्ट, मनोवांछित, इच्छायोग्य, श्रेय, मनोनुकूल; 2. आराध्य, पूज्य पूजित।

इसलिए–अतः, अतएव, परिणामतः, फलतः, तदनुसार, तदनुरूप, इस कारण, इस वास्ते, उसके मुताबिक।

ई

ई - देवनागरी वर्णमाला का चौथा (स्वर) वर्ण और 'इ' का दीर्घ रूप है। इसका उच्चारण स्थान तालू है। इसका प्रत्यय के समान कुछ शब्दों में लगाकर संज्ञा, विशेषण, स्त्रीलिंग आदि और भाववाचक संज्ञा, क्रिया विशेष आदि बनते हैं।

ईमानदार–सच्चा, नेकनीयत, दयानतदार, शुद्धमति, निश्छल, निष्कपट, सत्यनिष्ठ, सत्यपरायण, सदाशय, ऋजु।

ईमानदारी–यथार्थता, सच्चाई, सत्यता, निश्छलता, दयानतदारी, सत्यपरायणता।

ईर्ष्या–1. द्वेष, डाह, जलन, कुढ़न; 2. स्पर्धा, प्रतिस्पर्धा, प्रतिद्वंद्विता, लाग-डाँट; 3. मनमुटाव, मनोमालिन्य, वैमनस्य।

ईर्ष्यालु–ईर्ष्यायुक्त, स्पृहाशील, स्पृहालु, डाहीद्वेषी, विद्वेषी।

ईश्वर–ईश, परमेश्वर, परआत्मा, ब्रह्मा, सच्चिदानन्द, अलख, अगोचर, अज, अनादि, अनंत, गुणातीत, व्यापक, महेश्वर, सर्वेश्वर, प्रभु, स्वामी, परमपिता, साईं, अन्नदाता, अविनाशी, जगदीश, जगन्नाथ, दीनदयाल, देवेश, दीनबंधु, दीनानाथ, निराकार, निरंजन, भगवान, भुवनेश, विश्वनाथ, परमेश्वर, नारायण, गोविन्द, सर्वव्यापी, स्वयंभू, अल्लाह, ग़रीबनवाज़, परवरदिगार, अंतर्यामी।

उ

उ - देवनागरी वर्णमाला का पाँचवाँ (स्वर) वर्ण है। इसका उच्चारण स्थान ओष्ठ है।

उकताना–1. चिढ़ना, खीझना; 2. ऊबना, घबराना, उकता जाना, बाज आना, आज़िज आना; 3. चिढ़ाना, खिजाना; 4. उबाना, घबरा देना, तंग करना, परेशान करना, खोपड़ी खाना।

उकसाना–उत्तेजित करना, जोश दिखाना, भड़काना, उभारना, प्रेरित करना, उत्प्रेरित करना।

उगना–उत्पन्न होना, निकलना, फूटना, उपजना, पैदा होना, अँकुराना, बढ़ना, अँकुरित होना।

उग्रता–उग्रत्व, प्रचंडता, प्रबलता, रौद्रता, उद्ध ंडता।

उचटना–उखड़ना, टूटना, बिचलना, बिखरना, खिन्न होना, उचाट होना, बिचलित होना, उदास होना।

उचित–युक्त, ग्राह्य, श्रेयस्कर, योग्य, अनुकूल, सटीक, संगत, मुनासिब, वाज़िब, जायज़, समीचीन, सम्यक, सही, अच्छा, ठीक, तर्कसम्मत, उपयुक्त।

उजड्ड–ढीठ, अक्खड़, असभ्य, अशिष्ट, गँवार, असंस्कृत, अविनीत, अभद्र।

उजाड़–1. वीरान, सुनसान, वियाबान; 2. गिरा पड़ा, टूटा–फूटा, ध्वस्त।

उजाला–प्रकाश, रोशनी, दीप्ति, द्योत, प्रभा, विभा, आलोक, तेज़, ओज।

उड़ान–उड्डयन, उत्पतन।

उतार–1. अवरोहण, अवरोहन, अधोगमन।

उतारना–1. नीचे लाना, नीचे रखना; 2. पार पहुंचाना, पार लगाना।

उतावला–जल्दबाज़, हड़बड़िया, व्यग्र, व्याकुल, आतुर, अधीर, अशांत, असहिष्णु, अतिउत्सुक।

उतावलापन–अधीरता, व्यग्रता, व्याकुलता, अधैर्य, उत्सुकता, अशांति, आतुरता, जल्दबाज़ी।

उत्कंठा–लालसा, चाव, उत्सुकता, औत्सुक्य, चाह, आकुलेच्छा, प्रबलेच्छा।

उत्कंठित–उन्मन, अभिलषित, इच्छित, अभीच्छित, वांछित, प्रेच्छित।

उत्तम–1. श्रेष्ठ, उत्कृष्ट, प्रकृष्ट, विशिष्ट; 2. ललित, रुचिर, चारू, कांत, पवित्र, शोभायुक्त, शोभित, मनोरम, मंजु, मंजुल, सुदेश, श्रेष्ठ, सुहावन, सुन्दर, रुचिकर, सरस।

उत्तर–1. प्रत्युत्तर, जवाब्र; 2. पिछला, बाद का, पीछे; 3. उदीची, वामवर्ती।

उत्तेजित–उत्साहित, प्रोत्साहित, प्रेरित, जोश में, उद्दीपित।

उत्थान—उत्क्रमण, आरोह, आरोहण, ऊर्ध्वगमन, उद्गमन, उपरिगमन, उत्कर्ष, चढ़ाव, उठाव, उभार, प्रगति।

उत्पत्ति—1. उद्भव, व्युत्पति, जन्म, आविर्भाव, प्रादुर्भाव, पैदाइश, सृष्टि, उदय; 2. प्रारम्भ, शुरू, आरंभ, शुरुआत।

उत्पात—1. उपद्रव, बखेड़ा, हुल्लड़, दंगा—फ़साद, हंगामा, टंटा,ऊधम 2. अशुभ, अमंगल, विघ्न।

उत्सव—समारोह, ज़श्न, त्योहार, पर्व, मंगलकार्य, जलसा, आनंद।

उत्साह—उमंग, उछाह, जोश, हौसला, जोश-खरोश, उबाल, उद्यम, अध्यवसाय।

उथल-पुथल—क्रांति, विप्लव, परिवर्तन, इन्कलाब, हेर-फेर, रद्दोबदल।

उदार—1. सरल, सीधा, फ़राख़दिल, दरियादिल, विनीत, शिष्ट, उदारचित्त, उदारचेता, सहृदय, विशाल हृदय, सज्जन, महामना, सदाशय, महाशय, दाता, दानी, उदारशील।

उदारता—सहृदयता, दयालुता, दानशीलता, दरियादिली, फ़राख़दिली, विशालहृदयता।

उदास—अन्यमनस्क, विमनस्क, म्लान, अनमना, खिन्न, उचाट, निरुत्साहित, विरक्त, ग़मगीन, उद्विग्न, म्लान, खिन्न, चिंताकुल।

उदासी—विषाद, म्लानता, खिन्नता, उद्वेग, अवसाद, ग्लानि, नैराश्य।

उदासीनता—अनमना, उदास, विमुख,विरक्ति, विराग, तटस्थ, निष्पक्ष।

उदाहरण—दृष्टान्त, मिसाल, कथा-प्रसंग, नज़ीर, नमूना।

उद्गम—मूल, उद्भव, निकास, आरंभ, उत्पत्ति, स्रोत, जन्म।

उद्घाटन—विगोपन, अनावृत्ति, समारंभ, श्रीगणेश, अभिमुखीकरण।

उद्देश्य—1. लक्ष्य, ध्येय, साधन, इष्ट, निमित्त, नीयत, मंशा, मक़सद, हेतु, प्रयोजन, अभीष्ट; 2. तात्पर्य, मतलब, अभिप्राय, प्रयोजन, अर्थ।

उद्धार—1. मुक्ति, छुटकारा, निस्तार, त्राण, परित्राण, विमुक्ति, बचाव, मोक्षण।

उद्धारक—तारक, उद्धारकर्त्ता, मोक्षदाता, मुक्तिदाता।

उद्यम—1. उद्योग, यत्न, प्रयत्न, प्रयास, कोशिश; 2. मेहनत, श्रम, परिश्रम, पुरुषार्थ, अध्यवसाय, व्यवसाय, व्यापार, उद्योग धंधा।

उद्यमी—कर्मठ, क्रियाशील, यत्नशील, उद्योगशील, उद्योगी, परिश्रमी, मेहनती, अध्यवसायी, कर्मठ।

उद्योगी—श्रमजीवी, सक्रिय, कार्यवाहक, कार्यकारी, कर्मकारी, कार्यशील, पुरुषार्थी।

उधार—ऋण, क़र्ज़।

उन्नतशील—आरोही, उदीयमान।

उन्नति—उत्थान, विकास, प्रगति, तरक़्क़ी, बढ़ती, अभिवृद्धि, उदय, अभ्युदय, प्रवर्द्धन, प्रसार, श्रीवृद्धि, उरूज, बढ़ोत्तरी, वृद्धि, समृद्धि, उत्कर्ष, चढ़ाव।

उन्माद—पागलपन, विक्षिप्त, सनक, जुनून, दीवानापन, खब्त।

उपकरण—वैज्ञानिक यंत्रादि, यंत्र, उपस्कर, सामान, औज़ार।

उपकार—भलाई, नेकी, उद्धार, अच्छाई, परोपकार, कल्याण, अहसान, आभार।

उपचार—चिकित्सा, इलाज़, उपाय।

उपचारिका—परिचारिका, चारिका, सेविका।

उपज—1. शस्य, कृषिफल, पैदावार, फ़सल, संग्रहीत शस्य; 2. नवोन्मेष, सूझ।

उपजाऊ—उर्वर, उर्वरा, जरखेज, फलप्रद।

उपदेश—1. शिक्षा, सीख, नसीहत; 2. दीक्षा, गुरुमंत्र।

उपमा—समानता, तुलना, साम्य, सादृश्य।

उपयुक्त—अनुकूल, माकूल, मुनासिब, युक्तिसंगत, योग्य।

उपयोग—प्रयोग, व्यवहार, प्रयोजन, उपभोग, काम में लाना, काम लेना, बरतना, इस्तेमाल।

उपयोगिता—लाभकारिता, लाभप्रदता लाभदायकता, अर्थकरता, हितकरता, उपयुक्तता, उपादेयता।

उपयोगी—1. उपादेय, कारगर, कार्यसाधक, उपयुक्त, व्यावहारिक, काम का, फायदेमंद, सुविधाजनक, कार्यकर; 2. लाभप्रद, लाभदायक, मुफ़ीद, फलप्रद, हितकर।

उपवन—उद्यान, बाग़, बगीचा, वाटिका, पुष्पोद्यान, फुलवारी, पुष्पवाटिका, गुलशन, गुलिस्तान, चमन।

उपवास—लंघन, निराहार, व्रत, फ़ाका।

उपस्थित—विद्यमान, प्रस्तुत, मौजूद, हाज़िर, वर्तमान समुपस्थित।

उपहार—भेंट, तोहफ़ा, सौगात, पुरस्कार, नजराना, नज़र।

उपाय—तदबीर, चेष्टा, कोशिश, प्रयत्न, तरकीब, यत्न, तरीक़ा, साधन, युक्ति, उपचार, विधि, जुगत, ढंग, पद्धति।

उपासना—1. सेवा, परिचर्या; 2. आराधना, चिंतन, पूजन, ध्यान, अर्जन, अर्चना, भक्ति।

उपेक्षा—1. उदासीनता, लापरवाही, विरक्ति; 2. अनादर, तिरस्कार, अवहेलना, अवज्ञा, अवमानना, निरादर, अपमान।

उपेक्षा करना—ध्यान न देना, सुनी अनसुनी कर देना, दृष्टि फेर लेना, मुँह मोड़ लेना, अवज्ञा करना, अनादर करना, अपमान करना, उदासीनता दिखाना, उपहास करना, अवहेलना करना, महत्त्व न देना।

उफनना—खौलना, उबलना, गरमा जाना,उफ़ान आना, उबाल आना, जोश में आना।

उमर—उम्र, वय, अवस्था, आयु, जीवनकाल, वयस।

उम्मीदवार—प्रत्याशी, आकांक्षी, आशा करने वाला, प्रार्थी, अभ्यर्थी, परीक्षार्थी, अभिलाषी।

उलझन—1. दुविधा, अनिश्चय, असमंजस;

2. पेंच, गाँठ, फँसाव, भँवरजाल, जंजाल, चक्कर।

उलझाना–1. दुविधा में डालना, असमंजस में डालना, भ्रमित करना, भ्रम में डालना, सम्भ्रम करना, विभ्रम करना, विस्मित करना; 2. जटिल बनाना, क्लिष्ट बनाना, पेचीदा बनाना, दुरुह बनाना, कठिन बनाना, मुश्किल बनाना; 3. लिपटाना, फँसाना।

उलटा–विपरीत, प्रतिकूल, विरुद्ध, ख़िलाफ़, औंधा।

उल्लंघन–1. विरोध, अवमानना, उपेक्षा, तिरस्कार; 2. अतिक्रमण।

उल्लास–हर्ष, आनंद, आह्लाद, परमानंद, अत्यानंद, प्रमोद, रंगरेली, ख़ुशी।

उल्लू–घुग्घू, उलूक, लक्ष्मी वाहन, मूर्ख, बेवकूफ, उलूक़, चुगद।

उल्लेख करना–चर्चा करना, वर्णन करना, ज़िक्र करना, बयान करना, कहना।

उस्तादी–दक्षता, कुशलता, निपुणता, प्रवीणता, होशियारी।

ऊ

ऊ - देवनागरी वर्णमाला का छठा (स्वर) वर्ण है। इसका उच्चारण स्थान ओष्ठ है। यह 'उ' का दीर्घ रूप है। कहीं-कहीं यह अव्यय के रूप में भी और सर्वनाम के रूप में वह के अर्थ में प्रयुक्त होता है।

ऊँघ—तंद्रा, अर्द्ध-निद्रा, झपकी, ऊँघाई।

ऊँघना—झपकी लेना, तंद्रिल होना, तंद्राभिभूत होना, अलसाना, सुस्त पड़ना, पलक मारना, निद्रालु होना, अर्द्धनिद्रित होना, औंघाना, झपकी।

ऊँचा—उच्च, ऊर्ध्व, उत्तुंग, उत्ताल, उन्नत, बुलन्द, ऊपर, शीर्षस्थ, गगनचुम्बी, उच्च कोटि का, बढ़िया, अच्छा, चोटी का।

ऊँचाई—बुलंदी, उठान, उच्चता, तुंगता, बुलन्दी।

ऊँचा करना—उन्नत करना, उत्थित करना, ऊपर उठाना।

ऊधम—उत्पात, उपद्रव, दंगा, फ़साद, हुल्लड़, हंगामा, होहल्ला, धमाचौकड़ी।

ऊल-जलूल—अव्यवस्थित, बेढंगा, बेतुका, बेमेल, अक्रमिक, अविचारित, अस्तव्यस्त।

ऊषाकाल—प्रातःकाल, सवेरा, तड़का, अरुणोदय, प्रभात, प्रातः, उदयकाल, सुबह, अमृतबेला, सूर्योदय।

ऊष्मा—तपन, गरमी, ताप, जलन।

ऊसर—अनुर्वर, अनुपजाऊ, बंजर, वंध्या, भूमि।

ऋ

ऋ - देवनागरी वर्णमाला का सातवाँ (स्वर) वर्ण है। इसका उच्चारण स्थान मूर्धा है।

ऋण—उधार, क़र्ज़।
ऋणी—क़र्ज़दार, देनदार।
ऋतु—1. रुत, मौसम; 2. मासिक धर्म, रजःस्राव।
ऋद्धि—बढ़ती, समृद्धि, सफलता, संपन्नता, वृद्धि।
ऋषि—मुनि, मनीषी, साधु, मन्त्र द्रष्टा, तपस्वी, महात्मा, योगी, सूक्तद्रष्टा।

ए

ए - देवनागरी वर्णमाला का 11वाँ, ऋ, लृ, को छोड़ने पर 8वाँ (स्वर) वर्ण है। इसका उच्चारण स्थान कंठ व तालू है। 'ए' स्वर वर्ण अ और इ के योग से बनता है।

एक करना—एकीकरण करना, सम्मिलित करना, मिलाना, जोड़ना, संघटित करना, संगठन बनाना।

एकता—मेल, मेलजोल, मेलमिलाप, संगठन, संघ, समानता, बराबरी, सामंजस्य, समन्वय, एकरूपता, एकसूत्रता, एकत्व, संश्रय, सद्भाव, सुमति।

एकरूप—समरूप, तुल्यरूप, अभिन्न, अनुरूप, समानता, सादृश्य, अभेद।

एकांत—निर्जन, सूना, शांत, शून्य, सुनसान, अकेला, एकाकी, तनहा, वीरान, विथावान।

एकांतप्रेमी—एकांतिक, एकांतप्रिय, लज्जालु, लज्जाशील, संकोची, शर्मीला।

एकांतवास—निर्जनवास, गुप्तावास, विजनवास।

एकाग्रता—दत्तचित्तता, लगन शीलता, तन्मयता, तल्लीनता।

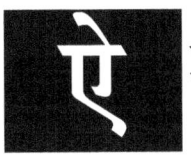

ऐ

ऐ - देवनागरी वर्णमाला का 12वाँ, ऋ, लृ, को छोड़कर 9वाँ (स्वर) वर्ण है। इसका उच्चारण स्थान कंठ व तालू है।

ऐंठन—ऐंठ, मरोड़, बल, तनाव, अकड़, गर्व, घमंड, कुटिल भाव।

ऐंठना—उमेठना, मरोड़ना, इतराना, अकड़ना, शेखी बघारना।

ऐंद्रिक—ऐंद्रिय, इन्द्रियगत, इंद्रिय विषयक, इंद्रियजनित, इंद्रियजन्य।

ऐच्छिक—स्वैच्छिक, वैकल्पिक, इच्छानुसारी।

ऐबी—बुरा, खोटा, दुष्ट, अवगुण, खराबी, गलती, खामी, त्रुटि।

ऐयाश—कामी, कामुक, भोगी, लम्पट, विलासी, विषयी, भोगनिरत, विषयासक्त, कामाचारी, व्यभिचारी।

ऐयाशी—काम, कामचारिता, विलासता, भोग, विषयासक्ति, इंद्रियलोलुपता।

ऐश—1. सुख, चैन, आराम; 2. ऐयाशी, विलास, भोग-विलास, व्याभिचार।

ऐश्वर्य—1. धन-सम्पत्ति, विभूति, वैभव, समृद्धि, सम्पन्नता, ऋद्धि-सिद्धि।

ओ

ओ - देवनागरी वर्णमाला का 13वाँ, ऋ, लृ, लॄ को छोड़कर 10वाँ (स्वर) वर्ण है। इसका उच्चारण स्थान कंठ व तालू है। यह अ+उ के मेल से बना है।

ओंकार—प्रणव, बीज-मंत्र, वेदमाता, ओउम्।

ओंठ—अधर, ओष्ठ, होंठ, रदनच्छद, लब।

ओखली—उलूखल, ऊखल।

ओछा—अधम, नीच, तुच्छ, कमीना, क्षुद्र, छिछोरा, नगण्य, बुरा, खोटा, छिछला, उथला, घटिया, हलका।

ओज—बल, ज़ोर, ताक़त, दम, शक्ति, सामर्थ्य, बलबूता, पराक्रम, पौरुष।

ओजस्वी—बलवान, बलशाली, बलिष्ठ, पराक्रमी, ज़ोरावर, ताक़तवर, शक्तिशाली, शक्तिमान, ज़ोरदार, सशक्त, सबल, वीर्यवान, कांतिवान, दीप्तिमान, तेजस्वी।

ओझल—अदृश्य, अंतर्धान, तिरोहित, लुप्त, छिपा हुआ, गायब, विलुप्त।

ओझाई—अभिचार, पिशाचविद्या, श्मशानतंत्र, इंद्रजाल, मन्त्र, जादू, टोना।

ओट—आड़, परदा, छिपाव, दुराव।

ओढ़ना—पहनना, धारण करना, लपेटना, ढकना।

ओर—दिशा, तरफ़, पक्ष, किनारा, छोर, सिरा, अन्त।

ओला—करका, बिनौरी, तुहिन, हिमोपल, जलमूर्तिका।

ओस—तुषार, तुहिन, निशाजल, शीत, तुहिन कण, नीहार, नीहार कण।

औ

औ - देवनागरी वर्णमाला का 14वाँ, ऋ, लृ, लॄ को छोड़कर 11वाँ (स्वर) वर्ण है। इसका उच्चारण स्थान कंठोष्ठ है। यह अ+ओ के मेल से बना है।

औज़ार—उपकरण, यंत्र, हथियार।

और—1. दूसरा, भिन्न, अन्य, पराया; 2. अधिक, ज़्यादा; 3. एवं, तथा व; 4. के साथ, के अतिरिक्त, के साथ-साथ।

औषधालय—1. चिकित्सालय, अस्पताल, हस्पताल, चिकित्सा भवन; 2. दवाख़ाना, शफ़ाख़ाना।

क

क - देवनागरी वर्णमाला का पहला (व्यंजन) वर्ण है। इसका उच्चारण स्थान कंठ है।

कंकड़—कण, रोड़ा, गिट्टी, बटिया, गुटिका, काँकर।

कंगाल—कंगला, निर्धन, ग़रीब, दरिद्र, निराश्रित, निराश्रय, भुक्खड़, दीन, अनाथ, रंक, मुफ़लिस, मुहताज।

कंचन—1. सुवर्ण, स्वर्ण, सोना; 2. धन, सम्पत्ति, ऐश्वर्य, 3. नीरोग, स्वस्थ; 4. स्वच्छ, साफ़, निर्मल; 5. सुन्दर, मनोहर, मनोरम, आकर्षक, अकिंचन।

कंजूस—सूम, कृपण, खबीस, मक्खीचूस, अनुदार।

कंदरा—गुफ़ा, बिल, खोह, गुहा, माँद, विवर, कुहर, गर्त।

कक्ष—घर, कमरा, दर्जा, श्रेणी, बगल, काँख।

कच्चा—अपक्व, अनपका, अपरिपक्व, कमज़ोर, अनभ्यस्त, अप्रमाणिक।

कछुआ—कूर्म, कमठ, कच्छप, कच्छ।

कटाक्ष—1. तिरछी नज़र, चितवन; 2. व्यंग्य, आक्षेप, छींटाकशी, तंज।

कटु—1.कड़वा, तीखा, तेज, तीक्ष्ण; 2. कर्कश, कड़ा, रुक्ष, शुष्क, व्यंग्यपूर्ण, उपहासपूर्ण।

कट्टर—धर्मोन्मत्त, धर्मांध, मतान्ध, उन्मत्त, हठधर्मी, असहनशील, असहिष्णु।

कट्टरता—हठधर्मिता, कट्टरपन, धर्मान्धता, धर्मोन्माद, मतान्धता।

कठिन—कड़ा, कठोर, दृढ़, सख़्त, दुष्कर, दुस्साध्य, कष्टसाध्य, क्लिष्ट, गूढ़, दुर्गम, दुर्लभ, दूभर, पेचीदा, प्रचंड, विकट, विकराल, दुशवार, मुश्किल, मुहाल, दुरूह, जटिल, टेढ़ी खीर, दुर्जेय, भारी।

कठोरता—1. निर्दयता, कर्कशता, निष्ठुरता, निर्ममता, दयाहीनता, हृदयहीनता; 2. कड़ापन, कठिनता, सख़्ती।

कड़ा—1. उग्र, कर्कश, प्रचंड, तीव्र, तीक्ष्ण; 2. दुष्कर, चुस्त, अनम्य, अनमनीय, रूखा, तगड़ा, दृढ़, तनाव, सख़्त, ठोस, कठोर, वलम; 3. कंगन, चूड़ा, वलय।

कड़ाई—कर्कशता, निर्दयता, निष्ठुरता, क्रूरता, रूखापन, रुक्षता, सख़्ती।

मुसीबत—दुःखद घटना, त्रासदी, दुखान्तिका, दारुण मुसीबत, घोर संकट, भारी विपत्ति।

कण—ज़र्रा, कन, कणिका, कनी, अणु, परमाणु, बूँद।

कतार—पंक्ति, माला मालिका, सिलसिला, श्रेणी, शृंखला, झुंड, समूह, दल, जत्था, ढेर।

कतिपय–कितने ही, कई, कुछ, कुछ एक, थोड़े से।

कथन–1. कहना, बोलना; 2. वक्तव्य, बयान, मत, विचार; 3. उक्ति।

कन्या–युवती, किशोरी, कुमारिका, कुमारी, बाला, बालिका, नारी, अविवाहिता लड़की।

कपट–छद्‌म, छल, दंभ, पाखंड, षड्‌यंत्र, धोखा, चकमा, झाँसा, दगाबाज़ी, मक्कारी, धूर्तता।

कपटी–धूर्त, धोखबाज़, चालबाज़, पाखंडी, काइयाँ, मक्कार, रंगासियार, छली, फ़रेबी।

कपड़ा–वस्त्र, पहनावा, पोशाक, चीर, पट, वसन।

कपाट–किवाड़, पट, द्वार, पल्ला।

कबूतर–कपोत, परेवा, पारावत।

कब्ज़ा–अधिकार, अधिग्रहण, आधिपत्य, प्रभुत्व, स्वत्व, स्वामित्व, अधिकारिता, दख़ल, अधिकार।

कब्र–मज़ार, समाधि, मकबरा।

कभी-कभी–कदाचित, यदा-कदा, विरले, बहुत कम, जब-तब।

कमख़र्ची–मितव्यय, मितव्ययिता, किफ़ायत।

कमज़ोर–1. निर्बलता, दुर्बल, दौर्बल्य, अशक्तता, क्षीणता, जीर्णता, अशक्ति, शक्तिहीन।

कमर कसना–कमर बांधना, तैयार हो जाना, काम पर टूट पड़ना, प्रारंभ करना।

कमल–अब्ज, अम्बुज, कुंज, कंज, कँवल, कुमुद, राजीव, पुंडरीक, कोकनद, नलिन, जलज, पद्‌म, सरोज, सरसिज, नीरज, पंकजन्य, पंकज, इंदीवर, महोत्पल, उत्पल, मकरंदी।

कमाना–अर्जित करना, धनोपार्जन करना, धनार्जन करना, उपार्जन करना, अर्जन करना, पाना, आमद, आमदनी, आय, पैदा।

कमाल–परिपूर्णता, निपुणता, कुशलता, आश्चर्य, ताज्जुब, अद्‌भुत।

कमी–1. न्यूनता, अल्पता, अभाव, तंगी, घटाव, लघुत्व, अवनति, किल्लत; 2. घाटा, हानि, नुक़सान, टोटा।

कमीना–ओछा, नीच, क्षुद्र, मक्कार, अधम, मंद, निकृष्ट, घटिया, बदजात।

कर–1. हाथ, पाणि; 2. महसूल, शुल्क, टैक्स।

करतूत–1. कर्म, करनी, काम, करतब; 2. कुकर्म, दुष्कर्म।

करनी–1. कर्म, कार्य, काम, कृति, कृत्य, करतूत, कारनामा; 2. कुकर्म, दुष्कर्म।

कराह–आर्तनाद, चीख, दर्द, भरी आवाज़, परिवेदना, करुण चीत्कार, वेदना।

कराहना–आर्तनाद करना, पीड़ा से चीखना।

करीना–1. क्रम, व्यवस्था, तरतीब; 2. ढंग, तरीक़ा।

करीब–1. निकट, पास, आसपास, अदूर, निकटवर्ती, समीपस्थ, समीप, लगभग।

करुण–मर्मभेदी, मर्मस्पर्शी, दयनीय, हृदयस्पर्श, हृदयग्राही, करुणात्मक, अनुकम्प्य, दर्दभरा, हृदयविदारक।

कर्कश–कड़ा, कठोर, अक्खड़, रूखा, परुष, सख़्त।

कर्ण–1. राधेय, अर्कनंदन, सूर्यसुत, सूतपुत्र, अंगराज; 2. कान, श्रुति।

कर्तव्य–करने योग्य, कार्य, काम, फर्ज़, धर्म, कर्म, क्रिया, कृति, कृत, कृत्य, कृत्यकर्म, जिम्मेवारी, दायित्व।

कर्मठ–नियमनिष्ठा, कर्मपरायण, नियमी, नियमाग्रह, उद्यमी, उद्योगशील, उद्योगपरायण।

कलंक–दोष, दाग़, लाँछन, अपवाद, अवक्षेप, तोहमत, धब्बा, आरोप, दोषारोप, अवशंसा, अपराध।

कलंकित–दूषित, दोषारोपित, लाँछित, आरोपित, दाग़दार, भ्रष्ट, विकृत, ख़राब।

कलई–1. सफ़ेदी, चूना; 2. कली, रांगा; 3. चमक–दमक, तड़क–भड़क, दिखावट, बनावट; 4. रहस्य, भेद, पोल, गुप्त बात।

कला–1. अंश, भाग, मात्रा; 2. कौशल, फ़न, हुनर, युक्ति, करतब; 3. तेज़, शोभा, छटा, विभूति; 4. प्रभा, ज्योति, किरण; 5.कौतुक, खेल, लीला।

कलाकार–1. कारीगर, शिल्पकार, कलामर्मज्ञ, कलाविज्ञ, कलाविद्, कलाप्रेमी, कलापारखी, शिल्पी, कलाकुशल; 2. अभिनेता, नट।

कली–मुकुलित, पुष्प, कलिका, कोरक, मुकुल, गुंचा, कोढ़ी, शिगूफा।

कल्पना–1. उद्भावना, अनुमान, धारणा, अटकल, अंदाज़ा; 2. मनगढ़ंत रचना।

कल्पवृक्ष–कल्पतरु, कल्पद्रुम, कल्पलता, कामतरु, पारिजात, सुरतरू।

कल्याण–मंगल, भलाई, शुभ, हित, अच्छा, भला, हितकर।

कवच–1. आवरण; 2. तनुत्राण, तनुत्र, तनुवार, शरीरत्राण, उरस्त्राण, ज़िरह- बख़्तर, अँगरी, वक्षस्त्राण, बख्तर, सन्नाह।

कवि–पंडित, कोविद, सुधी, काव्यप्रणेता, शायर।

कसक–टीस, साल, दर्द, पीड़ा, दुःख।

कसरत–व्यायाम, कवायद, शारीरिक प्रशिक्षण।

कहानी–कथा, कथानक, गाथा, उपाख्यान आख्यायिका, आख्यान, क़िस्सा, दास्तान, अफ़साना, वृत्तांत, हाल, गल्प।

कहानीकार–कथाकार, आख्याता, उपन्यासकार, गल्पकार अफसानानिगार।

कहावत–लोकोक्ति, नीतिवचन, सूक्ति, संक्षिप्त कथन, संक्षिप्त, अर्थपूर्ण, मसल, कहनौत ।

कहासुनी–वाग्युद्ध, विवाद, झगड़ा।

काँटा–कंटक, शूल, खार, तराज़ू, तुला।

काजल–अंजन, सुरमा, कालिख, कलिमा।

कान–कर्ण, श्रवण, श्रुति, श्रवणेन्द्रिय।

क़ानून–विधि, अधिनियम, नियम, राजनियम।

काफ़ी–पर्याप्त, यथेष्ट, पूरा, बहुत, उपयुक्त, प्रचुर, प्रभूत, समुचित, ।

काम–1. कामना, वासना, चाह, तृषा, प्यास, आकांक्षा, अभिलाषा, इच्छा, मनोरथ; 2. कार्य, कर्म, कर्त्तव्य; 3. प्रयोजन, उद्देश्य, मतलब, गर्ज़; 4. उपयोग, व्यवहार, इस्तेमाल; 5. कारोबार, व्यवसाय, रोज़गार; 6. कारीगरी, रचना, बनावट, दस्तकारी; 7. क्रिया, कृत, कृत्य, संकार्य।

कामकाजी–कर्मण्य, क्रियाशील, सक्रिय, कर्मठ।

कामचोर–निष्क्रिय, निकम्मा, आलसी, सुस्त, अकर्मण्य, काहिल, निठल्ला।

कामदेव—अनंग, स्मर, अदेह, बसंत सखा, कुसुमवाण, कुसुमशर, पुष्पध्वज, पंचभूत, पुष्पकेतु, मकरपति, मदन, मनोज, सारंग, मकरध्वज, रतिपति, काम, मनोभव, मकरकेतु, पुष्पचाप, मदन, मनाथ, रतिनायक।

कामधेनु—सुरधेनु, कामदुहा, सुरसुरभी, सुरभि।

कामना—स्पृहा, ईहा, वाँछा, आकांक्षा, अभिलाषा, मनोरथ, इच्छा, चाह, अभीष्ट, अभिप्सित।

कामाचारी—स्वैरी, स्वैर, स्वच्छंद, चपल, लोल, तरंगी, लहरी, मौजी, लंपट, व्यभिचारी।

कामातुर—कामुक, कामासक्त, कामांध, विषयी, भोगी, भोगासक्त, कामी, कुव्यसनी, विषयासक्त, स्वैरी, दुराचारी, लंपट, व्यभिचारी, असंयमी, स्वेच्छाचारी।

कामी—कामार्त, कामातुर, मदोन्मत्त, मस्त, कामुक।

कामुकता—विषयासक्ति, कामातुर, कामांध, लैंगिगक्षुधा, ऐन्द्रिक, इंद्रिय-पिपासा, व्यभिचारिता, भोगासक्त, दुर्व्यसन।

क़ायदा—तरीक़ा, ढंग, रीति, विधि, नियम।

कायर—डरपोक, भीरु, बुजदिल, कातर।

कायरता—भीरुता, साहसहीनता, बुजदिली, डरपोकपन।

कायाकल्प करना—नवजीवन देना, जवान बनाना, तरुण बनाना।

कारगर—सफल, प्रभावी, कार्यसाधक, गुणकारी, असरदार, प्रभावकारी।

कारण—वज़ह, हेतु, निमित्त, उद्देश्य, अभिप्रायः, अर्थ, मतलब, प्रयोजन, आदि, मूल, साधन।

कारागार—कारावास, बंदीगृह, जेलख़ाना, यातनागृह, कारागृह, कैदख़ाना, हवालात।

कारोबार—व्यवसाय, व्यापार, तिजारत, सौदागरी।

कार्य—कृत्य, कर्म, काज, कृत, क्रिया, प्रक्रिया, कार्यवाही, काम, धंधा, पेशा, समय।

कार्यकाल—सत्र, अवधि, पदावधि।

काल—समय, वक़्त, अंत, मृत्यु, मौत, यमदूत, यमराज।

काशी—शिवपुरी, विश्वनाथपुरी, वाराणसी, बनारस।

काश्तकार—किसान, कृषक, खेतिहर, हलजीवी।

किताब—पुस्तक, ग्रन्थ, पोथी।

किनारा—छोर, तीर, तट, कूल, पुलिन, वेलाभूमि, कगार, साहिल, आंचल, बगल, सिरा।

किरण—अंशु, रश्मि, द्युति, मरीचि, किरन।

किला—दुर्ग, गढ़, गढ़ी, कोट, शहरपनाह।

किवाड़—कपाट, द्वार, पल्ला, दरवाज़ा, फाटक।

कीचड़—कीच, पंक, कीचा, गारा।

कीर्ति—ख्याति, यश, बड़ाई, प्रसाद, दीप्ति, पुण्य, नाम, प्रसिद्ध, शोहरत, प्रतिष्ठा।

कुआँ—कुवाँ, इनारा, जलाम्बिका, कूप।

कुंठा—संकोच, लाज, शर्म, झेंप, मंदता, जड़ता, हीनता, अवरोध, गतिहीनता।

कुंठित—कुंद, मंद, जड़, हीन, अवरुद्ध, गतिहीन, संकुचित, लजीला, झेंपू।

कुटिल—वक्र, टेढ़ा, तिरछा, बाँका, कपटी, छली, शठ, खल, दुष्ट, दगाबाज़।

कुतूहल—आश्चर्य, अचम्भा, अजूबा, इच्छा, उत्कंठा, अभिलाषा, कौतुक, क्रीड़ा।

कुत्ता—कुक्कुर, श्वान, शुनि, कूकुर, मृगारि, सारमेय।

कुत्सित—नीच, अधम, गर्हित, निकृष्ट, निंदित, बुरा, ख़राब।

कुबेर—यक्षराज, धनद, धनेश, धनपति, धनपाल, धनदेव, अर्थपति, देवकोषाध्यक्ष, धननाथ।

कुमार—1. पुत्र, बेटा, लड़का, आत्मज; 2. युवराज, राजकुमार, शहज़ादा, अविवाहित, कुँवारा।

कुमारी—अविवाहिता, कुँवारी, लड़की, कन्या।

कुमुद—कोई, मोदिनी, नलिनी, इंदुकमल, पदमिनी।

कुरूप—बदसूरत, बेडौल, भद्दा, असुन्दर, बदशक्ल, कुडौल, कुत्सित, कुगठित, विद्रूप, बेढंगा।

कुल—1. वंश, घराना, खानदान, जाति, कुटुंब, कौम, गौत्र; 2. समस्त, तमाम, सम्पूर्ण, पूर्ण, समग्र, सकल, सर्व, सारा, पूरा,समूचा।

कुलीन—शिष्ट, अभिजात, आर्य, उच्चवर्गीय, प्रतिष्ठित, सम्मानित।

कुशल—1. मंगल, शिव, कल्याण, खैरियत, भलाई, राजीखुशी; 2. चतुर, दक्ष, प्रवीण, निपुण, श्रेष्ठ, अच्छा, भला, पुण्यशील।

कूटनीति—कूटयुक्ति, कूटचाल, छलबल, घात, दाँवपेंच।

कूल—तट, किनारा, छोर, तीर, समीप, पास, निकट।

कृतज्ञ—आभारी, उपकृत, अनुगृहीत, कृतार्थ, अहसानमंद, शुक्रगुज़ार।

कृतज्ञता—आभार, अनुग्रहीतता, एहसानमंदी।

कृतार्थ—उपकृत, कृतकृत्य, धन्य, सार्थक, सफल, सफल मनोरथ, सफल काम, चरितार्थ, फालितार्थ।

कृत्रिम—बनावटी, दिखावटी, प्रदर्शनपूर्ण, नकली, अवास्तविक, झूठा।

कृपा—अनुग्रह, अनुकंपा, मेहरबानी, इनायत, फ़ज़ल, करम, करुणा, नरमी, सहानुभूति, सुजनता, दया, रहमत।

कृष्ण—श्याम, साँवले, नंदनंदन, जनार्दन, यदुनंदन, देवकीनंदन, मुरमर्दन, वंशीधर, गिरिधर, द्वारिका-धीश, केशव, मुरलीधर, गिरिधर, कन्हैया, बनवारी, राधारमण, पुरुषोत्तम, चक्रपाणि, यादवेश, नंदलाल, यदुनाथ, योगिराज।

केतु—1. झंडा, पताका, ध्वज, ध्वजा; 2. दीप्ति, आभा, चमक, कांति, द्योति।

केवट—मल्लाह, कर्णधार, मांझी, नाविक, खेवट, धीवर।

केवल—1. मात्र, सिर्फ़, महज़, फ़कत; 2. ही, भर; 3. निरा, कोरा, बिलकुल।

केश—बाल, कुंतल, कच, अलकें, गेसू, लट, जुल्फ़, वेणी।

कैद—बंधन, फंदा, बँधना, निरोध, परिरोध, रोक, कारावास, कारागृह, जेलख़ाना, हवालात।

कैसे—किस माध्यम से, किस ज़रिये से, किधर से, कहाँ से, किस जगह से, किस तरह से।

कोंचना—चुभाना, धँसाना, गड़ाना, गोदना, बींधना भोंकना, घुसेड़ना, खोंसना।

कोख—कुक्षि, पेट, उदर, गर्भाशय।

कोमल—1. नर्म, मुलायम, मृदु, मृदुल, सुकुमार, सौम्य, नाजुक; 2. सुन्दर, मनोहर, स्निग्ध।

कोमलता—नजाकत, मृदुल, नरमाई, मृदुता, नर्मी, मृदुलता, सुकुमारता।

कोयल—कोकिल, कलघोष, कलकंठ, पंचमा, पिकी, पिक, मदालापी, मधुकंठ, वसंतदूत, श्यामा।

कोशिश—प्रयास, प्रयत्न, परिश्रम, चेष्टा, यत्न।

कोष—ख़ज़ाना, निधि, धनागार, कोषगृह, कोषागार, भंडार, भंडारागार।

कोसना—बुरा-भला कहना, गाली देना, बदकारना, शाप देना, कुढ़ाना, दुःखी करना।

कोहरा—धुंध, कुहासा, नीहा, कूहा, कुहरा, धूमिका।

कौआ—कौवा, काग, कागा, काक, काकोल, वायस, गूढ़कामी, एकाक्ष।

कौतुक—1. जादु, तमाशा, खेल; 2. आश्चर्य, कौतूहन, अचम्भा।

कौर—कवल, ग्रास, निवाला।

क्रम—1. तरतीब, कवर, तारतम्य, ताँता, श्रृंखला, माला; 2. दर्जा, श्रेणी।

क्रियाकर्म—अन्त्येष्टि, अन्त्येष्टि संस्कार, दाहकर्म, उत्तरकर्म, प्रेत संस्कार, शवदाह।

क्रूर—1. कर्कश, कठिन, निर्दय, निठुर, निर्मोही, नृशंस, निष्ठुर, दयारहित, दुष्ट, बर्बर, अत्याचारी, आततायी, ज़ालिम; 2. भयंकर, डरावना; 3. तीक्ष्ण, तीखा, कठिन।

क्रूरता—बर्बरता, बेरहमी, निर्दयता, कठिनता, निर्मोह, निर्मतता, भयंकरता, परुषता।

क्रोध—कोप, अमर्ष, रोष, रिस, गुस्सा, आवेश, तैश, नाराज़गी।

क्रोधी—गुस्सैल, कोपातुत, क्रोधोदिप्त, क्रोधाकुल।

क्षण—समय, मुहूर्त, बेला, काल, अवसर, निमेष, पल, मौक़ा, वक़्त, घड़ी।

क्षण-भंगुर—अनित्य, अस्थायी, नश्वर, अस्थिर, क्षणिक।

क्षत—घाव, ज़ख़्म, व्रण।

क्षति—हानि, नुक़सान, घाटा।

क्षतिपूर्ति—क्षतिपूरक, हानिसम्पूर्ति, प्रतिपूर्ति, प्रतिकर, बदला, मुआवज़ा, हर्ज़ाना।

क्षमता—योग्यता, पात्रता, प्रज्ञा, मेधा, प्रतिभा, प्रवणता, सामर्थ्य, शक्ति, ताक़त, बल।

क्षमा—मुआफ़ी, सहिष्णुता, सहनशीलता, तितिक्षा।

क्षमाशील—सहिष्णु, तितिक्षु, क्षमित, क्षमी, क्षमावान।

क्षय—यक्ष्मा, दिक, तपेदिक, राजरोग, अवनति।

क्षर—1. नाशवान्, नश्वर, मरणशील; 2.जल, पानी, नीर; 3.देह, शरीर, बदन, चोला; 4. मेघ, बादल; 5. अज्ञान, मूर्खता, जड़ता।

क्षिति—1. पृथ्वी, धरती, भूमि, मेदिनी, ज़मीन।

क्षीण—1.कृश, दुबला—पतला, कमज़ोर, दुर्बल, बलहीन; 2. अल्प, थोड़ा, सूक्ष्म, बारीक।

क्षीणता—1. कृशता, दुर्बलता, बलहीनता, कमज़ोरी।

क्षुद्र—1. अल्प, थोड़ा, मामूली; 2. छोटा, अधम, नीचा, तुच्छ; 3. कृपण, कंजूस, मक्खीचूस; 4. दरिद्र, निर्धन, ग़रीब।

क्षुब्ध—रुष्ट, क्रुद्ध, कुपित, नाराज़, विकल, व्याकुल, विह्वल, उद्विग्न, घबराया हुआ, चंचल, चपल, भयभीत, डरा हुआ।

क्षेत्र—1. भूमिखंड, भूभाग, खेत, मैदान, जोत; 2. इलाक़ा, हलका, दायरा, घेरा, परिधि; 3. पुण्य-स्थान, तीर्थस्थान, तीर्थ।

ख

ख - देवनागरी वर्णमाला का दूसरा (व्यंजन) वर्ण है। इसका उच्चारण स्थान कंठ है।

खंड—अंश, भाग, टुकड़ा, हिस्सा, विभाग, प्रभाग, अनुभाग।

खंडन करना—खंड-खंड करना, टुकड़े-टुकड़े करना, विभक्त करना, विभाजित करना, अमान्य करना, ग़लत ठहराना, असत्य सिद्ध करना, रद्द करना, झूठा साबित करना, अप्रमाणित करना।

खखारना—कफ़ोत्सारण करना, बलगम निकालना, खाँसना।

खज़ाना—1. कोष, निधान, निधि, कोषाकार; 2. संग्रह, भंडार, गोदाम, अजायबघर।

खटका—आशंका, चिंता, फ़िक्र, अनिश्चय, अविश्वास, द्विविधा, अनिर्णय, सन्देह, संदिग्धावस्था, संदेहावस्था, खतरा, डर, भय।

खट्टा—अम्ल, तुर्श, चुक्क।

खत—1. पत्र, चिट्ठी, पाती; 2. रेखा, लकीर।

ख़तरनाक—संकटजनक, भयावह, जोखिम का, डरावना, खौफ़नाक, भयानक, आशंकाप्रद।

ख़तरा—भय, डर, खौफ़, आशंका, खटका, अंदेशा।

खतरे में डालना—आपत्ति में छोड़ना, संकट में डालना, विपत्ति में डालना, जोखिम में डालना, आपदग्रस्त करना, विपदा में डालना, विपन्न करना।

ख़बर—1. समाचार, हालचाल, वृतांत, संदेश, सूचना, जानकारी, संदेशा, पता, खोज; 2. सुधि, चेत, चेतना, संज्ञा, होश।

ख़बरदार—सतर्क, सावधान, सजग, जागरूक, होशियार, चौकन्ना, सचेत।

ख़बर देना—सूचना देना, अवगत कराना, सूचित करना, जानकारी देना, इत्तला करना, समाचार कहना, हाल बताना, आगाह करना।,

खरगोश—शश, शशक, खरहा।

खरा—1. अच्छा, बढ़िया, निर्दोष, शुद्ध, स्वच्छ, निर्मल; 2. निःसंकोची, निष्कपट, इमानदार, बेलाग, सच्चा।

ख़राबी—1. दोष, अवगुण, बुराई; 2. अधम, खोटा, गंदा, घटिया, बेकार, सड़ियल।

खरोंच—कटाव, निशान, दरार, भंग।

ख़र्च—व्यय, खपत, इस्तेमाल, उपयोग।

खल—नीच, दुष्ट, धोखेबाज़, छली, कपटी, दुर्जन, विश्वासघात, चुगलखोर, निर्लज्ज, कमीना।

खलबली—1. हलचल, शोर, हल्ला, कुहराम, हंगामा, शोर-शराबा; 2. व्याकुलता,आकुलता, व्यग्रता, कुलबुलाहट, उद्विग्नता, अशांति, घबराहट।

खाद्य—भक्ष्य, भोज्य, आहार्य, खुराक़, भोजन, भोज्य सामाग्री, आहार।

ख़ामोश—चुप, मौन, शांत, मूक, अनुच्चरित, ध्वनिरहित, नीरव, निशब्द, निरुत्तर, स्वरहीन, निस्तब्ध।

ख़ामोशी—मौन, चुप्पी, मूकता, निशब्दता, नीरवता।

खाल—चाम, चमड़ा, त्वचा, चर्म, चमड़ी, खल्ल, चमरू, चर्मिका।

ख़ाली—1. रिक्त, रीता, खोखला, असार, छूछा, सूना, निस्सार, रहित, विहीन; 2. केवल, कोरा, सादा, सिर्फ।

ख़ालीपन—शून्यता, शून्यगर्भता, नीरवता, निर्जनता, रिक्तता, निस्तब्धता, खोखलापन।

ख़ास—विशेष, मुख्य, प्रधान, निजी, आत्मीय, प्रिया, शुद्ध-विशुद्ध, खालिस।

खिन्न—व्यथित, चिंतित, विकल, व्यग्र, व्याकुल, आकुल, दुःखी, उदास, निरानंद, विषण्ण, म्लान, अन्यमनस्क, अप्रसन्न।

खीझ—चिढ़, कुढ़न, झुँझलाहट, झल्लाहट, रोष।

खीझना—झुँझलाना, ठुनकना, झल्लाना, चिढ़ना।

खुश—सानंद, सोल्लास, प्रोत्फुल्ल, प्रसन्न, प्रमुदित, हर्षोत्फुल्ल, हर्षजनक, हर्षित, आनंदित, आनंद।

खुशबूदार—सुवासित, सुगंधित, सुरभित, सुगंधपूर्ण।

ख़ुशामद करना—चाटुकारिता करना, चापलूसी करना, झूठी तारीफ़ करना, तलवे चाटना, मक्खन लगाना।

खूँखार—1. क्रूर, निर्दय, निर्मम, ज़ालिम; 2. भयानक, भयंकर, भयावह, दारुण, डरावना, रौद्र; 3. खूनी, हिंसक, घातक, जानलेवा, प्राणघातक।

खूँटी—मेख, टंगनी, कील।

खूनी—रक्तपिपासु, हत्यारा, क़ातिल, हिंसक।

खूबसूरती—लावण्य, मनोहरता, सुन्दरता, रमणीयता, चारुता, सौंदर्य, सुगठन, कांति, शोभा, श्री, मनोज्ञता।

खेती—कृषि, कृषिकर्म, किसानी, काश्तकारी, काश्त, कृषिकार्य, खेतीबाड़ी।

खेद—ग्लानि, दुःख, रंज, शोक, मनोव्यथा, अनुताप, कचोट, संताप, अफ़सोस, मलाल, रंज।

खोज—तलाश, अनुसंधान, आविष्कार, अन्वेषणा, जाँच-पड़ताल, अन्वेषण, शोध, अन्वीक्षण, छानबीन, तफ़तीश, तहकीकात।

खोजना—मालूम करना, ढूँढ़ निकालना, टोह लेना, पता लगाना, ढूँढ़ना, जाँच-पड़ताल करना, गवेषणा करना, छानबीन करना, अनुसंधान करना, अन्वेषण करना, तलाश करना, पूछताछ करना, तफ़तीश करना, तहकीकात करना।

खोजने वाला—अनुसंधानकर्त्ता, अन्वेषणकर्त्ता, अन्वेषक, पता लगाने वाला, तलाश करने वाला।

खोटा—1. अशुद्ध, मिलावटी, दूषित, विकृत; 2. झूठा, नकली, बनावटी; 3. अनुचित, ख़राब, बुरा।

ख़्याल—1. ध्यान, विचार भाव, सम्मति; 2. आदर, लिहाज़, सम्मान, मनोवृति, ध्यान।

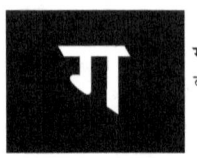

ग

ग – देवनागरी व्यंजन में कवर्ग का तीसरा वर्ण है। इसका उच्चारण स्थान कंठ है।

गंगा–भागीरथी, जाह्नवी, मंदाकिनी, सुरसरि, देवापगा, त्रिपथगा, सुरध्वनी, नदीश्वरी, सुरापगा, अलकनंदा, सुरनदी, देवनदी विष्णनदी, अमरतरणि, भुवनपावनी, पापमोचनी, त्रिधारा, पुरंदरा, सूरसरिता, स्वर्गापगा।

गंदा–1. मैला, मलिन, अस्वच्छ, गँदला, अपरिष्कृत, कलुषित, बुरा, अशुद्ध, ख़राब; 2. घृणित, घिनौना, गलीज़, फूहड़, कुत्सित, वीभत्स, भ्रष्ट, अशिष्ट, अश्लील।

गंधर्व–देवजन, सुरगायक, विद्याधर, दिव्यगायक, किन्नर।

गंभीर–1. अथाह, गहरा, अतल; 2. घना, गहन, सघन; 3. भारी, विकट, घोर; 4. भावसंयमी, भावगोप्ता, संयत, धीर, शांत, सरल, अप्रदर्शनशील; 5. गूढ़, जटिल, कठिन; 6. दुर्गम, दुर्भेद्य, दुरुह।

गँवार–1. देहाती, ग्रामीण, गँवई; 2. असभ्य, उजड्ड, मूर्ख, अशिष्ट, बेवकूफ़।

गगन–आकाश, आसमान, अंतरिक्ष, व्योम, शून्य, महाव्योम।

ग़ज़ब–1. आश्चर्य, कमाल, अजूबा; 2. क्रोध, गुस्सा, रोष, कोप; 3. विपत्ति, आपत्ति, संकट; 4. अन्याय, जुल्म, अंधेर, अनर्थ, अनिष्ट।

गण–1. झुंड, समूह, समुदाय, जत्था, क़बीला; 2. श्रेणी, जाति, कोटि, वर्ग; 3. सेवक, दूत, अनुचर, अनुयायी।

गणना–हिसाब-किताब, जनगणना, आकलन, गिनती, संख्या।

गणेश–लंबोदर, हेरम्ब, एकदंत, मूषकवाहन, गजवदन, गणपति, शिवसुत, विनायक, गजास्य, मोददाता, गजानन, मोदकप्रिय, आदिपूज्य, गजकर्ण, गौरीसुत, सिद्धिदाता, गणनाथ, हस्तिमुख, परशुपाणि, पार्वती सुवन, भालचन्द्र, पर्शपाणि।

गति–1. चाल, वेग, रफ़्तार, गमन, हरकत, स्पंदन; 2. दशा, अवस्था, हाल, हालत, स्थिति; 3. माया, लीला।

गतिशील–चल, अस्थिर, चलनशील, चलंत, चलता- फिरता, गतिमान।

ग़दर–हलचल, खलबली, उपद्रव, बलवा, विद्रोह, बग़ावत, क्रांति।

गधा–गदहा, गर्दभ, खर, खोता, वैशाखनंदन, शीतलावाहन, शंखकर्ण, मूर्ख, बेवकूफ़, बुद्धि हीन।

गरदन–ग्रीवा, गला।

गरम–उष्ण, तप्त, तपित, प्रचण्ड, तीक्ष्ण, उग्र, क्रुद्ध, क्रोधी।

ग़रीब–निर्धन, दरिद्र, दीन, दीनहीन,कंगाल, मुफ़लिस, अभावग्रस्त।

गरुड़–नागांतक, सुपर्ण, वैनतेय, विष्णुवाहन, खगेश्वर, खगपति, पक्षिराज, खगकेतु, खगेश, भुजगंभोजी, विहंगराज, शाल्मली, हरिवाहन।

गर्भ–भ्रूण, गर्भपिण्ड, अर्भ, अर्भक।

गर्म–उष्ण, उत्तप्त, तप्त, ज्वलंत।

गर्व–गौरव, नाज़, फ़ख्र, अभिमान, घमंड।

गवाही–अभिसाक्ष्य, मौखिक, साक्ष्य, मुखसाक्ष्य, प्रतिज्ञान, प्रमाणित कथन, शब्द-प्रमाण, शपथपूर्वक घोषणा, प्रत्यादर्शी, साक्षी।

गहन–1. अभेद्य, दुर्गम; 2. घना, निविड़, सघन, गंभीर, गहरा।

गाँव–बस्ती, ग्राम, आबादी, पुरी, देहात, पुरवा, मौजा।

गाड़ी–शकट, सवारी, वाहक, यान, वाहन, बैलगाड़ी।

गाय–1. सुरभी, गौ, धेनु, प्यस्विनी; 2. सीधा, सीधा–सादा, भोला–भाला, सरल चित्त।

गायत्री–वेदमाता, सावित्री, ब्राह्मीसरस्वती।

गायब–ओझल, अदृश्य, अंतर्धान, तिरोहित, लुप्त, विलुप्त, विलीन, छूमंतर, रफूचक्कर, नौ दो ग्यारह, अविद्यमान, गुम, लापता।

गाली–अपशब्द, दुर्वचन, अशिष्ट-उक्ति, अश्लील कथन, गाली-गलौज, अपभाषा, कुत्सित भाषा, बदजबानी।

गिड़गिड़ाना–अनुनय करना, विनय करना, विनती करना, निवेदन करना, मिन्नत करना, प्रार्थना करना, याचना करना, अभ्यर्थना करना, घिघियाना।

गिनती–गणन, गणना, लेखा, हिसाब।

गिरना–1. पतित होना, स्खलित होना, फिसलना-फिसलाना, नीचे आ जाना; 2. कमी आना, धटना, गिरावट आना, पतन, लुढ़कना।

गिरवी रखना–बंधक रखना, रेहन रखना।

गिरावट–अपकर्ष, अधःपात, पतन, अधः पतन, अपकर्षण।

गीदड़–स्यार, शृगाल, जम्बुक, निशामृग, डरपोक, बुझदिल।

गीला–आर्द्र, अशुष्क, सिक्त, तर, नम, भीगा।

गुंजाइश–1. स्थान, जगह, अवकाश; 2. सुभीता, समाई, सहूलियत।

गुंडा–लुच्चा, लफंगा, बदमाश, आवारा, उपद्रवकारी, शोहदा, आततायी, कलहकारी, अत्याचारी, आतंकी, उद्दंड, दुष्ट।

गुड़िया–पुत्रिका, पुत्तलिका, पांचालिका, पुतली।

गुण–विशेषता, खूबी, योग्यता, निपुणता, प्रवीणता, काबिलियत।

गुणगान करना–वंदना करना, स्तुति करना, स्तवन करना, कीर्तन करना, यशोगान करना।

गुणी–1. गुणवान, गुण संपन्न, निष्णात, प्रवीण, पारंगत; 2. योग्य, लायक, हुनरमंद।

गुदगुदाना–सहलाना, खुजलाना, सिहरा देना, पुलकित कर देना।

गुप्त–1. छिपा हुआ, अप्रत्यक्ष, परोक्ष, अप्रकट, गोपित, गूढ़, प्रच्छन्न, अंतर्निहित, गूढ़; 2. कठिन, जटिल।

गुप्तचर—चर, खुफ़िया, जासूस, भेदिया।

गुमराह—भ्रांत, विभ्रांत, विपथगामी, पथभ्रष्ट, मार्गच्युत, भूलाभटका।

गुमसुम—चुप, खोया-खोया, अन्यमनस्क, आत्मविस्मृत, आत्मविभोर।

गुरु—शिक्षक, अध्यापक, आचार्य, उस्ताद, प्राध्यापक।

गुलछर्रे उड़ाना—आमोद-प्रमोद करना, खुशी मनाना।

गुलाम—दास, सेवक, नौकर, अनुचर, परतंत्र, पराधीन, परवश।

गूँगा—मूक, आवाक्, मौन, चुप, नीरव, वाणीहीन, बेजबान।

गूँज—प्रतिनिनाद, निनाद, प्रतिनाद, प्रतिध्वनि।

गूँजना—ध्वनि निकालना, कूंजना, प्रतिध्वनित होना।

गूढ़—1. गुप्त, अप्रकट, अज्ञात, अदृश्य, अदृष्ट, अस्पष्ट, प्रच्छन्न, गोपनीय, अप्रकाशित; 2. जटिल, दुरुह, दुर्बोध, रहस्यमय, गहन, गंभीर, गूढार्थ, रहस्यपूर्ण, पेचीदा, रहस्यमय, सांकेतिक, क्लिष्ट।

गोद—अंक, अंकवार, गोदी।

गोप—गोरक्षक, अहीर, ग्वाला गोपालक।

गोबरगणेश—मूर्ख, अनाड़ी, बेवकूफ़, जड़।

गोरा—गौर, धवल, श्वेतवर्ण, हिमवर्ण।

गौ—गऊ, गाय, धेनु, गो, सुरभी।

गौण—अप्रसांगिक, अप्रधान, अप्रमुख, सहायक।

गौतमबुद्ध—शाक्यसिंह, गौतम, मायासुत, शाक्यमुनि, मारजित्, लोकजित्।

गौरव—1. स्वाभिमान, गर्व, घमंड; 2. बड़प्पन, महत्त्व, गुरुता, गुरुत्व; 3. इज़्ज़त, सम्मान; 4. अभ्युत्थान, उत्कर्ष, उन्नति; 5. गंभीरता, गहराई, गहनता, गूढ़ता, कीर्ति।

ग्वालिन—अहिरिन, गोपी, गोपवधू।

घ

घ - देवनागरी वर्णमाला के व्यंजनों में से कवर्ग का चौथा व्यंजन है। इसका उच्चारण स्थान कंठ या जिह्वा-मूल है।

घट—1. कलश, घड़ा, कुम्भ; 2. देह, शरीर, काया, बदन; 3. अन्तःकरण, हृदय, मन।

घटक—1. कलश, घड़ा, कुम्भ; 2. संघटक, कारक, तत्व, अवयव, अंग, उपांश, भाग, उपादान।

घटना—वाक़या, माज़रा, मामला।

घटाना—कम करना, न्यून करना, हलका करना, अल्पीकरण, अवशमन करना।

घटिया—हेय, हीन, हलका, निकृष्ट, कुत्सित, गर्हित, अपकृष्ट, ओछा, तुच्छ, अधम नीच, खोटा।

घड़ा—घट, कलश, कुम्भ, गागर, गगरा, जलपात्र।

घन—मेघ, बादल, जलधर, जलद।

घना—घन, सघन, घनीभूत, घनघोर, गझिन, घनिष्ठ, गहरा, अविरल।

घबड़ा देना—अवाक् कर देना, व्याकुल कर देना, हतबुद्धि कर देना, किंकर्तव्यविमूढ़ कर देना, भौंचक्का कर देना, क्षुब्ध करना, आकुल करना, व्यग्र करना, उ द्विग्न कर देना, विमूढ़ कर देना, विक्षिप्त करना, स्तब्ध करना, चौंका देना, भ्रांत कर देना, विक्षुब्ध करना, उलझन में डालना, चकरा देना, अभिभूत करना।

घबराना—हड़बड़ाना, उतावला होना, अधीर होना, क्षुब्ध होना, व्यग्र होना, अकुलाना, व्याकुल होना, विचलित होना, चलायमान होना, हैरान होना, परेशान होना, अशांत होना, आतुर होना।

घबराहट—आकुलता, व्याकुलता, उद्विग्नता, विमूढ़ता, अधीरता, क्षोभ, व्यग्रता, हड़बड़ी, परेशानी, आतुरता, कातरता, खलबली, हैरानी, बेचैनी, विक्षिप्ति।

घर—गृह, गेह, सदन, निकेतन, धाम, भवन, मकान, आवास, निवास, ग़रीबख़ाना, दौलतख़ाना।

घरेलू—हिला-मिला हुआ, सधा हुआ, पला हुआ, पालतू।

घाट—भरणतट, घट्ट, नदीतट अवस्थानतट।

घाटा—हानि, टोटा, नुक़सान।

घातक सांहातिक—प्राणनाशक, प्राणांतक, मारक, विनाशक, विषैला, विनाशकारी, मारू, जानलेवा, मृत्युजनक।

घायल—ज़ख़्मी, आहत, क्षत—विक्षत।

घाव—ज़ख़्म, व्रण, क्षत, चोट, चीरा।

घिनौना—घृण्य, घृणोत्पादक, घृणास्पद, तिरस्करणीय, घृणाजनक, फूहड़, भद्दा, भोंडा,

विरक्तकर, अरुचिकर, अप्रिय, जुगुप्साजनक, गृहणीय, घिन, नफरत, अरुचि, चिढ़, वितृष्णा।

घुटना–ठेघुँना, घुटिक, रान, साँस रूकना।

घुड़सवार–अश्वारूढ़, अश्वारोही, चाबुक सवार, घुड़चढ़ा, अश्वपति, तुरंगी।

घुमाना–1. चक्कर देना, फेरा देना, नचाना, गोलाई में चलाना; 2. सैर कराना, टहलाना, भ्रमण कराना, रमाना, विचरण कराना।

घुसना–1. प्रवेश करना, पैठना, अन्दर जाना, दाख़िल होना; 2. भेदन करना, चुभना, आरपार होना।

घूँघट–मुखावरण, पर्दा, नकाब, अवगुंठन, बुर्का।

घूँसा–मुष्टिक, मुष्टिका, मुक्का।

घूस–1. रिश्वत, उत्कोच, चाँदी का जूता; 2. बड़ा चूहा।

घृणा–नफ़रत, घिन, जुगुप्सा, अरुचि, कुत्सा, विराग, अप्रीति, चिढ़ विरक्ति, विमुखता, ऊब।

घृणाजनक–घृणात्मक, घनौना वितृष्णाजनक, कुत्सित, विरक्तिकर, वमनोत्पादक, अप्रीतिकर अप्रिय।

घृणापूर्ण–अवज्ञासूचक, तिरस्कारी, घृणित, तिरस्कारपूर्ण, अवमानी, अवहेलनात्मक।

घृणित–हेय, तुच्छ, नगण्य, हीन, नीच, बुरा, ख़राब, निंद्य, तिरस्करणीय, तिरस्कृत।

घेरा–मंडल, वलय, वृत्त, चक्र, परिधि, क्षेत्र, दायरा, सीमा, मर्यादा।

घोड़ा–अश्व, तुरग, तुरंग, तुरंगम, हय, घोटक।

घोड़ी–अश्वा, घोटिका।

घोर–1. विकराल, भीषण, भयंकर, भयानक, भयावह, डरावना; 2. उग्र, दारुण, तीव्र, प्रचंड; 3. अतिशय, अधिक, अत्यधिक, प्रचुर, बहुत।

घोषणा–उद्घोषण, ऐलान, सूचना, विज्ञप्ति, अधिसूचना, मुनादी, डुग्गी।

घोषणा-पत्र–ज्ञापन-पत्र, नीति-घोषपत्र, घोष-पत्र, मैनिफैस्टो।

च

च - देवनागरी वर्णमाला का छठा व्यंजन, चवर्ग का पहला वर्ण है। इसका उच्चारण स्थान तालू है।

चंचल–1. उतावला, डाँवाडोल, क्षणिक, पलायनशील, परिवर्तनशील, अस्थिर, अधीर, अशांत; 2. चुलबुला, नटखट, चपल, अगंभीर, अवज्ञापूर्ण, अलमस्त।

चंट–चतुर, चालाक, धूर्त, धृष्ट, सयाना।

चंदन–चंद्रकांत, तमाल, दारुसार, पीतगंध, पीतसार, मलयगिरि, श्रीखंड, गंधराज, गंधसार, हरिगंध, सन्दल, एकांग श्रीखंड, गंधराज, सर्पावास, मलयोद्‌भव, मलराज।

चंद्रमा–चाँद, चंद्र, मयंक, हिमकर, शशि, हिमांशु, रजनीपति, राकेश, इन्दु, सोम, सुधांशु, सुधाकर, कलानिधि, अंशुमाली, कुमुदनाथ, तारापति, निशाकर, सोमराज, शशांक, विभाकर, रजनीश, तारकेश, तारकेश्वर, महताब, नक्षत्रेश।

चंद्रिका–1. चाँदनी, ज्योत्स्ना, जुन्हैया, चन्द्रप्रभा, कौमुदी, हिमकर, चंद्रमरीची; 2. चंदवा, चंद्रातप ।

चकराना–चक्कर खाना, सिर घूमना, घूमना, फिरना, घूमता-सा दिखाई देना।

चकोर–जिवाजिव, ज्योत्स्नाप्रिय, मनाल, जीवंजीव, जलचंचु, चंद्रिकायायी, सुलोचन।

चक्र–1. पहिया, चक्की, फेरा, चक्कर, भँवर, घूर्णन, आवर्त, घुमाव, फेर, घूम, बल, पेंच; 2. तमशा, पदक, मेडल।

चढ़ना–1. अधिरोहण करना, आरोहण करना, सवार होना, सवारी करना; 2. उदय होना, निकलना, ऊपर उठना, ऊपर होना।

चढ़ाव–आरोहण, आरोहन, प्ररोहण, आरोह।

चतुर–कोविद, प्रवीण, विज्ञ, कुशल, दक्ष, निपुण, पटु, योग्य, सयाना, होशियार, अकलमंद, मतिमान, विज्ञ, चालाक, प्रगल्भ।

चमक–प्रकाश, ज्योति, रोशनी, आभा, स्फुरण, दमक, प्रभा, कांति, दीप्ति, झलक, झलमल, प्रगल्भ, झलमलाहट, चमक-दमक, रौनक, जगमगाहट, कौंध।

चमकीला–देदीप्यमान, आभामय, उज्ज्वल, चमकदार, प्रकाशमान, चटकीला, भड़कदार, आलोकित, अमिताभ।

चमत्कार–करिश्मा, करामात, करतब, तिलस्म।

चरण–पग, पाँव, पैर, पद।

चरित्र–चाल-चलन, चलन स्वभाव, व्यवहार, आचरण, करनी, करतूत, शील, सदाचार, आचार।

चरित्रहीन—चरित्रभ्रष्ट, दुश्चरित्र, अनैतिक, दुराचारी, कामुक, लंपट, व्यभिचारी, भोगासक्त, व्यसनी, बदकार, बदचलन, अधम, अवारा।

चर्चा—वर्णन, विवेचन, ज़िक्र, बयान, वार्तालाप, बातचीत, अफ़वाह।

चलना—गमन करना, आगे बढ़ना, पधारना, पदार्पण करना, चलायमान होना, बढ़ना, प्रस्थान करना, निकलना, जाना।

चश्मा—1. सोता, स्रोत, झरना; ऐनक, गॉगल।

चहल—1. आनंदोत्सव, धूमधाम, चहल- पहल, रौनक।

चांडाल—अंत्यज, श्वपच, शुद्र, अस्पृश्य, अछूत, श्वपाक, नीच, पतित।

चाँदनी—चंद्रिका, ज्योत्स्ना, कौमुदी, चंद्रप्रभा, चंद्रपुष्पा, चंद्रशाला, जुम्हाई, उजियारी।

चाटुकारी—चापलूसी, अनुनय, खुशामद, लल्लोचप्पो।

चापलूस—चाटुकार, खुशामदी, प्रियवदी, मिठबोला, पराश्रमी, मक्खनबाज़, चमचा, परजीवी, अत्यनुरोधी।

चाबुक—कषा, कश, बेंत, सोंटा, चमोटी।

चाल—1. गति, वेग, रफ़्तार; 2. आचरण, चाल—ढाल, चलन; 3. आकर—प्रकार, ढब, बनावट; 4. रीति, रस्म, प्रथा, परिपाटी; 5. ढंग, प्रकार, विधि; 6. दांव, दांव—पेंच, चालाकी, चतुराई।

चाल—चलन-समानुष्ठान, अनुचेष्टा, चेष्टा, आचरण, गतिविधि, व्यवहार, बर्ताव, शिष्टाचार, सदाचार।

चाह—1. प्रेम, प्रीति, अनुराग; 2. इच्छा, स्पृहा, ईहा, उत्कंठा, वांछा, कामना, अभिलाषा, अरमान, ललक, आकांक्षा, मनोरथ; 3. आवश्यकता, ज़रूरत, मांग; 4. रहस्य, मर्म, गुप्त भेद।

चिन्ता—1. ध्यान, फ़िक्र, सोच, ऊहापोह, विभावन, परवाह, विचार; 2. उद्विग्नता, अधीरता; 3. रंज, दुःख, शोक व्यथा।

चिकना—स्निग्ध, तैलाक्त, तेलिया, रोगनी, तैलवत, पिच्छिल, स्नेहिल, निर्जज्ज, बेशर्म, बेहया।

चिकित्सा—उपचार, इलाज, दवादारू।

चिकित्सालय—अस्पताल, दवाख़ाना, शफ़ाख़ाना, औषधालय।

चिट्ठी—पत्र, खत, पाती, चिट्ठी-पत्री।

चिड़चिड़ा—तुनुक-मिज़ाज, बिगड़ैल, बदमिजाज।

चिढ़ना—कुढ़ना, खीझना, चिड़चिड़ाना, झल्लाना, अप्रसन्न होना।

चितकबरा—कबरा, चितला, शबल, कबुर्र, कर्बुरित, रंजित, चित्रक, नानावर्ण, बहुवर्णी, बहुरंगी, चित्र—विचित्र।

चिन्ह—लक्षण, निशान, छाप, पहचान, संकेत, प्रतीक, सूचक, द्योतक।

चीख—क्रंदन, आक्रंदन, कर्कशनाद, चीत्कार, चिल्लाहट, कूक।

चीज़—पदार्थ, वस्तु, द्रव्य।

चीनी—शर्करा, शक्कर, खांड।

चीरफाड़—शस्त्र कर्म, शस्त्र क्रिया, शस्त्रोपचार, शल्यकर्म, शल्योपचार, अस्त्रचिकित्सा।

चुंगी–उत्पादन कर, पथकर, सीमाकर, सीमाशुल्क, उत्पादशुल्क, उत्पादकर, सरकारी महसूल, आबकारी, शुल्क।

चुकौती–निस्तार, निस्तारण, भुगतान, ऋणमुक्ति, ऋणमोचन, ऋण भुगतान।

चुगली–परिवाद, प्रवाद, कुत्सा, निंदा, द्वेषपूर्ण वार्ता, चुगलखोरी।

चुप–मौन, अवाक्, चुपचाप, ख़ामोश, निशब्द, शांत, गुमसुम, नीरव, निरुत्तर।

चूँकि–कारण यह है कि, क्योंकि, यह देखते हुए कि, जबकि, इसलिए कि।

चूड़ी–कंकण, कंगन, कंगना, चूड़ा।

चूहा–मूषक, मूस, गणेशवाहन।

चेतना–चेत, होश, ज्ञान, मनोज्ञान, संज्ञा, सुधबुध, बोध, विचारना, समझना, सावधान होना।

चेला–शिष्य, शागिर्द, छात्र, विद्यार्थी।

चोटी–शिखा, वेणी, चुटिया, तुंग, शिखर, चोटी, शिखा।

चोर–तस्कर, गिरहकट, उठाइगीर, कजाक,चोट्टा, उचक्का, जेबक़तरा, निशाचर, रजनीचर।

चोली–अंगिया, कंचुकी, अंगरखा, वक्षरक्षिका, वक्षावरण।

चौंध–झलक, झपक, चमक, झिलमिलाहट।

चौक–आँगन, सेहन, चबूतरा, चौहट्टा।

चौकन्ना–सतर्क, सावधान, सजग, होशियार, जागरूक, ख़बरदार, सचेत, चौकस।

चौकसी–निगरानी, निगहबानी, सावधानी, होशियारी सजगता, सर्तकता।

चौकीदार–रक्षक, संरक्षक, रक्षी, आरक्षी, संरक्षी, प्रहरी, संतरी, पहरेदार, सिपाही, रक्षापुरुष, रखवाली।

छ

छ - देवनागरी वर्णमाला में चवर्ग का दूसरा व्यंजन है। इसका उच्चारण स्थान तालू है।

छटा—1. शोभा, सौंदर्य, सुन्दरता; 2. प्रकाश, प्रभा, झलक, कांति, आभा, चमक।

छल—कपट, धोखा, प्रपंच, धूर्त्तता, कूटकर्म, धोखेबाज़ी, चकमा, फ़रेब, दग़ा, दग़ाबाज़ी, छलना, झाँसा, ठगी, वंचना, प्रवंचना, कूटयोजना, तिकड़म।

छलना—कपट करना, धोखा देना, चकमा देना, बेवकूफ़ बनाना, आँख में धूल झोंकना, प्रवंचना करना, परिहार करना, ठगना, झाँसा देना, उल्लू बनाना, प्रतारणा करना, वंचना करना, वंचित करना, दग़ा देना।

छाती—1. वक्ष, वक्षस्थल, उर, सीना; 2. उरोज, कुच, पयोधर।

छानबीन—जाँच—पड़ताल, पूछताछ, तहकीकात, तफ़तीश, अनुसंधान।

छाप—1. ठप्पा, साँचा, मुहर 2. चिन्ह, निशान, असर, प्रभाव।

छाया—छाँह, छाँव, परछाई, प्रतिबिम्ब, प्रतिकृति, साया, प्रतिच्छाया।

छिछला—अल्पबुद्धि, अल्पमति, तुच्छ, ओछा, उथला, कम गहरा, हल्का, सतही।

छिछोरापन—ओछापन, क्षुद्रता, तुच्छता, लघुता, नीचता।

छिद्र—छेद, रंध्र सूराख़, विवर, बिल, गड्ढा, कोटर।

छिन्न-भिन्न—टूटा-फूटा, तितर-बितर, बिखरा, छितराया हुआ, अस्त—व्यस्त।

छीछालेदर—दुर्गति, दुर्दशा, अगति, फजीहत, किरकिरी।

छुटकारा—मुक्ति, छूट, निस्तार, निजात, रिहाई, विमोचन, विमुक्ति, मोक्ष, मोचन।

छुट्टी—अवकाश, फुर्सत, रुखसत, विश्राम, विराम, कार्यनिवृत।

छूट—1. मुक्ति, छुटकारा, निस्तार; 2. रियायत, सुविधा, सहूलियत, शैथिल्य, ढील, कटौती।

छोर—सीमा, पराकोटि, अत्यंत, अंत, सिरा, किनारा।

छोह—ममता, स्नेह, प्रेम, दया, कृपा, अनुग्रह।

ज

ज - देवनागरी व्यंजन में चवर्ग का तीसरा अक्षर है। इसका उच्चारण स्थान तालू है।

जंगम—अस्थायी, अस्थिर, चलनशील, गमनशील, चल, चलायमान, अस्थावर।

जंगल—वन, अरण्य, विपिन, बियाबान, कानन।

जँचना—फबना, सजना, अच्छा लगना, शोभा देना।

जगमगाता हुआ—दीप्त, चमकदार, प्रकाशमय, देदीप्यमान, आभासित, भासमान।

जगह—1. स्थान, स्थल, ठाँव, ठौर, अवस्थान, ठिकाना, मुकाम, पड़ाव; 2. अवसर, मौक़ा; 3. पद, ओहदा, स्थिति।

जगाना—सक्रिय बनाना, चेष्टायुक्त करना, प्रबुद्ध करना, चेतन बनाना, जागरूक करना, जागृत करना, उठाना।

जटिल—1. पेचीदा, पेचीला, पेंचदार, उलझा हुआ; 2. क्लिष्ट, दुर्बोध, दुरुह, गहन, दुर्गम, गूढ़, कठिन, विकट, विषम, मुश्किल।

जड़—1. निर्जीव, अचेतन, प्राणरहित, विचेतन, निश्चेष्ट, चेतनाशून्य, बेसुध, चेतनारहित, अचर, स्थावर; 2. आधार, बुनियाद, नींव।

जड़ता—स्थिरता, निश्चेष्टता, अचलता, निष्क्रियता, गतिहीनता, अनुद्योग, आलस्य, सुस्ती, मंदता, अप्रखरता, मूढ़ता, मंदबुद्धिता।

जन—1. लोक, लोग, प्रजा; 2. सामान्य व्यक्ति, आदमी, सर्वसाधारण।

जनक—1. जन्मदाता, पिता, बाप; 2. राजर्षि, विदेह, मिथिलेश, विवेकनिधि।

जनता—जनसमूह, जनसमुद्र, बहुजन, समुदाय, जमघट, भीड़, भीड़—भड़क्का, आमलोग।

जननी—माता, माँ, अम्माँ, मम्मी, माई, मैया।

जनसेवक—पौर, अधिसेवक, असैनिक, पदाधिकारी, लोकसेवक, लोकाचारी।

जन्म—1. उत्पत्ति, उद्‌गम, उद्‌भव, पैदाइश, आविर्भाव; 2. जनन, प्रसव, प्रसूति; 3. जीवन, आरम्भ, शुरुआत, श्रीगणेश।

जन्मजात—जन्मज, जन्मगत, सहजात, आजन्मिक, सहज, वंशगत, स्वभावज, स्वाभाविक, पैतृक, प्राकृत, प्राकृतिक, अकृत्रिम, नैसर्गिक, असली, वास्तविक, पैदाइशी।

जब तक—यदा, जब, जिस समय में, जिस बीच में, जिस अर्से में, पर्यन्त, की अवधि तक, के समय, इतने में, दौरान में, कालावधि तक।

जय—विजय, जीत, फ़तह; जय—जयकार, जयनिनाद, जयध्वनि, हर्षध्वनि।

जय-जयकार—अभिनंदन, शुभकामना, अभिवादन, प्रणाम, नमस्कार, स्वागत, हर्षध्वनि।

जल—पानी, सलिल, नीर, अम्बु, वारि, तोय, उदक, जीवन, मेघ।

जल्दी—शीघ्रता, त्वरा, स्फूर्ति, फुर्ती, अभी, तुरंत, फौरन, शीघ्र।

जवान—1. युवा, युवक, नवयुवक, किशोर, तरुण, नौजवान; 2. फौजी, सिपाही।

जवानी—तरुणाई, यौवन, युवावस्था, तारुण्य, कौमार्य, यौवनकाल, तरुणावस्था।

ज़हरीला—ज़हर मिला, ज़हर भरा, विषैला, विष भरा, विषाक्त, विषयुक्त, प्राणहारी।

जहाज—जलपोत, जलयान, पोत, बेड़ा, तरणी, नौका, समुद्रयान, वायुयान, विमान, हवाई जहाज।

जागरूक—प्रबुद्ध, सावधान, सचेत, सजग, ख़बरदार, चेतन, होशियार, चौकस, सर्तक, चौकन्ना।

जादू—इंद्रजाल, माया, तिलस्म, कौतुक, चमत्कार, वशीकरण, सम्मोहन।

जानकार—1. परिचित, वाकिफ़; 2. विज्ञ, निपुण, दक्ष, कुशल, प्रवीण।

जानदार—सजीव, जीवंत, सप्राण, प्राणवान।

जानना—1. ज्ञान होना, इल्म होना, कुशल होना, दक्ष होना; 2. ज्ञात होना, विदित होना, मालूम होना, अवगत होना, परिचित होना, पता होना, मालूम होना।

जानलेवा—प्राणान्तक, घातक, प्राणघातक, मारक।

जालसाज़ी—षड्यंत्र, प्रवंचना, कपट, जाल, धोखाधड़ी, ठगी।

ज़ालिम—पाशविक, क्रूर, नृशंस, निर्दय, हिंसक, बर्बर, निष्ठुर, बेदर्द, बेरहम।

जासूस—चर, गुप्तचर, भेदिया, गुर्गा, खुफिया।

ज़िगर—कलेजा, यकृत, दिल, मन; साहस, हिम्मत, उत्साह।

जिज्ञासा—उत्कंठा, उत्सुकता, कौतूहल, कुतूहल, प्रबल, इच्छा।

ज़िद्दी—हठी, दुराग्रही, दुर्दान्त, दृढ़प्रतिज्ञ, अदम्य, हठीला, धृष्ट, दुःसाहसी, ढीठ, गुस्ताख़।

ज़िम्मा—दायित्व, उत्तरदायित्व, जवाबदेही, ज़िम्मेवारी, उत्तरदायी।

ज़िम्मेदार—उत्तरदायी, उत्तरदेय, उत्तरदाता, उत्तरबाध्य, ज़िम्मेवार, जवाबदेह।

जी—1. मन, दिल, चित्त; 2. हिम्मत, जीवट, साहस।

जीत—जय, विजय, फ़तह।

जीभ—1. रसना, जिह्वा, जीहा, चपला, रसिका, रसेन्द्रिय, रसज्ञा, ज़बान; 2. निब।

जीव—प्राण, जान, आत्मा; 2. प्राणी, प्राणधारी, देहधारी, देही।

जीविका—वृत्ति, जीवनोपाय, रोज़ी, उपजीविका, गुज़ारा, रोज़गार, काम, व्यवसाय, धंधा, पेशा, जीवन साधन, निर्वाह।

जुटाना—1. जोड़ना, एकत्र करना, इकट्ठा करना, बटोरना, संचय करना, संग्रह करना।

जुलाब—विरेचक, रेचक, दस्तावर।

जुलाहा—तंतुवाय, तंतुक, कोरी, बुनकर, कोली।

जूता—पदत्राण, उपानह, पादत्र, पादुका, पनही, चर्मपादुका।

जैसे—उसी तरह से, जिस तरह से, ज्यों ही, जिस प्रकार।

जोंक—रक्तपा, जलूका, जलाका, जलोका, जलौका।

जोकर—वैहासिक, विदूषक, ठिठोलिया, भाँड, मसखरा, हँसोड़।

जोख़िम उठाना—आग से खेलना, आग में कूदना, अंगारों पर पैर रखना, तलवार की धार पर चलना, ओखली में सिर देना, साहसपूर्ण कार्य करना, संकट का सामना करना, दाँव पर लगाना, ख़तरा मोल लेना।

ज़ोर—1. बल, शक्ति, ताक़त, ऊर्जा; 2. वश, अधिकार, हक़, प्रभुत्व; 3. वेग आवेश, झोंक; 4. परिश्रम, मेहनत, श्रम।

ज़ोरदार—1. प्रबल, सबल, शक्तिशाली, शक्तिवान्, बलशाली; 2. ओजस्वी, प्रभावशाली, प्रभावी, असरदार।

जोश—1. उन्माद, उत्साह, उमंग, आवेश; 2. उफान, उबाल, झोंक, सरगर्मी।

जोशीला—सोत्साह, अत्युत्साही, उत्साहशील, उमंगी, उन्मादित, उत्साही।

ज्ञान—बोध, विबोध, इल्म, जानकारी, परिचय, विवेक, आत्मज्ञान।

ज्येष्ठ—जेठा, बड़ा अग्रज।

ज्योतिषी—दैवज्ञ, गणक, भविष्यवक्ता, खगोलज्ञ, नजूमी।

ज्वाला—1. लपट, लौ, अग्निशिखा; 2. ज्योति, शिखा, गर्मी, ताप, दग्धता, जलन

झ

झ - देवनागरी व्यंजन वर्ण का नवाँ और चवर्ग का चौथा वर्ग है। इस वर्ण का उच्चारण स्थान तालू है।

झंझट—झमेला, बखेड़ा, पचड़ा, प्रपंच, कलह, षट्राग, झगड़ा-झंझट, बवंडर, बवाल।

झंडा—पताका, निशान, ध्वज, ध्वजा, केतु, केतन, चिन्ह।

झगड़ा—कलह, तक़रार, कहासुनी, वैमत्य, मतभेद, खटपट, टंटा, लड़ाई, विवाद, विरोध, संघर्ष।

झगड़ालू—युद्धप्रिय, कलही, कलहप्रिय, फसादी, लड़ाका, दंगाई।

झटकना—छीनना, मार लेना, लूट लेना, उचक लेना, हथिया लेना, ऐंठना।

झटपट—द्रुतगति से, वेगपूर्ण, तीव्रता से, तुरंत, जल्दी से, तेज़ी से।

झड़प—झंझट, झगड़ा, टंटा, तू—तू—मैं—मैं, बखेड़ा, हाथापायी, तक़रार।

झपकी—निद्रालुता, तन्द्रा, हल्की नींद,ऊँघाई, ऊँघ, उनींदापन।

झरोखा—वातायन, गवाक्ष, खिड़की, दरीचा, रोशनदान।

झाँई—1. प्रतिबिंब, परछाई, बिंब, प्रतिच्छाया; 2. झलक; 3. धोखा, छल, कपट, फ़रेब।

झिझक—दुविधा, अनिर्णय, असमंजस, संकोच, हिचकिचाहट, आगा-पीछा, पशोपेश।

झींसी—फुहार, जलकण।

झुंड—समूह, गिरोह, समुदाय, जत्था, गण, भीड़, दल, मंडली, जमघट, टुकड़ी।

झुकाव—प्रवृत्ति, रुझान, रुख।

झूठ—असत्य, मिथ्या, निस्सार।

झूठा—1. मिथ्या, असत्य, अयथार्थ, अप्रकृत, अवास्तव; 2. नकली, बनावट, कल्पित, कूट, दिखावटी; 3. मिथ्यावादी, असत्यवादी, असत्यवादी।

झूमना—काँपना, हिलना, डोलना, लहराना, झोंका खाना, झूलना।

झूला—हिंडोला, पालना, झूलना।

झेंपना—लज्जित होना, सकुचाना, लजाना, शरमाना, शर्मिन्दा होना।

झोंकना—1. फेंकना, ढकेलना, गिराना; 2. डालना, घुसेड़ना।

झोंपड़ी—पर्णकुटी, उटज, पर्णशाला, कुटी, कुटिया, कुटीर, झुग्गी।

ट

ट - देवनागरी वर्णमाला में टवर्ग का पहला वर्ण व्यंजन है। इसका उच्चारण स्थान मूर्धा है।

टंकार—टंकोर, ध्वनि, झनकार।

टंटा—उपद्रव, दंगा, फसाद, झगड़ा, तक़रार, प्रपंच।

टकराना—टक्कर खाना, भिड़ना, चोट खाना, मुठभेड़ होना, लड़ जाना, ठोकर खाना।

टका—सिक्का, रुपया, धन, द्रव्य।

टक्कर—1. ठोकर, मुठभेड़, भिडंत, समाघात, धक्का, संघर्ष; 2. बराबरी, मुकाबला, सामना; 3. घाटा, हानि, नुक़सान।

टपकना—चूना, रिसना, झरना, स्रावित होना।

टहलना—सैर-सपाटा, घूमना, मटरगश्ती, भ्रमण करना, चलना, फिरना।

टाँकना—लगाना, नत्थी करना, जोड़ना, सिलाई करना, अटकाना, जोड़ना।

टाँका—सिलाई, सीवन, थिगली, चिप्पी, जोड़।

टाँग अड़ाना—हस्तक्षेप करना, बेज़ा पैर फैलाना, रोड़ा अटकाना, विघ्न डालना, प्रतिरोध उत्पन्न करना।

टालना—1. खिसकाना, हटाना, दूर करना, हटा देना, टरकाना, टाल देना; 2. ध्यान न देना, अवहेलना करना, उपेक्षा करना, अनसुनी करना, बहाना बनाना, बात बनाना, टालमटोल करना, हीला-हवाला करना।

टालमटोल—हीला-हवाला, आनाकानी, बहाना।

टिकट—प्रवेशपत्र, प्रमाणपत्र, अधिकार पत्र, स्टाम्प।

टिकना—बसना, रहना, ठहरना, रुकना, थमना, अड़ना।

टिकाऊपन—अनश्वरत्व, स्थिरता, चिर- स्थायित्व, स्थायित्व, टिकाव।

टिका हुआ—अवलंबित, सहारा लिए हुए।

टिमटिमाना—झिलमिलाना, चमचमाना, जगमगाना।

टीका—1. तिलक, चिन्ह, निशान, दाग़, धब्बा; 2. श्रेष्ठ पुरुष, प्रभावशाली व्यक्ति, शिरोमणि; 3. युवराज, टिकैत; 4. भाष्य, वृत्ति, टिप्पणिका, व्याख्या, विवरण, टिप्पणी, अर्थकार, विवेचक।

टीकाकार—भाष्यकार, व्याख्याता, कुंजीकार, विवरणकार, वृत्तिकार, वृत्तकार, व्याख़्याकार, समालोचक, भाषान्तरकार।

टीमटाम—ठाठबाट, धूमधाम, आडंबर, दिखावा, बनाव, सिंगार, प्रदर्शन।

टीस—शूल, पीड़ा, वेदना, व्यथा, कसक, चुटकी, ऐंठन, चुभन, हूल, यंत्रणा, कष्ट, दर्द, तकलीफ़।

टुकड़ा—1. अंश, खंड, टूक, भाग; 2. ग्रास, कौर, निवाला; 3. हिस्सा, विभाग, अवयव; 4. चिन्दी, कतरन।

टूटा—1. खंडित, भग्न, क्षत—विक्षत; 2. दुबला, कमज़ोर, शिथिल; 3. निर्धन, दीन, ग़रीब, हीन।

टेढ़ा—1. वक्र, कुटिल, टेढ़ा-मेढ़ा, तिर्यक, बलदार, घुमावदार, सर्पिल, प्रतिनत्; 2. पेंचीदा, अटपटा, जटिल; 3. कठिन, मुश्किल, क्लिष्ट।

टोकरी—झाँपी, झपोली, डलिया, दौरी, चँगेरी, खाँची, छाबड़ी।

टोला—मुहल्ला, टोली, पुर, पुरवा, कूचा, उपनगरी, कालोनी।

टोहना—टोह लेना, पता लगाना, खोजना, ढूँढ़ना, अनुसंधान करना, अन्वेषण करना, थाह लेना।

ठ

ठ - देवनागरी वर्णमाला (व्यंजन) में टवर्ग का दूसरा वर्ण है। इसका उच्चारण स्थान मूर्धा है।

ठंडा—1. शीतल, सर्द; 2. शांत, गम्भीर, धीर; 3. सुस्त, मंद, धीमा, दीर्घसूत्री; 4. उदासीन, तटस्थ, भावहीन।

ठग—छली, धूर्त, धोखेबाज़, शठ, वंचक, दगाबाज़, जालसाज़, प्रवंचक, फरेबी, गिरहकट, अड़ीमार, चाइयाँ।

ठगना—छलना, धोखा देना, भुलावा देना, झाँसा देना, चकमा देना, भुलावा, लूटना, लूट लेना, चूना लगाना, मूँड़ना, ऐंठना।

ठगी—कपट,मायाजाल,कपटयोजना,छल,बेईमानी, धोखेबाज़ी, उचक्कापन, फ़रेब, जालसाज़ी।

ठसक—1. नखरा, चोंचला, मान; 2. अभिमान, दर्प, शान, गर्व, घमंड।

ठहरना—रुकना, थमना, टिकना, अड़ना, विराम लेना, स्थित होना; 2. प्रतीक्षा करना, इंतज़ार करना, बाट जोहना।

ठाट—1. तड़क—भड़क, वैभव, शोभा, सजावट, आडम्बर; 2. ढंग, प्रकार, शैली; 3. आयोजन, तैयारी, व्यवस्था, प्रबंध, अनुष्ठान; 4. झुंड, दल, समूह।

ठिकाना—1. स्थान, जगह, ठौर, अड्डा; 2. आयोजन, प्रबंध, व्यवस्था।

ठिठक जाना—ठहर जाना, सहमना, रुकना, ठिठकना।

ठिठुरना—शीत लगना, काँपना, थरथराना, सिकुड़ना।

ठिठोली—चुहल, व्यंग्योक्ति, फ़बती, व्यंग्य, मज़ाक़, उपहास, दिल्लगी।

ठीक—1. उचित, उपयुक्त, मुनासिब, समुचित, अनुकूल; 2. अच्छा, भला; 3. शुद्ध, सही, दुरुस्त; 4. प्रमाणिक, विश्वसनीय।

ठीक-ठीक—पूर्णरूपेण, पूरी तरह से, सही तौर पर, सीधे—सीधे तौर पर, भली प्रकार से, ठीक तरह से।

ठुकराना—1. तिरस्कार करना, उपेक्षा करना, अपमान करना, अवज्ञा करना, तुच्छ समझना; 2. अस्वीकार करना, नामंजूर करना, लात मारना, असहमति प्रकट करना।

ठुड्डी—चिबुक, ठोड़ी, हनु, दाढ़ी।

ठेका—प्राक्कलन पत्र, निविदा, प्रस्ताव, टेण्डर, संविद, जिम्मा, इजारा, पट्टा।

ठेठ—1. निपट, निरा, बिलकुल; 2. शुद्ध, निर्मल, खालिस।

ठेलना—खिसकाना, बढ़ाना, ढकेलना, धकियाना, सरकाना।

ठोकर—1. धक्का, टक्कर; 2. आघात, चोट, ठेस।

ठौर—1. स्थान, जगह, ठिकाना; 2. अवसर, मौक़ा।

ड

ड - देवनागरी वर्णमाला (व्यंजन) में टवर्ग का तीसरा वर्ण है। इस अक्षर का उच्चारण स्थान मूर्धा है। इसके दो रूप और दो उच्चारण है जैसे- ड - डब्बा और ड़ - लड़का।

डंडा—दंड, सोंटा, लाठी, छड़ी।

डकारना—डकार लेना, गरजना, दहाड़ना।

डगमगाना—डावाँडोल होना, अस्थिर होना, काँपना, हिलना, डिगना, लड़खड़ाना, थरथराना, विचलित होना।

डफला—डफ, चंग, खंजरी।

डब्बा—डिब्बा, ढक्कनदार बर्तन, केस, कम्पार्टमेन्ट।

डर—संत्रास, सम्भ्रम, भीति, भय, खौफ़, आतंक, त्रास, दहशत, धाक, रौब।

डरना—भयभीत होना, शंकित होना, त्रास पाना, आतंकित होना, भय खाना, त्रस्त होना।

डरपोक—भीरु, भयभीत, भीत, त्रस्त, बुज़दिल, कायर, कायर, कापुरुष।

डराना—संत्रस्त करना, आतंकित करना, भयभीत करना, हतोत्साहित करना, भयातुर करना, थर्रा देना।

डरावना—भयावह, भयंकर, भयानक, भयप्रद, विकराल, आतंकपूर्ण, विकट, वीभत्स, दहशतवाला, खौफ़नाक, खतरनाक।

डरा हुआ—आशंकित, आतंकित, भयभीत, भयग्रस्त, त्रस्त, सशंक।

डसना—डंक मारना, डाँस मारना, काटना, दंश।

डाँटना—तिरस्कार करना, भर्त्सना करना, फटकारना, भला-बुरा कहना, आड़े हाथों लेना, लानत देना, ताड़ना, डपटना, झिड़की देना, धुतकारना, धौंस, धमकी, धिक्कार, झिड़की, झाड़ना, झिड़कना, प्रताड़ित करना, लताड़ना।

डाँवाडोल—1. अस्थिर, चित्त; 2. संशयग्रस्त, गतिशील, सचल, परिवर्तनशील, विचलित, डगमगाता हुआ।

डाका डालना—अपहरण, लूटमार करना, लूटना, राहजनी, डाकाजनी।

डाकू—दस्यु, डकैत, लूटेरा, राहजन।

डायन—1. डाकिनी, पिशाचनी, भूतनी।

डायरी—दिनचर्या, रोज़नामचा, दैनिकी, दैनंदिनी।

डाल—1. शाखाा, शाख, टहनी।

डाह—जलन, दाह, कुढ़न, ईर्ष्या।

डींग मारना—डींग हांकना, शेखी बघारना, बड़ी-बड़ी बातें करना, गप्प मारना, लंबी-चौड़ी मारना।

डील-डौल—रूप, स्वरूप आकृति, आकार, ढाँचा, बनावट, कदकाठी, लम्बाई-चौड़ाई, शरीर रचना, अंग संहति, देह विन्यास, शारीरिक गठन।

डुबकी लगाना—अवगाहन करना, गोता लगाना।

डुबाना—निमज्जित करना, जल समाधि देना, निमग्न करना, डुबो देना, प्लावन करना, बुड़ाना।

डूबना—1. समाना, डुबकी लगाना, गोता लगाना; 2. मग्न होना, तल्लीन होना; 3. गर्क होना, बर्बाद होना, नष्ट होना।

डेरा—1. ठिकाना, ठहराव, मुकाम; 2. पड़ाव, शिविर, छावनी; 3. खेमा, तंबू, शमियाना; 4. घर, निवास, वास, वासस्थान।

डोरा—धागा, तंतु, डोर, तागा, सूत्र, सूत, ताँत, सूता, रस्सी।

डोरी—डोर, रस्सी, सुतली, तंतु, ताँत, जेवरी, तनी।

डोली—पालकी, शिविका, सवारी, पालकी, डोला, मियाना।

ढ

ढ - देवनागरी वर्णमाला (व्यंजन) में टवर्ग का चौथा वर्ण है। इसका उच्चारण स्थान मूर्धा है। इसके दो रूप होते हैं- ढ-ढक्कन और ढ़ - चढ़ना।

ढंग–1. शैली, रीति, पद्धति, प्रणाली, ढब, ढर्रा; 2. प्रकार भाँति, तरह; 3. रचना, बनावट, ढाँचा; 4. युक्ति, उपाय, सलीक़ा, तदबीर; 5. आचरण, व्यवहार, चाल-ढाल, शऊर; 6. हीला, बहाना, भुलावा; 7. लक्षण, आसार, पहचान; 8. अवस्था, दशा।

ढहाना–उद्ध्वस्त करना, खंडकरण करना, तोड़–फोड़ देना, ढहवाना, गिराना, गिरवाना।

ढाढस–आश्वासन, सांत्वना, धीरज, तसल्ली, दिलासा।

ढिठाई–अशिष्टता, असभ्यता, अविनय, गुस्ताखी, उजड्डता, बेअदबी, निर्लज्जता, दुराग्रह, हठ, ज़िद्द, ज़िद्दीपन, मुँहज़ोरी।

ढिलाई–शैथिल्य, शिथिलता, ढीलापन, सुस्ती, आलस्य।

ढीठ–अशिष्ट, असभ्य, गुस्ताख, उद्दंड, उजड्ड, बेअदब, निर्लज्ज, दुराग्रही, हठी, ज़िद्दी, मुँहज़ोर।

ढीला-ढाला–1. श्लथ, शिथिल; 2. अकर्मण्य, आलसी, काहिल, सुस्त।

ढेर–1. राशि, अम्बार, पुंज, पिंड, जमाव, संचय; 2. बहुत, ज़्यादा, अधिक, बहुतायत।

ढोंग–पाखंड, स्वाँग, कपट, छल, दुराव, छिपाव, आडंबर।

ढोंगी–पाखंडी, धूर्त, छली, बगुलाभगत, रंगा सियार, प्रपंची, ढकोसलेबाज़।

त

त - देवनागरी वर्णमाला (व्यंजन) में तवर्ग का पहला वर्ण है। इस अक्षर का उच्चारण स्थान दन्त है।

तंग—1. कसा, दृढ़, जकड़ा; 2. दुःखी, परेशान, हैरान; 3. धनहीन, ग़रीब, दरिद्र; 4. सँकुचित, सँकरा, संकीर्ण।

तंतु—सूत, डोरा, धागा, तागा, सूत्र, डोर, ताँत।

तंद्रा—1. ऊँघ, अर्धनिद्रा, झपकी, जँभाई, आलस्य, अर्धमूर्च्छा; 2. क्लांति, थकावट।

तंबू—खेमा, शामियाना, डेरा, छोलदारी।

तक़रार—हुज्जत, विवाद, लड़ाई, झगड़ा, कहासुनी, कटुवार्ता, रार, संघर्ष।

तकलीफ़—1. कष्ट, दुःख, पीड़ा, क्लेश, संताप, दर्द, वेदना; 2. संकट, विपत्ति, मुसीबत, आफ़त; 3. रोग, बीमारी, अस्वस्थता।

तट—किनारा, कूल, तीर, साहिल।

तटस्थ—उदासीन, निरपेक्ष, निष्पक्ष, निर्लिप्त, अलग, निर्विकार।

तत्पर—उद्यत, सन्नद्ध, कटिबद्ध, मुस्तैद, तैयार।

तथापि—तदपि, इस पर भी, तो भी, फिर भी, तिस पर भी, इसके बावजूद।

तदबीर—ढंग, उपाय, युक्ति, रीति, विधि, तरीक़ा।

तनिक—ज़रा सा, थोड़ा सा, तृणमात्र, किंचित, कणमात्र, लेशमात्र, रंचमात्र, तिल भर, चुटकी भर, रत्ती भर, छटाँक भर।

तनु—1. दुबला, पतला, कृश; 2. अल्प, थोड़ा, कम; 3. देह, शरीर, तन, काया।

तन्मय—लीन, तल्लीन, दत्तचित्त, लवलीन, ध्यानमग्न, मग्न।

तन्मयता—एकाग्रता, तल्लीनता, ध्यानस्थ, लगन, लिप्तता।

तपस्वी—तापस, तपी, व्रती, योगी, जितेंद्रिय, वैरागी, साधू, तापस।

तम्बू—वितान, शिविर, खेमा, डेरा, छोलदारी।

तरंग—लहर, वीचि, ऊर्मि, उल्लोल, हिलोर, ऊर्मिका, कंपन, स्पंदन, मौज, लहर।

तरकारी—भाजी, शाक, सालन, सब्ज़ी।

तरी—1. गीलापन, आर्द्रता, नमी; 2. ठंडक, शीतलता, सर्दी; 3. रसा, तलछट।

तरीक़ा—1. विधि, ढंग, रीति; 2. युक्ति, उपाय; 3. चाल, व्यवहार, आचरण।

तरुण—1. युवा, जवान, युवक; 2. नया, नूतन, नवीन।

तलछट—काल्क, क्लेद, निषाद, अवसाद, साद, अवशेष, शेष, तलौंछ, गाद।

तलवार—कटार, तेग, कृपाण, करवाल, खंजर, वक्र खड्ग, तेगा, असि, शमशेर।

तसल्ली—दिलासा, ढाढ़स, सांत्वना।

ताकना—देखना, घूरना, निहारना।

तागा—धागा, सूत, डोरा।

तात्पर्य—अभिप्रायः, अर्थ, आशय, मतलब, हेतु।

तादात्म्य—1. ऐकात्म्य, ऐक्य, एकात्मता, अभिन्नता, अभेद, सादृश्य; 2. समरूपता, एकत्व, तल्लीनता।

तान—1. खींच, फैलाव, विस्तार; 2. लय, स्वर, सुर।

ताना—1. व्यंग्य, आक्षेप, उपहास, भर्त्सना, खिल्ली, उपालम्भ, उलाहना, कटाक्ष; 2. सूत।

तानाशाह—अधिनायक, एकाधिपति, एकशास्ता, एकाधिकारी, निरंकुश शासक, डिक्टेटर, स्वेच्छाचारी।

तारतम्य—1. एकरूपता, सदृश्यता, समानता, बराबरी; 2. सिलसिला, क्रम, अनुक्रम, क्रमिक अनुगमन, अनुक्रमण।

तारा—1. नक्षत्र, सितारा, तारक, उड्गन, नखत; 2. किस्मत, भाग्य, ग्रह।

तारीख़—तिथि, दिनाँक, मिति।

तालमेल—स्वरसंवादिता, सहस्वरता, समस्वरता, समन्वय, सामंजस्य, सामरस्य, समरसता, समध्वनि, समताल, स्वरसंगति, स्वरसाम्य, स्वरैक्य, तालैक्य।

तालाब—जलाशय, सरोवर, पोखर, ताल, सर, जोहड़, झील, वांवड़ी पद्माकर, पुष्करण।

तालिका—सूची, फ़हरिस्त, सारणी, सूचीपत्र।

तिरस्कार—1. अपमान, उपेक्षा, अनादर; 2. भर्त्सना, फटकार, डाँट।

तीखा—1. तिक्त, तीता, कड़ुवा, कटु; 2. तीक्ष्ण, तेज, प्रखर, तीव्र; 3. पैना, प्रचंड, उग्र, तेज, सख्त।

तीर—तट, किनारा, कूल, वाण।

तीव्र—1. तेज़, त्वरित, सत्वर, द्रुत, क्षिप्र; 2. तीक्ष्ण, प्रखर, पैना; 3. कटु, कड़ुवा, तीता।

तुंग—1. ऊँचा, गगनचुंबी, उन्नत; 2. उग्र, तीव्र, प्रचंड; 3. प्रधान, मुख्य।

तुच्छ—1. खोखला; 2. सारहीन, थोथा, निःसार; 3. अल्प, थोड़ा, कम, नगण्य; 4. हीन, क्षुद्र, नीच, ओछा, खोटा, प्रतिष्ठाहीन, घटिया, दो कौड़ी का, दुष्ट, पापिष्ठ।

तूफ़ान—आंधी, प्रभंजन, झंझा, झंझावत, महावात, प्रवात, चक्रवात, द्रुतगामी, तीव्रगति।

तेज—1. दीप्ति, कांति, चमक, प्रकाश, आभा; 2. पराक्रम, ज़ोर, बल, वीर्य; 3. प्रताप, रोब, वर्चस्व, प्रभाव।

तेज़—1. अग्र, तीव्र, प्रचंड, प्रखर; 2. सत्वर, त्वरित, द्रुत, क्षिप्र, वेगवान, शीघ्रगामी; 3. तीक्ष्ण, तीखा, तीता, कड़ुवा; 4. महँगा, क़ीमती, मूल्यवान; 5. चपल, चंचल, अस्थिर।

तेजस्वी—कांतिमान्, तेजयुक्त, तेजवान्, प्रकाशमय, तेजोमय, उर्जस्वी, वर्चस्वी, प्रतापी, ज्योतिर्मय, आलोकमय, प्रभावशाली।

तैयार—उद्यत, तत्पर, प्रस्तुत, कटिबद्ध, मुस्तैद, उपस्थित, सन्नद्ध, उत्सुक, उन्मुख।

तोता—शुक, सूआ, कीर, प्रियदर्शन, सुवना, सुग्गा, मियाँमिट्ठु।

तोष—1. तुष्टि, संतोष, तृप्ति; 2. प्रसन्नता, आनंद, खुशहाली।

त्योहार—उत्सव, पर्व, समारोह।

त्राण—1. रक्षा, बचाव, सुरक्षा; 2. हिफाजत, प्रतिरक्षा, रखवाली।

त्रास—1. भय, डर, आशंका; 2. दहशत, संत्रास।

त्रुटि—1. कमी, न्यूनता, अभाव, अशुद्धि; 2. भूल, चूक; 3. अपराध, दोष।

थ

थ - देवनागरी वर्णमाला (व्यंजन) में तवर्ग का दूसरा वर्ण है। इसका उच्चारण स्थान दन्त है।

थकान—थकन, थकावट, श्रांति, क्लांति, परिश्रांति।

थका माँदा—क्लान्त, श्रान्त, परिश्रान्त, थका हुआ, उकताया हुआ, आज़िज।

थपेड़ा—1. थप्पड़, चपत, चपेट,तमाचा, झापड़, चाँटा; 2. आघात, धक्का, टक्कर, मुठभेड़, भिडंत।

थल—1. स्थान, जगह; 2. धरती, भूमि, ज़मीन।

थाह—1. अंत, सीमा, हद, छोर; 2. पता, परिचय, जानकारी, टोह; 3. अंदाज़, आकलन।

थोड़ा—1. न्यून, कम, अल्प, तनिक, नगण्य, मामूली, किंचित, चन्द, ज़रा, लेशमात्र, लेश, कणमात्र, स्वल्प, मात्र; 2. परिमित, मित, प्रमित।

थोथा—1. खोखला, खाली, पोला; 2. निःसार, सारहीन, व्यर्थ; 3. तुच्छ, ओछा, दुष्ट, निकम्मा।

थोपना—1. लेपना, तह चढ़ाना, तह जमाना; 2. आरोपित करना, मत्थे मढ़ना, कलंकित करना, बदनाम करना, अभियोग लगाना, मढ़ना, आरोपन, चिपकाना।

द

द - देवनागरी वर्णमाला (व्यंजन) में तवर्ग का तीसरा वर्ण है। इसका उच्चारण स्थान दन्तमूल के जिह्वा के अग्रभाग के स्पर्श से होता है।

दंग–1. विस्मित, चकित, स्तब्ध, भौचक्का; 2. घबराहट।

दंगा–1. उपद्रव, उत्पात, ऊधम, हुल्लड़, शोरगुल; 2. लड़ाई, झगड़ा, टंटा, फ़साद।

दंड–1. डंडा, सोंटा, लाठी, छड़ी; 2. जुर्माना, हरज़ाना, अर्थदंड; 3. सज़ा; 4. घड़ी, मिनट।

दक्ष–निपुण, कुशल, चतुर, होशियार।

दगाबाज़–कृतघ्न, नमकहराम, बेवफ़ा, धोखबाज़, कपटी, छली।

दफ़ा–बार, मर्तबा, बेर, आवृत्ति।

दफ़्तर–कार्यालय, आफ़िस।

दबदबा–1. रोब, प्रभाव, बोलबाला; 2. डर, खौफ़, भय, आतंक।

दबाव–1. बाध्यता, अनिवार्यता, प्रभाव, रोब, चाप, दाब; 2. भार, वजन।

दया–करुणा, रहम, तरस, कृपा, मेहरबानी, सहृदयता, हमदर्दी, सहानुभूति, अनुग्रह, अनुकंपा, सहानुभूति।

दयामय–दयायुक्त, दयावान, दयालु, दयाशील, करुणामय, करुणानिधि, सहृदय, रहमदिल, ग़रीबपरवर, ग़रीबनवाज़, दीनबंधु।

दयाहीन–हृदयहीन, निर्मोही, संगदिल, बेदर्द, संवदेनाशून्य, बेदिल, अकरुण, बेरहम, निर्दय, कठोर, निर्मम।

दरबान–द्वारपाल, प्रतिहार, चोबदार, ड्योढ़ीदार।

दरवाज़ा–द्वार, किवाड़, कपाट, पल्ला।

दरार–निर्भ्रंश, छिद्र, कटान, फटन, दरज, अवकाश, छेद, दरक, रंध्र, शिगाफ।

दरिद्र–रंक, निर्धन, कंगाल, दीन, अकिंचन, ग़रीब, फटीचर, फटेहाल।

दर्जा–1. श्रेणी, कोटिवर्ग; 2. पद, पदवी, ओहदा; 3. मर्तबा, बार, दफ़ा; 4. हद, सीमा, कक्षा, क्लास, वर्ग, श्रेणी।

दर्द–1. पीड़ा, व्यथा, दुःख, तकलीफ़, यंत्रणा, यातना; 2. सहानुभूति, करुणा, दया, तरस, रहम।

दर्प–1. घमंड, अहंकार, गर्व, अभिमान; 2. उदंडता, अक्खड़पन, उजड्डपन; 3. रोब, दबदबा, प्रभाव, बोलबाला।

दर्पण–मुकुर, आईना, ऐना आदर्श, शीशा, आरसी।

दर्शन–भेंट, मुलाकात, साक्षात्कार, आमना-सामना, देखा-देखी, निरीक्षण।

दल—1. पत्र, पत्ता, पंखुड़ी; 2. समूह, झुंड, गिरोह, जत्था, गुट, गिरोह।

दलना—1. पीसना, रौंदना, कुचलना, मसलना; 2. नष्ट करना, ध्वस्त करना, तोड़ना, खंडित करना।

दवा—1. औषध, औषधि, दवाई; 2. इलाज़, चिकित्सा, उपचार, दवा-दारू।

दशा—अवस्था, हालत, स्थिति, हाल।

दस्ता—1. मूठ, हत्था, बेंट; 2. डंडा, सोंटा, छड़ी; 3. गोट, मगजी, संजाफ़, जत्था, टुकड़ी, दल, समूह।

दस्तावेज़—अधिकारपत्र, प्रलेख प्रपत्र, क़ानूनी काग़ज़, डीड।

दस्यु—डाकु, चोर, लुटेरा, डकैत, तस्कर, राहजन।

दाँव—1. दफ़ा, बार, मरतबा, पारी; 2. अवसर, मौक़ा, घात; 3. दाँवपेच, युक्ति, चाल।

दाई—धात्री, उपमाता, धाय, आया।

दाग़—धब्बा, निशान, चिन्ह, अंक, ऐब, दोष, कलंक।

दादा—पितामह, बाबा, आजा, भैया।

दादी—पितामही, आजी।

दानव—असुर, राक्षस, शम्बर, निशाचर, दैवारि।

दावा—1. अधिकार, स्वत्व, हक़; 2. अभियोग, मुकदमा, नालिश; 3. ज़ोर, सामर्थ्य; 4. गर्व, घमंड।

दास—सेवक, भृत्य, किंकर, चेटक, परिचर, अनुग, अनुचर, अनुगामी, चाकर, नौकर, कर्मचारी, कर्मकार, सेवी, जीवक, टहलुआ, टहलू, सहचारी, सेवाजान।

दासी—परिचारिका, अनुचरी, भृत्या, बाँदी, नौकरानी।

दिखावटी—दर्शनार्थ, दिखाऊ।

दिनकर—सूर्य, भास्कर, आदित्य, दिनेश, दिनमणि, दिनमान, अरूण, दिवाकर, प्रभाकर।

दिमाग़—1. मस्तिष्क, जेहन, मगज, भेज़ा; 2. स्मरण शक्ति, मानसिक शक्ति, बुद्धि, समझ; 3. प्रज्ञा, मेधा, समझ।

दिल—1. हृदय, कलेजा, उर; 2.चित्त, जी, मन; 3. जिया, हिया, घट।

दिलावर—शूर, बहादुर, साहसी, वीर, उत्साही, निर्भीक, साहसिक, हिम्मती, दिलेर, जीवटवाला।

दिलासा—आश्वासन, ढाढस, तसल्ली, सान्त्वना, धैर्य, धीरज।

दिव्य—1. स्वर्गिक; 2. अलौलिक, लोकोत्तर, लोकातीत; 3. प्रकाशवान्, चमकीला, द्युतिमान; 4 मनोहर, सुन्दर, भव्य।

दिशा—1. ओर, तरफ़, सिम्त, जानिब; 2. दिक्।

दीक्षा—1. गुरुमंत्र; 2. मंत्रोपदेश 3. उपनयन संस्कार।

दीप—दीपक, चिराग़, दीया, प्रदीप, तिमिरहर, बत्ती, संदीप, अग्निशिख, शमा, वर्तिका।

दीप्ति—1. प्रकाश, उजाला, प्रभा, आभा, चमक, कांति, रोशनी, द्युति; 2. छवि, शोभा।

दीर्घ—बड़ा, आयत, लंबा, विशाल, बड़ा, ऊँचा, विस्तृत।

दीवाली—दीपावली, दीपमाला, दीपमालिका, दीपोत्सव।

दुःख—1. आपत्ति, विपत्ति, संकट, विपदा, आपदा; 2. कष्ट, क्लेश, वेदना, ग्लानि, पीड़ा, व्यथा, शोक, संताप, विषाद, अनुताप, यंत्रणा, परिताप, यातना, दर्द, तकलीफ़, उद्वेग, कसक, टीस, अवसाद, आफ़त, मुसीबत।

दुबला—1. कृश, पतला, क्षीण, तनु; 2. अशक्त, कमज़ोर, निर्बल, दुर्बल।

दुर्गम—औघट, दुर्जेय, दुर्बोध, दुस्तर, विकट, कठिन, अभेद्य, अगम्य, अपारगम्य, दुर्गमनीय।

दुर्गा—चण्डिका, दुर्गविनाशिनी, कालिका, चामुण्डा, पार्वती, चण्डी, काली, भवानी, महाकाली, अंबा, अंबिका।

दुर्जन—दुष्ट, खल, धूर्त, असाधु, अपकारी, पतित, शठ।

दुर्दशा—बुरी दशा, ख़राब हालत, शोचनीय अवस्था, छीछालेदर, जिल्लत, दुर्गति, फजीहत।

दुर्लभ—1. दुष्प्राप्य, अलभ्य, नायाब, असुलभ; 2. अनोखा, विरल, विलघण, अनूठा, कठिन, दुर्गम, दुस्तर।

दुविधा—1. धर्मसंकट, संशय, सन्देह, असमंजस, आगा-पीछा, ऊहापोह, कशमकश, पशोपेश, अंतर्द्वंद्व, उभयापत्ति, उभयदंश, उधेड़बुन, अनिश्चिय।

दुःशील—अविनीत, असभ्य, अभद्र, अशिष्ट, परुषस्वभाव, अक्खड़, उद्दंड, उजड्ड।

दुश्मनी—वैर, शत्रुता, वैमनस्य, विद्वेष, द्वेषभाव, अदावत।

दुष्ट—खल, पाजी, दुराचारी, दुर्जन, धूर्त, अच्छृंखल, असौम्य, लुच्चा, बदमाश।

दूत—1. संदेशवाहक, चर, प्रणिधि; 2. राजदूत, राजनयिक प्रतिनिधि, राजनयिक कासिद, सफ़ीर।

दूध—दुग्ध, क्षीर, पय, स्तन्य, पीयूष, गोरस।

दूर—परे, विलग, पृथक, अलग, भिन्न।

दृढ़—1. प्रगाढ़, पुष्ट, सुदृढ़, मज़बूत, कड़ा, फौलादी, शक्तिशाली; 2. स्थायी, अटल, अचल, अविचल, निश्चल, अडिग, अटूट; 3. निडर, ढीठ, निर्भय, दृष्टि, मत, विचार, सिद्धान्त, नजरिया।

दृष्टिकोण—मत, विचा, परिप्रेक्ष्य, नजरिया।

देखभाल—भृति, देखरेख, निर्देशन, रखवाली, निगरानी, निरीक्षण।

देवता—अमर, देव, सुर, सुपर्वा, सुमना, त्रिदिवेश, अमर्त्य, अजर, विश्वरूप, अदितिसुत, आकाशचारी, त्रिदश, अदितेय।

देवबाला–देववधू, देवांगना, अप्सरा, परी, मेनका।

देवमंदिर–देवालय, प्रासाद, देवस्थान, मंदिर।

देह–शरीर, तन, बदन, काया।

दैत्य–असुर, राक्षस, रजनीचर, निशाचर, पिशाच, खर, चण्ड, दानव, तामिस्र, दितिसुत, सुरशत्रु, अमानुष।

दोगला–मिश्रज, संकर, वर्णसंकर, जारज़, हरामी, अधर्मज।

दोष–1. अवगुण, ऐब, ख़राबी, विकृति, विकार, नुक़्स, खामी, दूषण, बुराई; 2. अपराध, कुसूर, खता, जुर्म।

दोषी–अपचारी, कदाचारी, अनाचारी, अपराधी, कसूरवार, दुर्गुणी, ऐबी।

द्रव्य–1. वस्तु, पदार्थ, चीज़, सामग्री, सामान, उपादान; 2. धन, दौलत, रुपया-पैसा।

द्रुत–तेज, शीघ्रगामी, त्वरित, क्षिप्र।

द्रोपदी–द्रुपदसुता, पांचाली, कृष्णा, याज्ञसेनी, सैरंध्री, द्रुपदसुता।

द्वंद्व–दुविधा, कशमकश, पशोपेश, उधेड़बुन, उहापोह।

द्वेष–शत्रुता, वैर, दुश्मनी, विद्वेष, खार, विरोध।

ध

ध - देवनागरी वर्णमाला (व्यंजन) में तवर्ग का चौथा वर्ण है। इसका उच्चारण स्थान दन्तमूल है।

धंधा–1. काम, कामकाज, उद्योग, प्रयत्न, उद्यम; 2. व्यवसाय, कारोबार, रोज़गार, व्यापार।

धक्का–1. टक्कर, ठोकर, आघात, झोंका; 2. संकट, विपत्ति, मुसीबत, आफ़त; 3. हानि, घाटा, टोटा, नुक़सान।

धड़का–1. खटका, आशंका, अंदेशा; 2. भय, डर, खौफ़; 3. फ़िक्र, सोच, चिन्ता।

धनंजय–1. अर्जुन, पार्थ, कौन्तेय; 2. अग्नि, आग, अनल, पावक।

धन–द्रव्य, दौलत, सम्पत्ति, अर्थ, वैभव, ऐश्वर्य, सम्पदा, ज़र, पैसा, वित्त, लक्ष्मी, काँचन, माया, विभव, धनराशि, पूँजी।

धनवान–धनिक, धनी, श्रीमंत, धनाढ्य, मालदार, दौलतमंद, वैभवशाली, सम्पन्न, धनेश्वर, अमीर, समृद्ध।

धनुर्धर–तीरदांज, कमनैत, धन्वी, निषंगी, धनुष्मान, धानुष्क।

धनुष–चाप, शरासन, कोदंड, धनु, कमान, पिनाक, धन्वा।

धन्यवाद–1. आभार, कृतज्ञता, शुक्रिया, मेहरबानी, वाहवाही; 2. श्लाघा, प्रशंसा, बड़ाई, शाबासी, तारीफ़।

धब्बा–1. चिन्ह, निशान, अंक; 2. दाग़, कलंक, लाँछन, दोषारोपण; 3. ऐब, दोष, ख़राबी, बुराई।

धमकी–घुड़की, भभकी, झिड़की, डाँट, फटकार, भर्त्सना, भयदर्शन।

धरती–धरा, धरणी, धरित्री, क्षिति, पृथ्वी, मही, भू, भूमि, भूतल, महीतल, धरातल, भूमंडल, अवनि, अचला, ज़मीन।

धरोहर–अमानत, थाती, जमा, प्रतिभूति, निक्षेप, प्रतिभू, गिरवी, न्यास।

धवल–1. श्वेत, उजला, सफ़ेद; 2. निर्मल, कुफ, स्वच्छ, साफ़, झकाझक; 3. मनोहर, सुन्दर, आकर्षक।

धाँधली–1. उत्पात, उपद्रव, ऊधम; 2. पाजीपन, शरारत, बदमाशी; 3. कपट, छल, धोखा; 4. स्वेच्छाचारिता, ज़बरदस्ती, अंधेर।

धाक–1. भय, आतंक, दबदबा, डर; 2. ख्याति, प्रसिद्धि, शोहरत।

धात्री–धाय, दाई, आया, उपमाता।

धाम–1. घर, मकान, गृह; 2. तीर्थ, देवस्थान, पुण्यस्थान।

धार–तेज, किनारा, तेज सिरा, तेज नोंक, सिरा, किनारा, छोर।

धीर—1. धैर्यवान, धीरजवान, आत्मनिष्ठ, सहिष्णु, सहनशील, दृढ़चित्त; 2. गहन, गम्भीर, गहरा, शांत; 3. मंद, मंथर, धीमा।

धीरज—1. धैर्य, सब्र, संतोष, तोष, मन स्थिरता, अचंचल; ढाढस, सान्त्वना, दिलासा, आश्वासन।

धीरे-धीरे—शनैः-शनैः, धीमे-धीमे, सहज- सहज, हौले-हौले, आहिस्ता- आहिस्ता, रफ़्ता-रफ़्ता, दबे पाँव, चोरी से।

धुंध—कोहरा, कुहासा, नीहार।

धुन—1. प्रवृति, लगन, झुकाव, लगाव; 2. तरंग, लहर, मौज।

धूम—1. हल्ला; 2. ठाटबाट, समारोह, उत्सव, आयोजन, चहल-पहल।

धूमकेतु—पुच्छल तारा, उल्का।

धूर्त—लुच्चा, मक्कार, शठ, खल, दुष्ट, दुर्जन, लफंगा, असज्जन, कपटी, धोखेबाज़, बदमाश, चार सौ बीस, दम्भी, छली, छद्मी।

धूर्तता—मक्कारी, शठता, दुष्टता, असज्जनता, चालाकी, चालबाज़ी, बदमाशी।

धूल—गर्द, धूलि, रेणु, रज।

धृष्ट—1. प्रगल्भ, निर्लज्ज, बेहया; 2. ढीठ, उद्दंड, गुस्ताख।

धोखा—1. छल, भुलावा, भ्रम, संदेह; 2. कैतव, कूटता, कपट, धूर्तता, दगाबाज़ी, फ़रेब, मक्कारी, घात, चाल, बेईमानी।

धोखेबाज़—कपटी, विश्वासघाती, मक्कार, ठग, ध ूर्त, कुटिल, प्रतारक, चालबाज़, छद्मी।

धौंस—1. धमकी, डाँट, धौंस, रोबदार।

ध्यान—1. एकाग्रता, लीनता, तन्मयता, तल्लीनता, मनोयोग; 2. स्मृति, याद, ख़्याल; 3. समझ, विचार, बुद्धि, मनन, चिंतन; 4. सावधानी, सतर्कता, सजगता, जागरुकता।

ध्रुव—स्थिर, अचल, दृढ़, पक्का, निश्चित, केतन, केतु, झंडा।

ध्वज—1. चिन्ह, निशान, अंक; 2. झंडा, पताका, ध्वजा, तोरण।

ध्वनि—1. स्वर, शब्द, नाद, आवाज़; 2. अर्थ, आशय, अभिप्राय, निनाद।

ध्वस्त—1. खंडित, भग्न, टूटा-फूटा, नष्ट- भ्रष्ट; 2. पराजित, विजित, हारा हुआ।

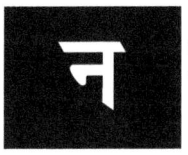

न – देवनागरी वर्णमाला (व्यंजन) में तवर्ग का पाँचवाँ वर्ण है। इसका उच्चारण दाँत और नासिका है।

नंगा—1. नग्न, वस्त्रहीन, दिगम्बर, अनावृत; 2. निर्लज्ज, बेहया, बेशर्म; 3. दुष्ट, लुच्चा, पाजी।

नंदन—1. लड़का, पुत्र, बेटा, आत्मज; 2. स्वर्ग उद्यान, सुरवाटिका, देव उपवन।

नंदिनी—लड़की, पुत्री, बेटी, आत्मजा।

नंबर—1. अंक, अदद, संख्या; 2. गणना, गिनती।

नकली—1. कूट, बनावटी, दिखावटी, जाली, झूठा, असत्य, अपकृत, कृत्रिम, अवास्तविक।

नक्षत्र—ऋक्ष, तारा, उडु, तारिका, नखत, नभचर, तमचर, खद्योत।

नखरा—चुलबुलापन, चोंचला, नाज़, हावभाव, चुलबुलाहट, चपलता।

नग—1. अडिग; 2. पर्वत, पहाड़, भूधर; 3. पेड़, वृक्ष, द्रुम; 4. नगीना, रत्न, मणि; 5. अदद, संख्या।

नगर—नगरी, पुर, पुरी, शहर।

नज़र—1. दृष्टि, निगाह; 2. कृपादृष्टि, दयादृष्टि; 3. निगरानी, देखरेख, ध्यान; 4. भेंट, उपहार, सौगात; 5. परख, पहचान, चितवन।

नटी—1. नर्तकी, नृत्यांगना; 2. अभिनेत्री, मंचनायिका, मंचतारिका।

नदी—सरिता, तरंगिणी, सलिला, वाहिनी, तरंगवती, दरिया, आपगा, तटिनी, धरावती, तटी।

नम—गीला, तर, आर्द्र, भींगा हुआ।

नमकीन—नमकयुक्त, लावणिक, लवणमय, लवणयुक्त।

नम्र—1. विनम्र, विनीत, विनयी, विनयशील, विनत, प्रणत; 2. शालीन, शिष्ट, सुशील; 3. नम्य, सुनम्य, लचीला।

नया—1. नवल, नूतन, अभिनव, नव, नव्य, अछूता, कोरा, अपूर्व, नवेला, नवीन; 2. हाल का, ताजा; 3. आधुनिक, अर्वाचीन।

नरक—यमलोक, यमपुर, जहन्नुम, दोज़ख।

नरम—1. कोमल, मुलायम, स्निग्ध, मृदुल; 2. पिलपिला, लचीला, लचकदार।

नरेंद्र—1. राजा, नरेश, भूपति, नरपति; 2. विषवैध, विष चिकित्सक।

नलिन—1. पद्म, कमल, नीरज, जलज; 2. नीलिका, नील; 3. जल, पानी, वारि, तोय; 4. नीम, निंब।

नवयुवक—नौजवान, तरुण, किशोर, कुमार, वर्धमान, यौवनोन्मुख।

नवल–1. नव्य, नवीन, नूतन; 2. अनोखा, विलक्षण, अद्भुत, सुन्दर, बढ़िया।

नश्वर–ऐहिक, विनाशशील, लौकिक, सांसारिक, दैहिक, शारीरिक, शरीरी, अपारलौकिक, मर्त्य, मरणशील, अनित्य, विनाशी, कालधर्मी, मर्त्यधर्मी।

नष्ट–1. चौपट, बरबाद, ध्वस्त, भग्न, टूटा-फूटा; 2. व्यर्थ, बेकार।

नाग–1. साँप, सर्प, विषधर; 2. हाथी, गज, कुंजर।

नाज–1. ठसक, नखरा, चोंचला, हावभाव, अदा, चटक-मटक, बनाव-सिंगार; 2. घमंड, गर्व, अभिमान, दर्प, मान।

नाजुक–1. कोमल, सुकुमार; 2. सूक्ष्म, पतला, संकटपूर्ण, बारीक।

नाता–रिश्ता, वास्ता, लगाव, सम्बन्ध।

नाम–1. संज्ञा, अभिख्या, अभिधान,आख्या, शीर्षक; 2. प्रसिद्धि, ख्याति, यश, कीर्ति।

नामी–विख्यात, प्रख्यात, प्रसिद्धि, मशहूर, नामवर लब्धप्रतिष्ठ, विश्रुत।

नारी–स्त्री, महिला, वनिता, मानवी, कामिनी, रमणी, ललना, अबला, औरत, वामा, त्रिया।

नाविक–मल्लाह, कर्णधार, केवट, खेवट, खेवैया, माँझी।

नाश–1. अवपात, पतन, अवनति, गिरावट, अपक्षय; 2. विध्वंस, संहार, क्षय, विनाश, बरबादी, तबाही।

नाशवान–नश्वर, मर्त्य, क्षणभंगुर, क्षणिक, अस्थिर, अस्थायी।

नासमझ–मूर्ख, गँवार, नादान, अबोध, अनाड़ी, बुद्धिहीन, मतिहीन, निर्बुद्धि, मूढ़।

निंदा–अपकीर्ति, अपयश, आक्षेप, भर्त्सना, बदनामी, बुराई, बदगोई, तौहीन, तिरस्कार।

निकट–पास का, समीप का, अनुपार्श्व, संपार्श्व, पास-पास, साथ-साथ, पार्श्व, आसन्न, नजदीक, सन्निकट।

निकम्मा–बेकार, अकर्मण्य, निठल्ला, निखट्टू, गोबरगणेश, मिट्टी का माधो।

निकाय–समूह, संस्था, समुदाय, संगठन, संघ, समुच्चय, घर।

निकृष्ट–बुरा, ख़राब, घटिया, नीच, कमीना, पाजी, उजड्ड, गँवार।

निकेतन–घर, आवास, निवास, मकान, गृह, निलय, आलय।

निखट्टू–निकम्मा, आलसी, अकर्मण्य, निठल्ला।

निगोड़ा–1. अकर्मण्य, बेकार, निठल्ला, निखट्टू; 2. अभागा, भाग्यहीन, निराश्रम।

निग्रह–1. नियंत्रण, बंधन, रोक, अवरोध; 2. संयम, दमन।

निचोड़–आशय, सार, सारांश, सत, सारतत्त्व, खुलासा।

निजी– व्यक्तिगत, अपना, खुद का।

निडर–1. निर्भय, निर्भीक, निःशंक, दिलेर, बेधड़क; 2. साहसी, हिम्मती, दिलावर; 3. धृष्ट, ढीठ, उद्दण्ड।

निढाल–थका-माँदा, शिथिल, सुस्त, अशक्त, उत्साहहीन।

नित्य–1. शाश्वत, अमर, अनश्वर, अमर्त्य, अविनाशी; 2. प्रतिदिन, रोज़, नित, सदा, अनुदिन, नितप्रति, हररोज, हर रोज।

निद्रा–नींद, शयन, सुषुप्ति, सुप्ति, तंद्रा, सुप्तावस्था।

निधान–1. आधार, आश्रय, सहारा, अवलंब; 2. निधि, कोष, भंडार।

निधि–1. ख़ज़ाना, कोष, संपत्ति; 2. आगार, भंडार।

निपट–1. निरा, विशुद्ध, खाली, एकमात्र; 2. एकदम, सरासर, बिलकुल; 3. बहुत, अधिक, नितांत।

निपुण–दक्ष, कुशल, चतुर, प्रवीण, अनुभवी, पटु, योग्य, काबिल, निष्णात, विशारद, अभिज्ञ, पूर्णतः, निहायत।

निमंत्रण–बुलावा, न्योता, आह्वान, आमंत्रण।

निमित्त–1. हेतु, कारण, उद्देश्य; 2. लिए, वास्ते, सबब, वजह।

नियंत्रण–क़ाबू, वश, अंकुश।

नियति–1. होनी, होनहार, प्रारब्ध, भाग्य, भावी, अदृष्ट; 2. किस्मत, तकदीर, अदृष्ट।

नियम–सिद्धांत, विनियम, क़ायदा, विधि, विधान, ढंग, उसूल, दस्तूर, परम्परा, रिवाज़।

नियुक्त–1. तैनात, मुकर्रर, अधिकृत, पदासीन, पदारूढ़, नियत, निर्धारित।

निरंतर–अटूट, अनवरत, अविरल, अविराम, आठों पहर।

निरपेक्ष–1. बेपरवाह, लापरवाह, निश्चिंत, बेफ़िक्र; 2. अनाश्रित, निरालंब, निराश्रित; 3. रहित, अलग, तटस्थ, उदासीन।

निरर्थक–1. बेकार, अर्थहीन, बेमानी, असम्बद्ध, अर्थशून्य, बेमतलब का; 2. निष्प्रयोजन, निष्फल, व्यर्थ, असंगत, बेक़ायदा, फ़िजूल।

निराकार–आकारहीन, आकाररहित, रूपहीन, अमूर्त, निर्गुण।

निराधार–1. आधाररहित, बेबुनियाद, निर्मूल, निरावलंब; 2. अनुपयुक्त; 3. झूठ, मिथ्या, असत्य; 4. तर्कहीन, प्रमाणरहित।

निराला–अद्भुत, विलक्षण, अनूठा, अपूर्व, असाधारण, अनोखा, बेजोड़, अनुपम, विचित्र, अद्वितीय, अप्रतिम, एकांत, निर्जन, सुनसान।

निरोध–रोक, अवरोध, रुकावट।

निर्जीव–1. गतप्राण, सारहीन, निष्क्रिय, निश्चेष्ट, निष्प्रभाव; 2. मृत, मुर्दा, प्राणरहित, प्राणहीन, निष्प्राण, दिगवंत, बेजान।

निर्णय–निश्चय, निष्कर्ष, परिणाम, फ़ैसला, निपटारा।

निर्दय–निष्ठुर, दयाहीन, निर्मम, क्रूर, नृशंस, दारुण, बर्बर, ज़ालिम, बेदर्द, बेरहम, निष्करुण, संगदिल, अविनीत, जल्लाद।

निर्दोष–निरपराध, निष्कलंक, दोषरहित, बेगुनाह, बेकसूर।

निर्धन–धनहीन, दरिद्र, दीन, अकिंचन, रंक, कंगाल, ग़रीब, मुफ़लिस।

निर्बल–1. कमज़ोर, अशक्त, निःशक्त; 2. क्षीण, दुर्बल, दुबला–पतला।

निर्मल–शुद्ध, पवित्र, निर्दोष, मलरहित, साफ़, अम्लान, स्वच्छ, निखरा हुआ।

निर्वासन–निकालना, निष्कासन, देश- निकाला।

निवास–1. घर, मकान, गृह, भवन।

निशा–निशी, निशीथिनी, रात, रात्रि, रजनी।

निशाकर–1. चंद्रमा, शशि, चांद, विधु; 2. कुक्कुट, मुर्गा।

निशाचर–राक्षस, निशिचर, असुर, दैत्य, दानव, अमानुष।

निशान–1. चिन्ह, धब्बा; 2. पहचान, लक्षण, संकेत; 3. ध्वजा, झंडा, पताका।

निश्चय–1. विश्वास, यकीन; 2. दृढ़- संकल्प, पक्का इरादा, पूरा इरादा, पक्का विचार; 3. व्रत, प्रतिज्ञा, पण; 4. निर्णय, फ़ैसला, परिणाम।

निश्चित–तय, निर्णीत, दृढ़, पक्का।

निश्चेतनता–मूर्छा, संन्यास, अचेतावस्था, अचेतनता, बेहोशी, निश्चेतावस्था।

निष्कलंक–निर्दोष, बेएब, बेदाग़, निर्मल।

निष्ठा–1. विश्वास, श्रद्धा, यकीन; 2. अनुरक्ति, प्रवृति, लगाव।

निष्पत्ति–इति, समाप्ति, पूर्णता, सिद्धि।

निस्तब्धता–ख़ामोशी, सन्नाटा, शांति, नीरवता।

निस्संदेह–अवश्य, ज़रूर, सचमुच, बेशक, वास्तव में।

नीर–जल, पानी, तोय, पय, अम्बु।

नीरज–जलज, वारिज, तोयज, अम्बुज।

नीरव–निःशब्द, चुप, मौन, स्तब्ध, निस्तब्ध, शांत।

नीलकमल–नीलाम्बुज, नीलाब्ज, कुवलय, मृदूत्पल, इंदीवर।

नीलम–नीलमणि, असिरत्न, शनिप्रिय, इंद्रनील, नील, नीलक, महानील।

नुक़सान–कमी, घाटा, क्षति, हानि।

नुकीला–कंटाग्र, तीक्ष्णाग्र, निशित, पैना, नोकदार, नोक वाला।

नूतन–1. नया, नवीन, ताज़ा, अभिनव; 2. अर्वाचीन, आधुनिक।

नृप–राजा, नरपति, नृपाल, भूपति।

नृशंस –क्रूर, निर्दय, अकरुण, ज़ालिम, बेदर्द, अनष्टिकारी, अत्याचारी।

नेकी–1. भलाई, उपकार, सज्जनता, भलमनसाहत, शिष्टता।

नेता–अगुआ, नायक, अग्रणी, मुखिया, मार्गदर्शक, पथप्रदर्शक।

नेत्र–आँख, चक्षु, नयन, दीदा।

नौका–नाव, तरणि, तरनी, बेड़ा, डोंगी।

नौबत–1. हालत, दशा, अवस्था; 2. दुर्दशा, दुर्गति; 3. शहनाई।

न्यायाधीश–न्यायकर्त्ता, न्यायमूर्ति, जज, धर्माधिकारी।

न्यायालय–अदालत, कचहरी, कोर्ट।

न्यारा–1. अनोखा, निराला, अजीब, अद्‌भुत; 2. अलग, जुदा, पृथक; 3. अन्य, दूसरा, भिन्न।

न्यून–1. अल्प, कम, थोड़ा; 2. क्षुद्र, नीच, ओछा; 3. हलका, घटकर।

न्योता–बुलावा, निमंत्रण, आमंत्रण।

प

प - देवनागरी वर्णमाला (व्यंजन) में पवर्ग का प्रथम वर्ण है। इसका उच्चारण स्थान ओष्ठ है।

पंक–कीचड़, कीच, कर्दम।

पंकिल–गंदला, गंदा, मैला, मलिन, मलीन, कीचयुक्त।

पंडित–विद्वान, बुद्धिमान, कुशल, दक्ष, निपुण, चतुर, योग्य।

पंथ–1. मार्ग, रास्ता, राह; 2. धर्म, सम्प्रदाय, मत।

पंथी–1. पथिक, राही, बटोही; 2. मतानुयायी, धर्मावलंबी, समर्थक।

पकड़ना–1. थामना, ग्रहण करना, धरना; 2. काबू करना, वश में करना, बाँधना; 3. गिरफ़्तार करना, कैद करना, बंदी बनाना।

पक्का–1. पका, परिपक्व, पुष्ट; 2. अनुभवी, तजुरबेकार; 3. सुदृढ़, मज़बूत, दृढ़; 4. कुशल, निपुण, दक्ष; 5. अभ्यस्त, आदी; 6. निर्दिष्ट, निश्चित, नियत, पुष्ट, प्रामाणिक, अचूक।

पक्ष–1. पख, पर, डैना; 2. पाख, पखवारा; 3. दल, वर्ग, समुदाय; 4. स्थिति।

पक्षी–खग, विहंग, बिहग, शंकुत, द्विज, नभचर, चिड़िया, पंछी।

पगड़ी–1. पाग, पगिया, मुरैठा, साफ़ा; 2. प्रतिष्ठा, मान-मर्यादा; 3. पेशगी, नज़राना, भेंट, उपहार।

पचड़ा–झंझट, बखेड़ा, प्रपंच, तक़रार।

पछतावा–पश्चात्ताप, प्रायश्चित, अनुताप, संताप, ग्लानि, खिन्नता, दुःख, खेद।

पट–1. वस्त्र, कपड़ा, पोशाक, परिधान; 2. आवरण, पर्दा, चिक; 3. द्वार, दरवाज़ा, किवाड़, कपाट; 4. घूँघट, पर्दा, बुर्का।

पटरानी–स्त्री, महारानी, राजमहिषी, राजपत्नी, बड़ी रानी।

पटु–1. कुशल, दक्ष, निपुण, प्रवीण, 2. चतुर, चालाक, होशियार, 3. धूर्त, मक्कार, छली, धोखेबाज़, 4. निर्दय, निर्मम, निष्ठुर; 5. नीरोग, स्वस्थ, तंदुरुस्त; 6. तीक्ष्ण, तेज़, उग्र, प्रचंड; 7. स्पष्ट, साफ़, व्यक्त, प्रकाशित; 8. मनोहर, सुन्दर, आकर्षक।

पटुता–प्रवीणता, निपुणता, होशियारी, चतुराई, चालाकी।

पड़ताल–1. अनुसंधान, खोज, अन्वेषण; 2. छानबीन, जाँच, खोजबीन।

पड़ोसी– समीपवर्ती, निकटस्थ, निकटवर्ती, पास का, पड़ौस का।

पढ़ाई–अध्ययन, विद्याम्यास, पठन–पाठन।

पण–1. दाँव, जुआ; 2. बाज़ी, शर्त; 3. निश्चय, प्रतिज्ञा, कौल, करार; 4. दाम, क़ीमत, मूल्य;

5. फ़ीस, शुल्क; 6. धन, दौलत, सम्पत्ति; 7. रोज़गार, व्यवसाय, व्यापार; 8. माल, सौदा; 9. इनाम, पुरस्कार, पारितोषिक, पारिश्रमिक।

पतंग–1. सूर्य, सूरज, आदित्य, भास्कर; 2. पतिंगा, शलभ, परवाना, भुनगा, फतिंगा, पतंगा, टिड्डी, मधुमक्षिका; 3. कंदुक, गेंद; 4. शरीर; 5. गुड्डी, कनकौआ, चंग, तुक्कल।

पतला–1. झीना, महीन, झिनझिना; 2. अशक्त, दुर्बल, निर्बल, कमज़ोर, शक्तिहीन, तरल, कृश, कृशित, छरहरा, तन्वंग।

पताका–झंडा, ध्वजा, ध्वज, फरहरा, तोरण, झंडी।

पति–1. अधिपति, स्वामी, भर्ता, भरतार, परिणेता, आर्य, खसम, खाविन्द, शौहर, साजन, सैंया, घरवाला, बालम, नाथ, प्राणेश, प्राणाधार, दूल्हा; 2. ईश्वर, प्रभु, ईश, भगवान।

पतोहू–पुत्रवधू, वधू, बहुरिया।

पत्तन–1. नगरी, नगर, शहर, पुरी; 2. बन्दरगाह।

पत्ता–पत्र, किसलय, दल, पर्ण, पत्रक, पल्लव, पात, पत्ती, कोंपल।

पत्थर–1. प्रस्तर, पाषाण, पाहन, पत्थर, शिला, अश्म, संग; 2. ओला, उपल, इन्द्रोपल, बिनौला।

पत्नी–भार्या, वधू, सह-धर्मिणी, सहचरी, गृहणी, जनि, साथिन, सजनी, स्त्री, अर्द्धांगिनी, वामा, वामांगिनी, संगिनी, लुगाई, जोरू, बीबी, औरत, घरवाली, दारा, परिणीता, कुलवंती, कुलश्री।

पत्र–1. पत्ता, पत्ती, पर्ण, पल्लव, किसलय; 2. खत, चिट्ठी, 3. समाचार पत्र, अख़बार।

पत्रा–1. तिथिपत्र, पंचांग, जंत्री; 2. वर्क, पत्तर, चद्दर; 3. पन्ना, पृष्ठ, सफ़ा।

पथ–1. मार्ग, रास्ता, राह; 2. रीति, आचरण, ढंग।

पथिक–यात्री, राही, राहगीर, मुसाफ़िर, पंथी, पथिल, पथि, बटोही।

पथ्य–उपयुक्त, आहार।

पद–1. चरण, पैर, पाँव, क़दम; 2. डग, पग; 3. चिन्ह, निशान, छाप; 4. स्थान, जगह; 5. दर्जा, ओहदा; 6. पदक, उपाधि; 7. मोक्ष, पंक्ति, छंदपाद, छंदांश, श्लोकपाद।

पदक–तमगा, सम्मानजनक उपाधि, मेडल।

पनपना–समृद्ध होना, सफल होना, उन्नति करना, फलना–फूलना, विकसित होना, विकास करना।

पनवाड़ी–तमोली, बरेजा, पनवारी, तांबूलिक।

पनाह–शरण, बचाव, रक्षा स्थान, सुरक्षा।

पपीहा–चातक, मेघजीवन, पपिहरा।

परंतु–पर, किन्तु, लेकिन, मगर।

परम्परा–रीति, रिवाज, प्रथा, रूढ़ि, परिपाटी।

परख–जाँच, जाँच-पड़ताल, खोजबीन, परीक्षा, पहचान, छानबीन, देखभाल, परीक्षण।

परछाई–प्रतिच्छाया, छाया, प्रतिबिम्ब, साया, प्रतिरूप, छायाकृति, छाँह, छाँव, अक्स, झलक।

परतंत्र–पराधीन, परवश, गुलाम, पराश्रित, परमुखापेक्षी, अधीन।

परदा—1. आड़, व्यवधान, ओट, ओझल, आवरण, छादन, यवनिका, चिक, छिपाव; 2. तह, तल, परत; 3. गोपनीयता, गुप्तता, प्रच्छन्नता, संगोपन, छिपाव, दुराव, गोपन, संगूहन।

परमार्थ—1. उपकार, भलाई, परोपकार; 2. मोक्ष, निर्वाण।

पराक्रम—शक्ति, बल, पुरुषार्थ, पौरुष, उद्योग, ताक़त, बहादुरी, वीरता।

पराजित—परास्त, विजित, हारा हुआ, पराभूत।

पराया—दूसरा, और, अन्य, ग़ैर, बेगाना, अनात्मीय।

परिचय—1. ज्ञान, अभिज्ञता; 2. पहचान, मेल, मुलाकात, जानकारी, वाकफ़ियत।

परिचर—सेवक, नौकर, चाकर, टहलुआ, अनुचर।

परिचर्या—गोष्ठी, बातचीत, संगोष्ठी, परिसंवाद।

परिणय—विवाह, शादी, पाणिग्रहण।

परिणाम—नतीजा, निष्कर्ष, फल, अंजाम।

परिताप—1. जलन, आँच, ताप, गर्मी; 2. दुःख, क्लेश, पीड़ा, व्यथा, संताप, दर्द, तकलीफ़; 3. पश्चात्ताप, प्रायश्चित, पछतावा; 4. भय, डर, खौफ़, आतंक।

परितोष—1. संतोष, तृप्ति, संतुष्टि; 2. प्रसन्नता, खुशी, हर्ष।

परिपाटी—1. क्रम, सिलसिला, श्रेणी; 2. रीति, प्रणाली, शैली, ढंग, पद्धति।

परिभव—अनादर, अपमान, तिरस्कार, उपेक्षा।

परिमित—सीमित, नपातुला, थोड़ा, कम, अल्प।

परिवर्तन—1. घुमाव, चक्कर, फेरा; 2. तब्दीली, उथल-पुथल, इनकलाब, बदलाव, हेर-फेर, रूपान्तर, कायापलट; 3. संशोधन, रद्दोबदल।

परिवाद—निन्दा, बुराई, शिकायत, अपवाद।

परिवार—कुटुम्ब, कुनबा, खानदान, कुल, घराना।

परिश्रम—श्रम, उद्यम, मेहनत।

परिश्रमी—कर्मठ, क्रियाशील, यत्नशील, उद्योगशील, उद्योगी, अविश्रांत, उद्यमी, मेहनती, पुरुषार्थी, अध्यवसाय।

परिष्कार—शुद्धि, सफ़ाई, स्वच्छता, संस्कार, निर्मलता, परिमार्जन, मार्जन, परिशोधन, सुधार।

परिष्कृत—1. शुद्ध, साफ़, स्वच्छ, निर्मल, परिमार्जित, प्रांजल; 2. अलंकृत, सुसज्जित; 3. शिष्ट, सुसंस्कृत।

परुष—1. कठोर, कर्कश, कड़ा; 2. उग्र, प्रचंड, तीव्र; 3. अप्रिय, रसहीन, नीरस; 4. निष्ठुर, निर्दय, हृदयहीन, संगदिल।

परेशान—उद्विग्न, क्षुब्ध, चिंतित, व्याकुल, आंदोलित, खिन्न, बेज़ार, आजिज, उद्विग्न।

परोक्ष—अगोचर, अप्रत्यक्ष, ओझल, तिरोहित, गुप्त।

परोपकार—हित, भलाई, उपकार, कल्याण, दान, नेकी, परकल्याण, परहित।

पर्यवसान—1. समाप्ति, अंत, खात्मा; 2. निश्चय, दृढ़ता।

पर्याप्त—काफ़ी, यथेष्ट, बहुत, प्रचुर, पूरा, भरपूर, विपुल।

पर्वत–1. पहाड़, भूधर, भूभृत्, महीभृत, शैल, अचल, गिरि, आद्रि, शिखरी, नग, भूमिधर, महीधर, मेरू, धराधर; 2. पेड़, वृक्ष, द्रुम; 3. शिखर; 4. शिखा, श्रृंग, कूट, मेरु।

पल–1. क्षण, लम्हा, दम, निमिष; 2. दम (दम भर में)।

पलटन–1. सेना, फौज, लश्कर; 2. दल, समूह, समुदाय, झुंड।

पल्लव–कोंपल, किसलय, पर्ण, पत्ता, पात।

पल्ला–1. आँचल, छोर, दामन; 2. किवाड़, पट, पटल।

पवन–1. वायु, हवा, प्राण, अनल, प्रभंजन; 2. श्वास, साँस।

पवित्र–शुचि, अमल, विमल, शद्ध, निर्मल, साफ़, पावन, पुनीत, पूत, पुण्य, पापरहित, विशुद्ध, स्वच्छ।

पशु–जानवर, चतुष्पद, चौपाया, मवेशी, डंगर, ढोर, मवेशी।

पश्चात्ताप–अनुताप, संताप, ताप, परिताप, मनस्ताप, पछतावा, अफ़सोस, ग्लानि, खेद।

पसीना–स्वेद, श्रमकण, श्रमवारि, श्रमसीकर, प्रस्वेद, श्रमविन्दु।

पसोपेश–दुविधा, असमंजस, आगा-पीछा, सोच-विचार, ऊहापोह।

पस्त–1. पराजित, हारा हुआ; 2. थका हुआ, शिथिल; 3. दबा हुआ, झुका हुआ।

पहनावा–पहरावा, पहिनावा, पहिरावा, पोशाक, परिधान, लिबास।

पहरा–गश्त, चौकी, गारद, रक्षा, निगरानी, देखभाल, निगहबानी, चौकीदारी, चौकसी।

पहाड़–पर्वत, गिरि, शैल, अचल, भूधर, नग, अद्रि, धराधर, श्रृंगी, भूभृत।

पहिया–चक्का, चक्र, चक्कर, घिर्री, घिरनी, गड़ारी।

पांडुलिपि–पांडुलेख, हस्तलिपि, मसौदा।

पाँव–पैर, पग, चरण, पद, पाद, क़दम।

पाखंड–ढोंग, आडम्बर, ढकोसला, मिथ्याचार, प्रपंच, मिथ्याडंबर, दंभ; 2. छल, कपट, धोखा, धूर्तता, चालबाज़ी।

पागल–विक्षिप्त, मतिभ्रष्ट, बावला, नासमझ, बौरहा, बौरा, सनकी, मत्त, उन्मत्त, मतवाला, नासमझ, बेवकूफ़, दीवाना, जुनूनी, मूर्ख।

पाट–1. पाटा, पीढ़ा; 2. राजगद्दी, सिंहासन, राज्यासन; 3. चौड़ाई, फैलाव, विस्तार; 4. तख्ती, पटिया, शिला।

पाठ–1. सबक, पाठ; 2. पढ़ाई, पाठन, उच्चारण, वाचन।

पाठशाला–विद्यालय, मदरसा, गुरुकुल, विद्यामंदिर, सरस्वती भवन, मकतब, स्कूल, विद्यापीठ।

पाणि–हाथ, कर, हस्त।

पातक–पाप, गुनाह, कलुष, अपराध, दोष, प्रकीर्ण।

पात्र–1. बरतन, भाजन, भांड, भांडा; 2. अभिनयकर्त्ता, अभिनेता, नट, नायक; 3. अधिकारी, उपयुक्त व्यक्ति।

पादम–वृक्ष, पेड़, द्रुम।

पाप–1. अध, अपकर्म, अपकृति, अपधर्म, अधर्म, विधर्म, कुधर्म, कुकर्म, गुनाह; 2. अपराध, कसूर, जुर्म; 3. अहित, अनिष्ट, ख़राबी।

पामर–दुष्ट, कमीना, पापी, अधम, नीच, पातकी, पापिष्ठ, दुरात्मा।

पारावार–1. समुद्र, सागर, जलधि, जलनिधि; 2. सीमा, हद।

पारिहास्य–हँसी–ठट्ठा, व्यंग्य, परिहास, दिल्लगी, मज़ाक।

पारी–बारी, पाली, अवसर, क्रम।

पार्थक्य–1. पृथकता, अलगाव; 2. भेद, प्रभेद, भिन्नता, अन्तर; 3. वियोग, जुदाई।

पार्वती–उमा, कात्यायनी, गौरी, ईश्वरी, भवानी, सर्वमंगला, अर्पणा, आर्या, अभया, नंदा, पर्वतजा, मालवी, गिरिजा, त्रिभुवनसुंदरी, देवेशी।

पालन–1. लालन-पालन, पालन-पोषण, भरण-पोषण, परवरिश; 2. अनुसरण, अनुवर्तन, अनुगमन, कार्यान्वयन।

पावन–पवित्र, शुचि, पवित्रक, शुद्ध, स्वच्छ, निर्मल, निर्दोष, निष्कलंक, पाक।

पाश–बंधन, जाल, फंदा।

पाषाण–पत्थर, प्रस्तर, शिला, पाथर, पाहन, अशनि।

पास–1. ओर, तरफ़, दिशा; 2. निकटता, सामीप्य; 3. अधिकार, कब्ज़ा; 4. निकट, समीप, नज़दीक, क़रीब, आस-पास; 5. अधिकार में, कब्ज़े में, वश में; सफलीभूत, सफल।

पाहुना–1. अतिथि, मेहमान, अभ्यागत; 2. जामाता, दामाद, जमाई।

पिक–कोयल, कोकिला, अलि, पंचमा, वसंतदूती, कादम्बरी, कलकंठ, पिकी।

पिचकना–सिमटना, सिकुड़ना, दबना, धँसना, चुचुकना, बिचकना।

पिछलग्गा–अनुगामी, अनुचर, सेवक, नौकर, खिदमतगार, अधीन, आश्रित, टहलुआ, चेला, अंधानुयायी।

पिता–तात, जनक, जनपिता, जनिता, बाप, बापू, बाबू, बप्पा, जन्मदाता, पितृ, पापा, अब्बा, किबला, वालिद।

पिपासा–1. तृष्णा, तृषा, प्यास; 2. लोभ, लालच, इच्छा।

पीछे–1. अनंतर, अंत में, पश्च, बाद में, फिर, उपरांत, पश्चात्; 2. अनुपस्थिति में, अविद्यमानता में, नामौजूदगी में, अभाव में; 3. वास्ते, लिए, कारण, बदौलत, पिछले भाग में, पृष्ठ भाग में।

पीड़ा–1. पीड़ायुक्त, क्लेशयुक्त, दुखित, दुखाक्रांत; 2. कष्ट, टीस, दर्द, वेदना, व्यथा, शूल।

पीन–1. माँसल, स्थूल, मोटा; 2. हष्ट-पुष्ट, विशालकाय।

पीयूष–1. अमृत, सुधा, देवरस, प्राणरस; 2. दूध, क्षीर, पय, अमिय, आवेहयात।

पीला–पीत, ज़र्द, केसरिया, सुनहला, पिंगल, जोगिया, पांडु, हल्दिया, ज़ाफरानी, हरिद्राभ, चम्पई, बसंती, शरबती, नारंगी, कपिल, पीताभ, संदली, जाफरानी, नारंगी।

पीवर–1. मोटा, माँसल, स्थूल; 2. भारी, दीर्घ, विशाल; 3. पीन, बलिष्ठ, तगड़ा, ताक़तवर।

पुंज–संग्रह, समूह, राशि, ढेर; 2. श्रेणी, वर्ग, कतार, दल; 3. पुंगीफल, सुपाड़ी, छाली।

पुंडरीक–1. कमल, नीरज, पंकज; 2. श्वेत कुष्ठ, सफ़ेद कोढ़, सफ़ेद दाग़; 3. शर, बाण, तीर; 4. आकाश, आसमान, गगन; 5. अग्नि, आग, अनल।

पुकार–हाँक, टेर, दुहाई, फरियाद, बुलावा, आवाज, आवाहन, गुहार।

पुख़्ता–पक्का, दृढ़, मज़बूत, टिकाऊ।

पुण्य–1. पवित्र, पावन, शुभ, मंगलदायक, कल्याणकारी; 2. धर्म, सुकृत, सत्कर्म, शुभ कर्म, उत्तम कर्म।

पुण्यकृत–पुण्यकर्त्ता, धार्मिक, सुकृति, पुण्यात्मा, पुण्यवान्, धर्मात्मा, ने।

पुत्र–आत्मज, तनय, सूनु, सुत, पूत, तनुज, औलाद, वत्स, नंदन, लाल, नंद, बेटा, संतान, लड़का, सुवन, अंगज, औरस, लाल, औलाद, अंगज।

पुत्री–कन्या, आत्मजा, दुहिता, तनुजा, सुता, अपत्या, पुत्रिका, स्वजा, तनया, तनजा, नंदिनी, बेटी, लड़की, अंगजा, धिया।

पुनीत–पवित्र, पाक, पावन, शुद्ध, निर्मल, स्वच्छ, साफ़।

पुरखा–1. पूर्वज, पूर्वपुरुष, अग्रजन्मा; 2. पिता, पितामह, बड़ा-बूढ़ा, वृद्ध, बुजुर्गवार, वयोवृद्ध।

पुरातन–1. प्राचीन, पुराना, पूर्वकालीन, पहले का; 2. जीर्ण–शीर्ण, फटा–पुराना।

पुरी–पुर, नगर, शहर।

पुरुषार्थ–1. पौरुष, पुरुषत्व, उद्योग, पराक्रम; 2. शक्ति, बल, ताक़त, सामर्थ्य; 3. साहस, हिम्मत, जीवट।

पुष्कर–1. तालाब, सरोवर, जलाशय, पोखरा; 2. कमल, पद्म, पंकज।

पुष्ट–1. दृढ़, मजबूत, सुदृढ़; 2. बलिष्ठ, बलवान, शक्तिशाली, ताक़तवर; 3. मोटा-ताजा, स्थूल, मांसल; 4. भरा-पूरा, परिपूर्ण, पूरित, भरा हुआ।

पुष्टि–अनुमोदन, समर्थन, हिमायत; स्थूलता, मांसलता, मोटाई।

पुष्प–फूल, कुसुम, सुमन, प्रसून, पुहुप, गुल।

पूँछ–1. पुच्छ, लांगूल, दुम; 2. पुच्छल, पिच्छल, पश्चभाग; 3. पिछलग्गू, अनुचर, चापलूस, चमचा।

पूछताछ–जाँच-पड़ताल, तहकीकात, जिरह।

पूजा–1. पूजन, अर्चना, अर्चन, आराधना, वंदना, उपासना, इबादत, स्तुति, स्तवन; 2. आदर, सत्कार, आवभगत, सेवा, टहल, ख़ातिरदारी।

पूज्य–1. पूजनीय, अर्चनीय, वंदनीय, आराध्य, उपास्य; 2. मान्य, माननीय, सम्मानीय, आदरणीय, मान्यवर, श्रद्धेय, श्रद्धास्पद।

पूरा–1 भरा हुआ, पूरित, परिपूर्ण, भरपूर; 2. समग्र, समूचा, सारा, कुल, समस्त, सब, सकल, तमाम, पूर्ण, संपूर्ण; 3. काफ़ी, पर्याप्त, प्रचुर, यथेष्ट।

पूर्वतर–पहला, पहले का, पूर्व का।

पृथक्–1. पृथक्कृत, विच्छिन्न, विभक्त, असम्बद्ध, न्यास, भिन्न, अलग, जुदा; 2. अन्य, दूसरा, अतिरिक्त।

पृथु–1. चौड़ा, मोटा, विस्तृत, विस्तीर्ण; 2. अधिक, बहुत, विपुल, प्रचुर; 3. बड़ा, महान, विशाल; 4. अगणित, असंख्य, अनगिनत; 5. चतुर, चालाक, होशियार।

पृथ्वी–भूमि, ज़मीन, भू, अचला, स्थिरा, वसुमती, वसुन्धरा, निश्चला, धरातल।

पृष्ठपोषण–1. समर्थन, अनुमोदन, हिमायत; 2. सहायता, मदद।

पेचीदा–1. पेचदार, टेढ़ा-मेढ़ा; 2. कठिन, मुश्किल, जटिल।

पेट–1. उदर, जठर, आमाशय, पचौनी; 2. गर्भ, कोख, गर्भाशय, हमल; 3. अंतःकरण, मन, दिल; 4. गुंजाइश, अवकाश, समाई; 5. रोज़ी, जीविका।

पेड़–1. रुख, तरु, वृक्ष, विटप, दरख्त, पादप, कुट, कुज, बिरवा, भूमिरुह, द्रोण, शाखी।

पेश–समक्ष, सामने, सम्मुख, आगे।

पेशकश–1. उपहार, भेंट, नज़र; 2. तोहफ़ा, सौगात; 3. प्रस्ताव, तजवीज।

पेशा–धंधा, उद्यम, व्यवसाय, व्यापार, कार्य, काम, कर्म।

पैग़ाम–संदेश, ख़बर, समाचार, संदेशा।

पैदावार–उपज, उत्पादन, फ़सल।

पैना–धारदार, चोखा, तीक्ष्ण, तेज़, नुकीला।

पैशुन्य–चुगलखोरी, पिशुनता, परनिंदा, खलता, दुष्टता।

पैसा–धन, दौलत, संपत्ति, माल, द्रव्य, सम्पदा, रुपया-पैसा, नकदी, नकद-नारायण, टका, सिक्का।

पोखर–तालाब, सरोवर, जलाशय, पोखरा, पुष्कर।

पौरुष–1. पुरुषत्व, मर्दानगी, बल, शक्ति, ताक़त; 2. साहस, हिम्मत, जीवट, वीरता, बहादुरी, पुंसत्व।

प्यार–प्रेम, मुहब्बत, स्नेह, प्रीति, नेह, अनुरक्ति, ममत्व, वात्सल्य, रति, राग, अनुराग।

प्यारा–प्रिय, प्रेमी, स्नेही, लाडला, दुलारा, खूबसूरत, बढ़िया।

प्यारी–प्रिया, प्रेयसी, प्रणयिनी, वल्लभा, प्राणवल्लभा, वरा, श्यामा, माशूका, चहेती, जानी, दुलारी।

प्यास–पिपासा, तृष्णा, तृषा,कामना, लालसा, ललक।

प्यासा–1. पिपासित, तृष्ति, पिपासु, लालायित, इच्छुक, तृषित।

प्रकट–प्रगट, ज़ाहिर, प्रत्यक्ष, अभिव्यक्त, स्पष्ट, साफ़, प्रकाशित, व्यक्त, प्रकटित, खुला।

प्रकांड–उत्तम, सर्वश्रेष्ठ, सर्वोपरि, श्रेष्ठ।

प्रकार–1. भेद, क़िस्म, तरह; 2. भाँति, रीति, ढंग।

प्रकृत–1. वास्तविक, असली, यथार्थ, अविकृत, सत्य; 2. स्वाभाविक, सहज, साधारण।

प्रकृति–1. निसर्ग, कुदरत; 2. स्वभाव, शील, तासीर, मिज़ाज।

प्रख्यात—विख्यात, प्रसिद्ध, मशहूर, यशस्वी, कीर्तिमान।

प्रगति—उन्नति, तरक्की, विकास।

प्रगल्भ—1. उत्साही, हिम्मती, साहसी; 2. निर्भीक, निर्भय, निडर; 3. ढीठ, धृष्ट, उद्दंड, निर्लज्ज, बेहया; 4. अभिमानी, अहंकारी, घमंडी।

प्रचंड—1. तीव्र, तीक्ष्ण, तेज, उग्र, प्रखर; 2. भयंकर, भयानक, खौफ़नाक, डरावना, भीषण।

प्रचुर—बहुत, अधिक, विपुल, यथेष्ट, पर्याप्त, काफ़ी।

प्रचुरता—प्राचुर्य, प्रभूतता, बहुलता, आधिक्य, व्यापकत्व, बहुतायत, विपुलता, ज़खीरा, इफरात।

प्रच्छद—आच्छादन, आवरण, ढकना।

प्रजा—1. संतान, संतति, औलाद; 2. जनसमूह, जनता, रिआया, रैयत।

प्रजातंत्र—जनतंत्र, लोकतंत्र, गणतंत्र।

प्रज्ञा—बुद्धि, प्रतिभा, ज्ञान, मति, समझ, अक्ल।

प्रणय—प्रेम, अनुराग, प्रीति, स्नेह।

प्रणयिनी—1. प्रेयसी, प्रेमिका, माशूका, प्रिया, अंगना; 2. भार्या, पत्नी, स्त्री, वनिता, वामा।

प्रणाम—नमस्कार, अभिवादन, पादग्रहण, नमन, अभिवंदना, चरणवंदना, सलाम, आदाब, आदाबअर्ज़।

प्रणाली—1. ढंग, प्रकार, साधन; 2. तरीक़ा, पद्धति, व्यवस्था; 3. परम्परा, रीति, परिपाटी, प्रथा।

प्रणिधान—1. प्रयत्न, कोशिश, प्रयास; 2. उपासना, भक्ति, पूजा; 3. एकाग्रता, तल्लीनता, मनोयोग, ध्यान; 4. गति, प्रवेश, पहुँच, पैठ।

प्रणेता—1. नेता, नायक; 2. रचयित, रचनाकार, वृत्तिकार।

प्रताप—1. चमक, कांति, आभा, दीप्ति; 2. तेज़ी, प्रखरता, प्रचंडता; 3. पौरुष, पुरुषत्व, मर्दानगी; 4. बहादुरी, वीरता, शूरता; 5. प्रभाव, बोलबाला, दबदबा, इकबाल।

प्रतारक—धोखेबाज़, धूर्त, चालाक, ठग, वंचक, खल, शठ।

प्रति—1. समान, सदृश, जोड़ का, मुकाबले का; 2. ओर, दिशा, तरफ़; 3. अनुकृति, प्रतिलिपि, नकल, कापी।

प्रतिकार—प्रतिशोध, प्रतिकर्म, बदला, उत्तर, जवाब।

प्रतिकूल—विपरीत, विरुद्ध, ख़िलाफ़, अनुककूल, उल्टा, विपक्ष, विलोम।

प्रतिज्ञा—1. प्रण, संविद, वचन, वायदा; 2. शपथ, सौगंध, कसम।

प्रतिपत्ति—1. उपलब्ध, प्राप्ति, पाना; 2. ज्ञान, प्रबोध, बुद्धि, अक्ल, समझ; 2. ज्ञान, प्रबोध, बुद्धि, अक्ल समझ; 3. अनुष्ठान, अंदाज़, अटकल; 4. प्रतिपादन, निरूपण, प्रदर्शन, निर्धारण; 5. मान—मर्यादा, गौरव, प्रतिष्ठा; 6. प्रभाव, दबदबा, धाक, साख; 7. परिणाम, नतीजा, फल; 8. आदर, सत्कार, आवभगत, ख़ातिरदारी।

प्रतिफल—1. परिणाम, नतीजा, फल; 2. प्रतिकार, बदला, प्रतिशोध।

प्रतिबिंब—परछाई, छाया, अक्स।

प्रतिभा—1. बुद्धि, प्रज्ञा, मनीषा, ज्ञान, समझ, अक्ल; 2. चमक, दीप्ति, आभा; 3. मेधा, समझबूझ।

प्रतिमान—समानता, बराबरी, सादृश्य; 2. मानदंड, मानक, आदर्श।

प्रतियोगिता—होड़ी, मुकाबला, स्पर्धा प्रतिस्पर्धा, प्रतिद्वंद्विता।

प्रतिरक्षा—बचाव, सुरक्षा, रक्षा।

प्रतिरोध—1. रोक, रोध, अवरोध, रुकावट, निरोध; 2. बाधा, विघ्न; 3. उपेक्षा, तिरस्कार।

प्रतिलिपि—प्रतिलेख, कापी, अनुलिपि, प्रति, नकल, अनुकृति, प्रतिरूप।

प्रतिशोध—प्रतिहिंसा, प्रतिफल, प्रतिकार, बदला, प्रतिदण्ड।

प्रतिष्ठा—1. मान-मर्यादा, गौरव, इ़ज़्ज़त; 2. आदर, सत्कार, आवभगत, ख़ातिरदारी; प्रसिद्धि, ख्याति; 3. कीर्ति, यश।

प्रतिस्पर्धा—होड़, प्रतियोगिता, प्रतिद्वंद्विता, मुकाबला।

प्रतिहार—द्वारपाल, दरबान, चोबदार, द्वाररक्षक, ड्योढ़ीदार।

प्रतीत—ज्ञात, विदित, अवगत।

प्रत्यक्ष—1. साक्षात्, एतबार, भरोसा, यकीन; 2. स्पष्ट, साफ़; 3. सम्मुख, समक्ष, सामने।

प्रत्याख्यान—1. खंडन; 2. अमान्य, अस्वीकार; 3. आपत्ति, निरोध।

प्रथा—1. चलन, प्रचलन, रीति, रिवाज़, परम्परा, फ़ैशन, रस्म, दस्तूर; 2. क़ायदा, नियम, प्रणाली, पद्धति, परिपाटी।

प्रदीप्त—1. चमकता, जगमगाता, प्रकाशित, प्रकाशवान, कान्तिवान; 2. उज्ज्वल, चमकीला।

प्रदेश—1. देश, क्षेत्र, भूभाग, भूखंड, शासनक्षेत्र, राज्यक्षेत्र, रियासत, सूबा, प्रान्त; 2. स्थान, जगह; 3. अंग, अवयव।

प्रधान—1. नेता, मुखिया, सरदार, सेनानायक; 2. मुख्य, ख़ास, सर्वोच्च, उत्कृष्ट, श्रेष्ठ।

प्रपंच—1. जंजाल; 2. झंझट, बखेड़ा, झगड़ा, झमेला; 3 छल, आडम्बर, कपट, ढोंग, धोखा।

प्रबल—1. शक्तिशाली, बलवान्, सबल, सशक्त, ताक़तवर; 2. उग्र, तेज, प्रचंड, प्रखर, तीक्ष्ण, तीव्र; 3. घोर, भारी, दुर्दम, दुर्दान्त, अदम्य, उद्दाम।

प्रभा—1. आभा, प्रकाश, दीप्ति, चमक, आलोक; 2. सूर्यबिम्ब, सूर्यमंडल।

प्रभात—प्रातःकाल, उषाकाल, तड़का, भोर, सवेरा, विहान, सुबह, सहर, निशांत, अरुणोदय।

प्रभु—1. ईश्वर, भगवान, अल्लाह, खुदा; 2. मालिक, स्वामी, पालक।

प्रभूत—बहुत, विपुल, प्रचुर, अधिक, काफ़ी, पर्याप्त।

प्रमत्त—1. मत्त, मदमस्त, मस्त, मतवाला, उन्मत्त; 2. पागल, बावला, विक्षिप्त; 3. अभिमानी, गर्वीला, घमंडी, गुमानी; 4. लापरवाह, असावधान, बेपरवाह।

प्रमाद—1. भ्रम, भ्रांति, भूल, भूल—चूक, विभ्रम; 2. असावधानी, लापरवाही, बेपरवाही; 3. बेहोशी, मूर्छा, संज्ञाहीनता, निश्चेतना; 4. बावलापन, पागलपन, विक्षिप्तावस्था।

प्रमुख–1. प्रथम, पहला, अव्वल; 2. प्रधान, मुख्य, श्रेष्ठ, विशिष्ट, उत्कृष्ट, परम।

प्रमोद–हर्ष, आनंद, उल्लास, खुशी, प्रसन्नता, मोद।

प्रयत्न–उद्योग, कृत्य, चेष्टा, कोशिश, प्रयास, अध्यवसाय, उद्यम, जतन, यत्न, दौड़धूप।

प्रयाण–1. कूच, प्रस्थान, गमन।

प्रयास–उद्योग, परिश्रम, मेहनत, प्रयत्न, यत्न, कोशिश, भगीरथ, जतन।

प्रयोग–1. इस्तेमाल, सेवन, व्यवहार, उपयोग; 2. जाँच, परीक्षण।

प्रयोजन–अर्थ, अभिप्राय, आशय, उद्देश्य, मतलब, हेतु, निमित्त।

प्रलाप–व्यर्थ बातचीत, अनर्गल, बक-बक, बक-झक, बकवास।

प्रलोभन–लोभ, लालच।

प्रवचन–भाषण, उपदेश, शिक्षा, व्याख्यान।

प्रवीण–निपुण, कुशल, दक्ष, होशियार, बुद्धिमान, सयाना, चालाक, चतुर।

प्रवीणता–निपुणता, चतुराई, होशियारी, कुशलता, चालाकी, दक्षता, पटुता।

प्रशंसा–श्लाघा, स्तुति, तारीफ़, सराहना, अभिनंदन, गुणगान, यशोगान, बड़ाई, प्रशस्ति, महिमा गान।

प्रशस्त–1. अच्छा, श्रेष्ठ, उत्तम, निर्दोष, निष्कलंक, उपयुक्त, भव्य, सुन्दर, स्वच्छ; 2. प्रशंसनीय, वंदनीय, स्तुत्य, सराहनीय, श्लाघनीय।

प्रश्रय–आधार, टेक, सहारा, अवलंब, आश्रय, आसरा, संरक्षण।

प्रसंग–1 प्रकरण, संदर्भ, विषय, अवसर, मौना, घटना।

प्रसक्त–1. संलग्न, संश्लिष्ट, संबद्ध; 2. अनुरक्त, आसक्त।

प्रसाधन–1 सजावट, श्रृंगार, अलंकरण, सौंदर्यवर्धन; 2. श्रृंगार-सामग्री, सजावट का सामान; 3. उपस्कर, सज्जा।

प्रसिद्ध–विख्यात, मशहूर, प्रख्यात, नामवर, प्रतिष्ठित, यशस्वी, गणमान्य, नामी-गिरामी, जाने-माने, लब्धप्रतिष्ठित, कीर्तिवान, मान्य।

प्रसिद्धि–1. ख्याति, शोहरत, नाम, यश, विश्रुति, गौरव, वैशिष्ट्य, कीर्ति, प्रतिष्ठा, मशहूरी; 2. परिचय।

प्रसून–पुष्प, फूल, सुमन, संतान।

प्रस्तावना–उपोद्घात, प्राक्कथन, आमुख, पुरोवचन, पूर्वरंग, भूमिका, प्रस्ताव, मुखबंध, नान्दीपाठ, मंगलाचरण।

प्रस्तुत–1. उपस्थित, मौजूद, हाज़िर, वर्तमान, विद्यमान, उद्यत, तैयार; 2. कटिबद्ध, मुस्तैद, आमादा।

प्रहरी–1. पहरेदार, चौकीदार, रखवाला, पहरुआ, संतरी, सुरक्षाकर्मी।

प्रांजल–1. सरल, स्पष्ट, सुगम्य, सुबोध, सुगाह्य; 2. स्वच्छ, शुद्ध, पवित्र, निर्मल, परिष्कृत, परिमार्जित, साफ़–सुथरा, निर्मल, परिनिष्ठित।

प्रागल्भ्य–1. प्रगल्भता, अहंकार, दर्प, घमंड, अभिमान; 2. प्रधानता, श्रेष्ठता, बड़प्पन; 3. साहस, हिम्मत, ज़िगर, जीवट; 4. वीरता,

शूरता, बहादुरी; 5. धीरता, धैर्य, धीरज; 6. प्रबलता, सशक्तता।

प्राचीन—1. प्राक्कालीन, पूर्वकालीन, पुराना, पुरातन, भूतकालीन, आदिम, कदीम।

प्राचीर—चहारदीवारी, परकोटा, चारदीवारी।

प्राज्ञ—1. बुद्धिमान, समझदार, अक्लमंद, मेधावी, प्रतिभाशाली, प्रतिभावान; 2. चतुर, चालाक, होशियार।

प्राण—1. साँस, श्वास; 2. वायु, हवा; 3. ज़िन्दगी, जीवन, जान।

प्राणी—जीवधारी, प्राणधारी, जानवर, जीव, प्राणवान।

प्रातःकाल—प्रात, प्रातः, प्रभात, तड़का, सवेरा, विहान, प्रत्यूष, भोर, अरुणोदय, कल, दिनमुख, सकाल।

प्राप्त—1. लब्ध, उपलब्ध, गृहीत, मिला हुआ, पाया हुआ, मयस्सर।

प्रायः—1. अकसर, बहुधा, अधिकतर; 2. क़रीब-क़रीब, तकरीबन।

प्रारंभ—शुरू, शुरुआत, आरंभ, आदि।

प्रार्थना—1. विनती, निवेदन, याचना, माँगना, अनुनय, विनय, अभ्यर्थना, अर्ज़, गुजारिश; 2. भक्ति, उपासना, भजन, कीर्तन, इबादत, पूजा, इल्तिज़ा।

प्रिय—1. प्यारा, दुलारा, गरमप्रिय, लाडला, वत्सल, प्रियतम, प्रणयी; 2. सुन्दर, इष्ट, अभीष्ट, मोहक, मनोहर, रुचिकर, आकर्षक; 3. पति, स्वामी, प्राणपति, साजन, प्राणाधार, प्राणेश्वर, प्राणनाथ, शौहर, खाविन्द; 4. प्रेमी, महबूब, आशिक, माशूक, सनम, हृदयेश्वर, चहेता, दिलबर, दिलरुबा, चितचोर।

प्रियदर्शन—मनोहर, सुन्दर, खूबसूरत, लुभावना, चित्ताकर्षक, मनोहारी, मुग्धकारी।

प्रिया—1. पत्नी, भार्या, अर्द्धांगिनी, सहचरी, जीवनसंगिनी; 3. प्रेमिका, प्रियतमा, प्रेयसी, चहेती, हृदयेश्वरी, प्रणयिनी, माशूका, महबूबा, सजनी, संगिनी।

प्रीति—प्रेम, प्यार, स्नेह, मुहब्बत, अनुराग, प्रणय, प्रीत।

प्रेक्षागार—रंगशाला, नाट्यशाला, नाट्यगृह, अभिनयशाला, प्रेक्षागृह।

प्रेम—1. प्रीति, मुहब्बत, प्यार, मोह, माया, स्नेह, प्रणय, राग, अनुराग, आसक्ति, रति, लगाव, चाह, आशनाई, ममता, वात्सल्य, दुलार; 2. मैत्री, दोस्त; 3. दुलार, ममता।

प्रेमी—अनुरागी, आसक्त, आशिक, प्रियतम, स्नेही, प्रिय, माशूक, दिलबर, चितचारे, दिलदार, अनुरक्त।

प्रेरणा—उत्तेजना, प्रोत्साहन, बढ़ावा।

प्रोत्साहन—बढ़ावा, प्रेरणा, उत्साहवर्धन, उत्प्रेरण, हौसलाअफ़ज़ाई, हिम्मत, संवर्द्धन, उकसाहट।

प्रौढ़—परिपक्व, अधेड़, बालिग, वयस्क, सयाना, सुपरिपक्व।

फ

फ - देवनागरी वर्णमाला (व्यंजन) में पवर्ग का दूसरा वर्ण है। इसका उच्चारण स्थान ओष्ठ है। इसे स्पर्श वर्ण कहते हैं।

फंदा—1. फाँस; 2. जाल, पाश; 3. छल, कपट, धोखा, फ़रेब।

फ़क़त—केवल, सिर्फ़।

फक्कड़—मस्त, अलमस्त, मौजी, लापरवाह, उद्दंड।

फणधर—साँप, नाग, सर्प, चक्षुश्रवा, उरग, व्याल, विषधर।

फणींद्र—शेषनाग, नागराज, सर्पराज, फणिपति, वासुकी।

फणी—साँप, सर्प, नाग, फणधर।

फ़तह—1. विजय, जीत, जय; 2. सफलता, कामयाबी।

फबती—व्यंग्य, चुटकी, उपहास, परिहास, चुहल, चुटकला।

फ़रेब—छल, कपट, धोखा, प्रवंचना।

फलक—तख़्ता, पटल, फल, ब्लेड।

फ़लक—आकाश, आसमान, नभ, गगन, व्योम, अम्बर।

फलतः—इसलिए, फलस्वरूप, परिणामतः, अंततोगत्वा, अंततः, आख़िरकार।

फलाँग—उछाल, छलाँग, चौकड़ी।

फ़साद—1. उपद्रव, विप्लव, हंगामा; 2. दंगा, बलवा, लड़ाई-झगड़ा, मारकाट।

फ़ाका—अनशन, उपवास, व्रत, निराहार, अनाहार।

फ़ायदा—लाभ, नफ़ा, मुनाफ़ा, उपलब्धि।

फ़ालतू—1. निरर्थक, बेकार, अनावश्यक, ग़ैरज़रूरी, बेज़रूरत, रद्दी; 2. अवशेष, शेष बाक़ी, अवशिष्ट, बचा हुआ।

फ़िट—ठीक, उपयुक्त, मुनासिब।

फ़ितरत—1. स्वभाव, प्रकृति, आदत; 2. चालाकी, चालबाज़ी, होशियारी, धूर्तता।

फिर—1. तदुपरांत, तत्पश्चात्, अनंतर, उपरांत, इसके पश्चात्, इसके पीछे, इसके बाद; 2. दोबारा, पुनः, पुनि, बहुरि; 3. इसके अतिरिक्त, इसके अलावा, इसके सिवाय।

फ़िराक—1. वियोग, विछोह, जुदाई; 2. चिंता, सोच, फ़िक्र; 3. खोज, टोह, तलाश।

फीलपाँव—श्लीपद, पादवल्मीक, हाथीपाँव।

फुर्तीला—1. स्फूर्तिवान, सक्रिय, चुस्त; 2. उद्यत, तत्पर, अविलंब।

फूल—पुष्प, पुहुप, सारंग, कुसुम, प्रसून, सुमन, मंजरी, गुल।

फेर-फार—1. घुमाव-फिराव, चक्कर, पेच; 3. चालाकी, धूर्तता, छल।

फेरा—परिक्रमण चक्कर, परिक्रमा, प्रदक्षिण।

फेहरिस्त—सूची, तालिका, सारिणी।

फ़ोकट—1. मुफ़्त का, बिना पैसे का, बेदाम।

फ़ौज—1. सेना, लश्कर, कटक; 2. कुमक, चतुरंगिनी, पलटन, वाहिनी।

फ़ौजी—सैनिक, सैन्य, सिपाही, जंगी, लश्करी।

फ़ौरन—तुरन्त, तत्क्षण, तत्काल, जल्दी।

ब

ब - देवनागरी वर्णमाला (व्यंजन) में पवर्ग का तीसरा वर्ण है। यह दोनों होठों को मिलाने पर उच्चारित होता है।

बंजर—अनुर्वरा, अनुर्वर, ऊसर, अनुत्पादक, मरु, अनउपजाऊ।

बँटवारा—विभाजन, वितरण, तकसीम, बँटाई, विनिधान, आबंटित करना।

बंदर—वानर, शाखामृग, मर्कट, कपि, कीश।

बंधन—1. गाँठ, पाश, बँधना; 2. विघ्न, बाधा, रुकावट, नियंत्रण, रोक, प्रतिबंध, कैद।

बंधु—भाई, भ्राता, सहोदर, अग्रज, अनुज।

बंधुता—1. भ्रातृत्व, भाईचारा, बंधुत्व; 2. दोस्ती, मैत्री, मित्रता, यारी।

बखान—1. वर्णन, कथन, व्याख्या; 2. तारीफ़, प्रशंसा, बड़ाई, स्तुति।

बखूबी—1. अच्छी तरह से, भली-भाँति, खूबी के साथ; 2. पूरी तरह से, पूर्णरूप से, पूर्णतया।

बखेड़ा—झंझट, झगड़ा, लड़ाई, टंटा, विवाद, हंगामा, फ़साद।

बग़ावत—1. विद्रोह, बलवा, अराजकता, गदर, क्रांति, विप्लव, राजद्रोह।

बगुला—बगला, बक, बलाका।

बचत—1. अवशेष, शेष, बाकी, संचय; 2. लाभ, मुनाफ़ा, उपलभ्य।

बचपन—बाल्यावस्था, लड़कपन, बालपन, बचपना, शैशवकाल।

बचाव—1. त्राण, रक्षा, प्रतिरक्षण, हिफ़ाजत; 2. प्रतिवाद, सफाई।

बजा—उचित, ठीक, सही, वाज़िब।

बटमार—1. डाकू, लुटेरा, डकैत, दस्यु; 2. ठग, गिरहकट, जेबकतरा, उचक्का।

बटोही—यात्री, राही पथिक, मुसाफ़िर, राहगीर, पंथी, बटाऊ।

बड़प्पन—महत्त्व, श्रेष्ठता, बड़ाई, गुरुता, महत्ता, महानता, गरिमा, उच्चता, वरीयता, वरिष्ठता।

बढ़ावा—प्रोत्साहन, उकसाव, प्रेरणा।

बढ़िया—अच्छा, उत्तम, श्रेष्ठ, विशिष्ट, प्रमुख, असामान्य, असाधारण, उत्कृष्ट, उम्दा।

बतौर—1. तरह, पर, रीति से, तरीक़े पर; 2. के सदृश, के समान, की भांति, के बराबर, के तुल्य।

बत्ती—1. दीपक, चिराग, मोमबत्ती, बाती, दिया; 2. प्रकाश, रोशनी, चमक, जगमगाहट।

बदगोई—निंदा, चुगली, शिकायत, बुराई।

बदज़ात—नीच, तुच्छ, कमीना, लुच्चा, लफंगा, अधम, निकृष्ट, दुष्ट, पाजी, बदमाश।

बदतमीज–अशिष्ट, अभद्र, असभ्य, गँवार, उदंड, उजड्ड, अविनीत।

बदन–शरीर, देह, तन, काया।

बदनाम–कुख्यात, कुप्रसिद्ध, लांछित, कलंकित।

बदबख़्त–अभागा, बदकिस्मत।

बदल–1. हेर–फेर, परिवर्तन, फेर-बदल, इन्कलाब; 2. पलटा, प्रतिकार; 3. एवज, मुआवज़ा, क्षतिपूर्ति।

बदला–1. प्रतिशोध, इंतकाम, प्रतिकार; 2. आदान-प्रदान, लेन-देन, विनिमय; 3. एवज, मुआवज़ा, क्षतिपूर्ति; 4. परिणाम, फल, नतीजा।

बदसलूकी–दुर्व्यवहार, कुव्यवहार, अशिष्टता, अभद्रता, कदाचरण।

बदहवास–1. उद्विग्न, विकल, व्याकुल, व्यग्र, घबराया हुआ, बौखलाया हुआ।

बदौलत–1. सहारे से, द्वारा, अवलंब से, कृपा से; 2. कारण से, वजह से।

बन–वन, जंगल, कानन, अरण्य।

बना–1.ठना-सुसज्जित, छबीला, अलबेला, सजा-सँवरा, साफ़- सुथरा, सुव्यवस्थित, परिष्कृत, सजीला; 2. रूप, शक्ल, स्वरूप धारण करना।

बनावट–1. बनाव, रचना, संरचना, निर्माण, गठन; 2. आकृति, आकार, डील-डौल, शक्ल, रूप; 3. ढंग, शैली, रीति, प्रकार, प्रणाली; 4. ढोंग, दिखावा, आडम्बर; 5. नकल, कृत्रिमता।

बरकत–1. अधिकता, आधिक्य, बहुतायत, बहुलता, प्रचुरता; 2. लाभ, फ़ायदा।

बरक़रार–1. स्थिर, कायम; 2. उपस्थित, मौजूद, विद्यमान।

बरख़ास्त–पदच्युत, सेवामुक्त, सेवानिवृत, सेवाच्युत, निलंबित, निष्कासित।

बरतन–पात्र, भाँडा, बासन, भाण्ड।

बरबस–1. बलपूर्वक, हठात्, ज़बरदस्ती; 2. व्यर्थ, निरर्थक, फ़ज़ूल।

बरबाद–नष्ट, विनष्ट, चौपट, सत्यानाश।

बरबादी–नाश, विनाश, ख़राबी, तबाही, ध्वंस, तहस-नहस।

बराबर–1. तुल्य, एक-सा, समान, सदृश; 2. सम, समतल, चौरस, सपाट; 3, लगातार, निरंतर, सर्वदा, हमेशा, सदा; 4. साथ-साथ, एक साथ।

बरी–1. मुक्त, स्वतंत्र, आज़ाद, छूटा हुआ; 2. निर्दोष, बेकसूर, अपराध रहित, निरपराध, बेगुनाह।

बर्बर–1. जंगली, असभ्य, अशिष्ट, उद्दंड, उद्धत; 2. क्रूर, निर्दयी, अत्याचारी, हिंसक, संगदिल, कठोर।

बल–1. शक्ति, ऊर्जा, सामर्थ्य, ओज, ज़ोर, कुव्वत, बूता; 2. आश्रय, सहारा, भरोसा।

बलराम–बलभद्र, बलदेव, हलधर।

बलवा–1. दंगा, खलबली, मार-काट, नर-संहार, उपद्रव, संघर्ष, रक्तपात, खून-खराबा; 2. विद्रोह, बग़ावत, गदर, अराजकता, प्रजाक्षोभ, क्रांति।

बलवान—1. प्रबल, सबल, बली, शक्तिशाली, बलिष्ठ, बलशाली, ताक़तवर, बलयुक्त; 2. पुष्ट, मज़बूत, दृढ़।

बलात्कार—1. सतीत्व हरण, शीलभंग, स्त्रीत्व, हरण, बलात् संभोग, छलपूर्वक संभोग; 2. दुराचार, अनाचार, छल प्रयोग, बल प्रयोग, कुकर्म, दुष्कर्म।

बलिदान—प्राणत्याग, जीवनदान, प्राणोत्सर्ग, आत्मोत्सर्ग, प्राण न्यौछावर, कुर्बानी, पशुबलि, नरबलि।

बलिष्ठ—बलवान, शक्तिशाली, सबल, प्रबल, ताक़तवर, बली, हृष्ट-पुष्ट।

बलिहारी—निछावर, न्यौछावर, कुर्बान।

बस—1. पर्याप्त है कि, यथेष्ठ है कि, काफ़ी है कि; 2. सिर्फ़, केवल, मात्र; 3. समाप्त, खतम; 4. वश, अधिकार, काबू, ज़ोर।

बहस—तर्क-वितर्क, वाद-विवाद, वाग्युद्ध, तर्क, विवाद, बहस।

बहस करना—तर्क-वितर्क करना, विवाद करना तर्क करना, वादानुवाद करना, दलील देना, शास्त्रार्थ करना।

बहादुर—वीर, सूर, सूरमा, साहसी, साहसिक, शूर, भट, योद्धा।

बहादुरी—वीरता, शूरता, साहस, निडरता, निर्भीकता, हिम्मत, दिलेरी।

बहार—1. वसंतऋतु, पतझड़, ऋतुराज, कुसुमाकर; 2. आनंद, प्रफुल्लता, मज़ा, मौज, मस्ती।

बहिरंग—बाहरी, बाह्य, बाहर वाला, बाहर का।

बहुत—प्रचुर, विपुल, यथेष्ठ, अत्यंत बहुल, अतिशय, पर्याप्त, अत्यधिक, अपार, अमित, भरपूर।

बहुतायत—अधिकता, आधिक्य, प्रचुरता, बहुलता।

बहुधा—प्रायः, अकसर।

बहुल—अधिक, बहुत, ज़्यादा, प्रचुर, यथेष्ट, पर्याप्त, प्रभूत।

बहुलता—बाहुल्य, बहुत्व, प्राचुर्य, प्रचुरता, आधिक्य, अधिकता, वैपुल्य, प्रभूतता, बहुतायत।

बहू—1. पुत्रवधू, पतोहू, तनयवधू; 2. पत्नी, जोरू, लुगाई, घरवाली, भार्या, दूल्हन, अर्द्धांगिनी।

बाँका—1. बंक, टेढ़ा, तिरछा; 2. छैल-छबीला, बनाठना, ठाठदार, ठाठ वाला; 3. साहसी, शूर, वीर, बहादुर।

बाँट—1. विभाजन, बँटवारा, अलगाव; 2. भाग, हिस्सा, अंश।

बाँदी—दासी, सेविका, परिचारिका, नौकरानी, अनुचरी।

बाक़ी—1. अवशेष, शेषांग, अवशिष्टांश, बचत, अवशेष; 2. अंश, खंड, भाग; 3. किन्तु, परन्तु, मगर, लेकिन।

बाग़ी—राजद्रोही, देशद्रोही, अराजनिष्ठ, अराजभक्त, गद्दार, राजभक्तिहीन, विप्लवी।

बाज़ीगर—जादूगर, ऐंद्रजालिक।

बाट—1. राह, रास्ता, पथ, मार्ग, पंथ, डगर; 2. बाँट, बटखरा, बट्टा।

बाट जोहना—प्रतीक्षा करना, इंतज़ार करना, आसरा करना, रास्ता देखना, राह देखना, पथ निहारना, प्रत्याशा करना, आसरा लगाना।

बात–1. वार्ता, वाक्य, कथन, वचन, वाणी; 2. वार्तालाप, सम्भाषण, बातचीत; 3. चर्चा, ज़िक्र, प्रसंग; 4. मत, मंतव्य, विचार, सिद्धांत; 5. दोष, लाँछन, कलंक, दाग़, धब्बा; 6. इच्छा, कामना, अभिलाषा, चाह, काम; 7. आचरण, व्यवहार, बर्ताव; 8 लगाव, सम्बन्ध; 9. स्वभाव, प्रकृति, आदत, लक्षण; 10. वस्तु, पदार्थ, चीज़।

बातचीत–संलाप, वार्तालाप, संभाषण, संवाद, कथावार्ता, कथोपकथन, बोलचाल, आलाप, गपशप, गप्पी।

बाद–1. पश्चात्, अनंतर, पीछे; 2. अतिरिक्त, अलावा, सिवा।

बादल–वारिद, अम्बुधर, घन, मेघ, घटा, बदली, जलधर, जलद, धाराधार, धारावर, नमोगज, पर्जन्य, वारिधर।

बाधा–1. अवरोध, रोड़ा, विघ्न, अड़चन, व्यवधा, अड़ंगा; 2. संकट, कष्ट, मुसीबत, परेशानी, दुःख; 3. भय, डर, आशंका, खौफ़।

बानगी–उदाहरण, नमूना, मिसाल।

बाना–पहनावा, पोशाक, वेश, वेशभूषा, भेष, वेशविन्यास, बुनावट, बुनन, बुनाई, बिनावट।

बाबत–विषय में, सम्बन्ध में, प्रति, बारे में।

बारगाह–1. खेमा, डेरा, तम्बू, शिविर; 2. दरबार, राजसभा, कचहरी।

बार-बार–लगातार, बारम्बार, पुनः-पुनः, अनेकशः, बहुशः, प्रायः, मुहुर्मुहुः, फिर-फिर।

बारिश–1. वर्षा, झरी, जलवृष्टि; 2. वर्षा ऋतु, बरसात, पावस ऋतु।

बारीक–1. महीन, पतला, सूक्ष्म, झीना; 2. तनु, कृश, क्षीण, दुबला।

बाल–1. बच्चा, बालक, लड़का; 2. केश, शिरोरूह, चूल, अलक, कुंतल, लट।

बालिका–कन्या, लड़की, किशोरी, तरुणी, युवती।

बालू–रेत, बालुका, रेणुका, रेती, रेणु, सिकता, शिलाकण।

बाहुबल–पराक्रम, बहादुरी, शारीरिक बल, जिस्मानी कूबत, जिस्मानी ताक़त।

बिकाऊ–विक्रेय, विक्रयशील, बेचने लायक, पणितव्य।

बिगड़ैल–1. कुद्ध, क्रोधी, क्रोधित, गुस्सैल; 2. जिद्दी, हठी, अड़ियल, ढीठ।

बिगाड़–विकृति, विकार, भ्रष्टता, दोष, ऐब, द्वेष, वैमनस्य, मनमुटाव, अनबन, हानि, क्षति, नुक़सान।

बिछोह–विरह, वियोग, जुदाई, बिछोड़ा, अलगाव।

बिजली–विद्युत, चपला, चंचला, तड़ित, दामिनी, घनज्वाला, तमोमणि, सूर्यपुत्री, अणुभा, तड़ित, दामिनी, वज्र, विद्युत।

बिनती–विनय, निवेदन, प्रार्थना, चिरौरी, अनुनय, अनुरोध, अभ्यर्थना, अर्ज़।

बिना–बिना, बग़ैर, अतिरिक्त, सिवा, सिवाय, अलावा।

बियाबान–जंगल, वन, अरण्य, कानन, सुनसान, वीरान, उजाड़, निर्जन, जनशून्य।

बिलकुल–1. कुल, सब, सारा; 2. निरा, निपट, सर्वथा, नितांत, निहायत, सरासर, पूरी तरह,

एकदम, सोलह आने, निश्चय ही, निस्संदेह, बेशक़; 3. कुछ भी, तनिक भी, कतई।

बिस्मिल्लाह–श्रीगणेश, आरम्भ, शुरुआत, शुरू, आदि।

बिसरना–विस्मरण होना, विस्मृत होना, भूलना, याद न रहना, भुला देना, याद न करना।

बीमारी–1. रोग, व्याधि, मर्ज़, रुग्णता; 2. बुरी आदत, बुरी लत, दुर्व्यसन।

बीवी–पत्नी, भार्या, अर्द्धांगिनी, वामा, लुगाई, मेहरारू, घरवाली।

बुख़ार–ज्वर, ताप, तापवृद्धि।

बुजुर्ग–वृद्ध, बूढ़ा, प्रौढ़, बड़ा।

बुढ़ापा–वृद्धावस्था, जीर्णावस्था, वृद्धत्व, जठरता, जश, वार्धक्य।

बुद्ध–ज्ञानी, ज्ञानवान, विद्वान, बुद्धिमान, ज्ञान संपन्न, सर्वज्ञ, प्रतिभावान्, गौतम, सिद्धार्थ, अमिताभ, तथागत।

बुद्धि–अक्ल, समझ, मनीषा, ज़हन, दिमाग़, विवेक, प्रज्ञा, प्रेक्षा, मेधा, मति, सूझबूझ, चेतन, धारणा, ज्ञान, बोध, प्रतिभा, भेज़ा, मगज़।

बुद्धिमान–अक्लमंद, ज़हीन, दानिशमंद, समझदार, सयाना, सुधी, धीमान, मेधावी, मनस्वी, मनीषी, प्रतिभावान्, ज्ञानी, विज्ञ, प्रज्ञ, विवेकी, चेतनमति, तीक्ष्णबुद्धि, कुशाग्रबुद्धि।

बुनियाद–1. नींव, आधार; 2. जड़, मूल, उद्गम, स्रोत; 3. असलियत, वास्तविकता।

बुनियादी–1. नींव का, नींव सम्बन्धी, आधारीय; 2. आरम्भिक, प्रारम्भिक, शुरू का।

बुहारी–झाड़ू, बढ़नी, सोहनी, कूची, बुहारनी, बटोरनी।

बूँद–1. जलकण, क़तरा, बिंदु, जलबिंदु, सीकर; 2. कण।

बू–1. गंध, वास, बास, महक; 2. दुर्गंध, बदबू, बुरी महक, कुवास।

बूझ–1. बुद्धि, समझ, अक्ल, प्रतिभा; 2. पहेली, बुझौवल, बुझारत, प्रहेलिका।

बूझना–जानना, समझना, ज्ञान, प्राप्त करना, बोध करना, हृदयंगम करना, मालूम करना, विदित करना।

बृहत्–बड़ा, विशाल, दीर्घ।

बृहस्पति–गुरु, सुरगुरु, देवाचार्य, देवगुरु, आंगिरस, सुराचार्य, वाचस्पति।

बेइज़्ज़त–अपमानित, बेक़दर, निरादृत, उपेक्षित, तिरस्कृत, जलील।

बेक़रार–बेचैन, विकल, व्याकुल, आकुल, व्यग्र, घबराया हुआ।

बेकस–1. निःसहाय, निराश्रय, अनाश्रित, आश्रयहीन, अनाथ, निराश्रित, दीनहीन, ग़रीब, लाचार, मोहताज़, यतीमं

बेकाबू–अनियंत्रित, निरंकुश, बेलगाम।

बेकार–निष्प्रयोजन, निरर्थक, अनुपयोगी, निरुपयोगी, विफल, निष्फल, अकारथ, बेकाम, बेमतलब, साररहित, निकम्मा, निठल्लू, व्यर्थ।

बेखटके–निस्संकोच, निधड़क, बेधड़क, निर्भय होकर, बिना आशंका के, निडर होकर, बेखटक।

बेख़बर–1. अनजान, नावाकिफ़, बेसमझ; 2. बेसुध, अचेत, निश्चेष्ट, संज्ञाहीन, चेतना रहित, असावधान।

बेगाना—1. ग़ैर, दूसरा, पराया, अन्य; 2. अनजान, अनभिज्ञ, नावाकिफ़, अपरिचित, अज़नबी।

बेचारा—1. निराश्रित, अनाश्रित, निःसहाय, अनाथ, दीन, हीन, ग़रीब, यतीम, कंगाल।

बेचैन—व्याकुल, विकल, आकुल, व्यग्र, चिन्तित, चिन्तातुर, बेताब, अद्विग्न, विषादमय, परेशान, अधीर, क्लान्त, उदास, अशांत।

बेजान—1. निर्जीव, निष्प्राण, प्राणरहित; 2. मुरदा, मृत, मृतक, मरा हुआ।

बेजोड़—अनुपम, अतुल, अनुपमेय, अनूप, अतुलनीय, अद्वितीय, अनूठा, असाधारण, निराला, अनोखा।

बेडौल—1. कुरूप, भद्दा, बदशक्ल, बदसूरत, अनाकार, आकारहीन, बेशक्ल, भोंडा; 2. बेढंगा, बेतरतीब, अनगढ़।

बेतहाशा—1. अकस्मात, तेज़ी से, अचानक, वेगपूर्वक, शीघ्रता से; घबराकर, बिना सोचे, बिना समझे।

बेताब—1. अधीर, बेसब्र, उत्सुक, उतावला, अध ैर्यवान; 2. व्याकुल, आकुल, विकल, व्यग्र, घबराया हुआ।

बेदर्द—निष्ठुर, निर्मम, निर्दय, दयाहीन, क्रूर, अकरुण, कठोर।

बेदाग़—1. निष्कलंक, साफ़, स्वच्छ, निर्मल; 2. बे—ऐब, निर्दोष, दोषरहित, दोषहीन; 3. निरपराध, बेकसूर, अपराधरहित, बेगुनाह।

बेबस—विवश, लाचार, मज़बूर, पराधीन, परतंत्र, गुलाम, पराश्रित।

बेमेल—असमान, बेडौल, अनमेल, विरुद्ध।

बेशर्म—निर्लज्ज, बेहया, लज्जाहीन, चिकना घड़ा।

बेशुमार—अगणित, असंख्य, अनगिनत।

बेसुध—अचेत, बेहोश, निश्चेष्ट, संज्ञाहीन, आकुल, व्याकुल, व्यग्र, विकल, घबराया हुआ।

बेहतर—अच्छा, ठीक, बढ़िया, बढ़कर, श्रेष्ठ।

बेहद—1. असीम, अपार, अगाध, अपरंपार, सीमा रहित; 2. अतिशय, अतिमात्र, अधि कतम, अत्यन्त, अति, निहायत, बेशुमार।

बेहाल—1. व्याकुल, आकुल, विकल, बेचैन; 2. अचेत, संज्ञाहीन, बेहोश, निश्चेत।

बेहूदा—अशिष्ट, असभ्य, बदतमीज़, सदाचारहीन, अंटशंट, अंड—बंड, व्यर्थ, निरर्थक।

बेहोश—मूर्च्छित, बेसुध, अचेत, संज्ञाशून्य, जड़ीभूत, जड़वत।

बैठक—चौपाल, दालान, अतिथिकक्ष, वार्ताकक्ष।

बैर—शत्रुता, दुश्मनी, अदावत, वैमनस्य, दुर्भाव, वैर, द्वेष, विद्वेष, प्रतिद्वंद्विता।

बोझ—ढेर, भार, गुरुत्व, वज़न।

बोध—ज्ञान, जानकारी, समझ, बुद्धि, मति, विवेक।

ब्योरा—विवरण, वृत्तांत, उल्लेख, वर्णन, तफ़सील।

ब्रह्मांड—विश्व, जगत, संसार, दुनिया।

ब्रह्मा—विधाता, सृष्टिकर्त्ता, आत्मभू, स्वभू, स्वयंभू, सुरज्येष्ठ, चतुरानन, परमेष्ठी, पितामह, लोकेश, स्रष्टा, प्रजापति, प्रजाधिप, सदानंद, विरंचि, कर्तार, विधाता।

भ

भ - देवनागरी वर्णमाला (व्यंजन) में पवर्ग का चौथा वर्ण है। इसका उच्चारण स्थान ओष्ठ है।

भंग–1. ध्वंस, विध्वंस, नाश, विनाश, क्षय; 2. टुकड़ा, खंड; 3. भाँग, विजया, शिवाम्बु।

भंगिमा–अंगसंचालन, अंदाज़, अदा, भावप्रवणता, अभिनयप्रवणता, नज़ाकत, बांकपन।

भंगुर–नश्वर, अस्थायी, नाशवान, क्षणिक, त्रुटिशील, नाजुक।

भंडा–1. भेद, रहस्य, गुप्त बात।

भंडार–आगार, भंडारागार, गोदाम, मालख़ाना।

भगवान–ईश्वर, परमेश्वर, जगतपालक, चिन्मय, सृष्टिकर्ता।

भगिनी–बहन, बहिन, दीदी, जीजी, सहोदरा।

भगोड़ा–1. फ़रार, भागा हुआ; 2. डरपोक, बुझदिल, भीरू।

भट–1. योद्धा, सैनिक, सिपाही, वीर, लड़ाका, शूर, बहादुर।

भड़कीला–भड़कदार, चमकीला, सजीला, अलंकृत, सज्जायुक्त, चटकदार, चटकीला।

भद्दा–1. कुरूप, विरूप, बेडौल, भोंडा, बेढब, बेढंगा, बदसूरत, बदशक्ल; 2. अश्लील, फूहड़, गंदा, अशोभन, अशिष्ट, अभद्र, अशोभनीय, घृणित।

भद्र–1. सभ्य, शिष्ट, सुसंस्कृत, विनीत, विनयशील, सविनय, नम्र, शीलवान; 2. कल्याणकारी, मंगलकारी।

भद्रता–शिष्टता, सभ्यता, विनय, नम्रता।

भयंकर–1. डरावना, भयानक, भीषण, भयकारक, भयावह, भयप्रद, कराल, विकराल, खौफ़नाक; 2. हौलनाक।

भय–डर, खौफ़, आशंका, त्रास, भीति।

भयभीत–आशंकाग्रस्त, आशंकित, आतंकित, संत्रस्त, डरा हुआ, त्रसित।

भरपूर–परिपूर्ण, पूर्ण, पूरा-पूरा, प्रचुर, पर्याप्त, पूर्णरूपेण, पूर्ण रूप से, अच्छी तरह, भली-भाँति।

भरम–1. भ्रम, भ्राँति, संशय, संदेह; 2. भेद, रहस्य।

भरोसा–आश्रय, सहारा, अवलंब, आसरा, आशा, विश्वास, यकीन, संभावना, उम्मीद, आश्वासन, तसल्ली, ढाढ़स।

भर्ता–1. अधिपति, पति, खाविंद, खसम, भतार, जीवनसाथी; 2. स्वामी, मालिक, प्रतिपालक, रक्षक, पालक।

भर्त्सना–निन्दा, शिकायत, डाँट–डपट, दुत्कार, फटकार, तिरस्कार।

भला–1. सत्, साधु, सदाचारी, सज्जन, धर्मात्मा; 2. उत्तम, अच्छा, नेक, शुभ, बढ़िया, कल्याणकारी, मंगलदायक, हितकारी, लाभदायक, श्रेष्ठ।

भविष्य–भावी, मुस्तकबिल, अनागत, होनी, भवितव्य, आगामी समय।

भविष्यद्रष्टा–दिव्यदर्शी, दूरदर्शी।

भव्य–शानदार, आलीशान, आकर्षक, मनोहर, रमणीय, सुन्दर, दिव्य।

भाँड–1. भाँडा, बर्तन, पात्र; 2. मसखरा, विदूषक।

भाग–1. हिस्सा, खंड, अंग, टुकड़ा, अवयव; 2. बाँट, तकसीम, विभाग, विभाजन।

भाग्य–किस्मत, तकदीर, नसीब, मुकद्दर, प्रारब्ध, नियति, भावी, किस्मत।

भाग्यशाली–सौभाग्यशाली, भाग्यवान, खुशनसीब, नेकबख़्त, मुकद्दर का सिकन्दर।

भाट–भाँड, गवैया।

भानु–सूर्य, रवि, भास्कर, दिनकर, दिनमणि, आदित्य, मार्तण्ड, दिवाकर, सविता।

भामा–स्त्री, औरत, महिला, नारी, अबला।

भारत–भारतवर्ष, हिन्दुस्तान, आर्यावर्त, हिन्द, हिन्ददेश, हिन्दुस्तान, इंडिया।

भारती–सरस्वती, ब्राह्मी, विद्यादेवी, श्वेतवसना, हंसवाहिनी।

भारी–1. भारवान, सभार, बोझिल, भारयुक्त, वज़नी, वज़नदार; 2. कठिन, भीषण, बहुत।

भाल–कपाल, ललाट, मस्तक, माथा।

भाव–1. अस्तित्व, सत्ता; 2. आशय, तात्पर्य, अभिप्राय, मतलब, भावार्थ; 3. भावना, ख़्याल, विचार; 4. भक्ति, विश्वास, श्रद्धा; 5. दर, मूल्य, क़ीमत, निर्ख।

भावना–कल्पना भाव, विचार, ख़्याल।

भावुक–संवेदनशील, भावप्रवाण।

भाषांतर–उल्था, तरजुमा, अनुवाद।

भाषा–बोली, ज़बान, वाणी, उच्चारण, कथन, भाषण, भाषातत्त्व शास्त्र।

भाषा विज्ञान–शब्द शास्त्र, शब्द विज्ञान, भाषाशास्त्र।

भिक्षा–भीख, मधुकरी।

भिक्षुक–1. भिखमंगा, भिखारी, याचक; 2. साधु, संन्यासी, फ़कीर।

भिड़न्त–1. संघर्ष, मुठभेड़, टक्कर, धक्का; 2. मुकाबला, सामना।

भिन्न–1. असंगत, अनमेल, बेमेल; 2. अलग, पृथक्, जुदा; 3. अन्य, दूसरा, पराया।

भीड़–जनता, जनसमूह, जमघट, भीड़-भड़क्का, जमावड़ा।

भीत–डर, भय, खौफ़, त्रास, आशंका।

भीम–1. भीषण, भयानक, भयंकर, भयावह; 2. विशाल, बड़ा, भारी भरकम, बृहत।

भीरू–डरपोक, कायर, बुज़दिल, भयशील।

भीरुता–कायरता, बुज़दिली, डर, भय, भयशीलता।

भीषण–भयानक, डरावना, भयंकर, भयावह, विकट।

भुगतान—निबटारा, अदायगी, भरपाई, वापसी, निपटान, अदायगी, चुकती।

भुजंग—साँप, सर्प, अहि, फणी, फणधर, उरग।

भुज—भुजा, बाहु, बाँह, हाथ।

भुवन—जगत, संसार, दुनिया, विश्व, ब्रह्मांड, खल्क, चराचर, जगत।

भू—पृथ्वी, धरती, भूमि, ज़मीन, वसुन्धरा, स्थान, जगह, ठौर।

भूख—1. क्षुधा, बुभुक्षा; 2. कामना, अभिलाषा, ललक, लालसा, तीव्र इच्छा।

भूत—1. प्रेत, जिन, पिशाच, शैतान; 2. भूतकाल, अतीतकाल, बीता हुआ समय।

भूतिनी—चुड़ैल, डायन, प्रेतनी, पिशाचनी।

भूमिका—1. मुखबंध, पृष्ठभूमि, पूर्वपीठिका, आमुख, परिचय, प्राक्कथन, प्रस्तावना, उपक्रम; 2. अभिनय, कलाकारी, कलाबाज़ी, रोल, पार्ट।

भूल—1. ग़लत, चूक, भूल—चूक, त्रुटि, अशुद्धि; 2. अपराध, दोष, कसूर; 3. विस्मरण, स्मरण ाहीनता, छूट, बिसराव।

भेंट—मिलन, मुलाकात, नज़राना, सौगात, तोहफ़ा, इनाम, पारितोषिक, उपहार।

भेद—1. रहस्य, मर्म, गूढ़, अभिप्राय, अप्रकट, तात्पर्य, छिपी बात, गुप्त बात; 2. अंतर, फ़र्क़, विभिन्नता, विविधता, भिन्नता; 3. क़िस्म, तरह, प्रकार, भाँति।

भेषज—औषध, दवा, दवाई, औषधि।

भोजन—आहार, खाद्यपदार्थ, भोज्य वस्तु, खाद्य सामग्री, खाना, अन्न।

भोला—सीधा, सरल, निष्कपट, उदार, निश्छल, कपटहीन।

भौं—भ्रू, भौंह, भृकटी, तेवर, भँव, त्यौरी।

भौंरा—अली, आलिन्द, मिलिन्द, भृंग, मधुकर, भ्रमर, मधुप, भँवरा।

भौचक्का—हक्का-बक्का, आश्चर्यचकित, विस्मित, हैरान, चकित, व्यग्र, स्तंभित।

भ्रम—भ्रांति, धोखा, संशय, संदेह, शक, भूल, ग़लतफ़हमी।

भ्रष्ट—व्यसनी, दुश्चरित्र, बदमाश, लुच्चा, दूषित, पतित, दुराचारी, दुष्ट।

भ्रष्टाचार—भ्रष्टता, दुश्चरित्रता, दुराचरण, बदचलनी, दुराचारिता, व्यभिचार, अनैतिकता, दुराचार।

भ्रामक—भ्रांतिमय, संदेहास्पद, संशयास्पद, भ्रमात्मक।

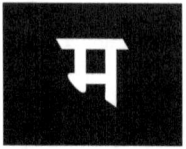

म

म - देवनागरी वर्णमाला (व्यंजन) में पवर्ग का अंतिम व्यंजन है। इसका उच्चारण ओष्ठ और नासिका के द्वारा होता है। जिह्वा के अग्रभाग का दोनों होठों से स्पर्श होने से इस शब्द का उच्चारण होता है। यह स्पर्श और अनुनाशिक वर्ण है।

मँगनी–वरेच्छा, बरिच्छा, बरेखी, सगाई, कुड़माई।

मंगल–1. कल्याण, भलाई, हित, कुशलत; 2. अंगारक, भूमिसुत।

मंज़िल–1. लक्ष्य, पड़ाव, ठहराव, विश्रामस्थल; 2. तल्ला, खंड।

मंजुल–मनोहर, मनोरम, सुन्दर, आकर्षक, चित्ताकर्षक, लुभावना।

मंजूरी–अनुमोदन, समर्थन, अनुमति, स्वीकृति, मान्यता, रजामंदी, सहमति।

मंडन–1. शृंगार, सजावट, अलंकरण, रूप सज्जा; 2. समर्थन, अनुमोदन, सहमति, स्वीकृति, मंजूरी, पुष्टीकरण।

मंडल–1. घेरा, गोलाई, वृत्त, परिधि; 2. वर्ग, समुदाय, संघ, समाज, समूह, झुंड, संगठन।

मंडली–दल, समूह, झुंड, टोली, जत्था।

मंडित–आभूषित, अलंकृत, विभूषित, सज्जित, सजा हुआ, भूषित, शृंगारित, सुशोभित।

मंथन–1. मथना, बिलोना, विलोड़न; 2. छान-बीन, तलाश, खोज।

मंथर–मंद, धीमा, वेगहीन, वेगरहित।

मंदता–1. धीमापन, सुस्ती, वेगहीनता; 2. हल्कापन, निस्तेजिता; 3. कमज़ोरी, अक्षमता, असमर्थता।

मंदा–1. मंद, धीमा, सुस्त, वेगहीन; 2. ढीला, शिथिल, कसावहीन; 3. सस्ता, अल्पमूल्यवान।

मक्कार–धूर्त, वंचक, धोखेबाज़, दग़ाबाज़, कपटी, छली, विश्वासघाती।

मगज़–दिमाग़, मस्तिष्क, भेज़ा।

मगन–मग्न, प्रसन्न, खुश, आनंदित, प्रसन्नचित्त।

मगर–ग्राह, नक, घड़ियाल।

मगरा–धमंडी, उद्दंड, अहंकारी, अभिमानी, जिद्दी, धृष्ट, मगरूर।

मछली–मत्स्य, मच्छ, मीन, जलचर, जलजीवन।

मज़दूर– श्रमिक, सेवक, कुली, कामगार, दास।

मज़बूत–1. दृढ़, पुख्ता, ठोस, चीमड़, स्थिर, अटल, अचल; 2. हृष्ट-पुष्ट, हट्टा-कट्टा, सबल, तंदुरुस्त, बलवान, शक्तिशाली, सुपुष्ट, शक्तिमान।

मज़लिस–सभा, महफ़िल, गोष्ठी, मीटिंग।

मट्ठा–माठा, छाछ।

मत–सम्मति, राय, विचार, मंतव्य, धारणा।

मतभेद–मतद्वैध, विभेद, असम्मति, असहमति, वैषम्य, विरोध, प्रतिकूलता, भिन्नमत, विमत।

मत्सर–डाह, जलन, द्वेष, विद्वेष, ईर्ष्या।

मद–नशा, मादकता, मदहोशी, मद्य, शराब, सुरा, गर्व, अभिमानी, अहंकार, घमंड।

मदिरा—मद्य, शराब, सुरा, वारुणी, दारू।

मधुकर—भ्रमर, भौंरा, मधुप।

मध्य—बीच, दरम्यान, माँझ।

मध्यम—मध्य का, बीच का, औसतमान का।

मन—1. चित्त, हृदय, अंतःकरण, मानस, मनवा, उर, दिल, अंतर, जिया; 2. इच्छा, इरादा, विचार, तबीयत।

मनगढ़ंत—काल्पनिक, कल्पित, संकल्पज, परिकल्पनीय, ख़्याली।

मनचाहा—इच्छित, अभिलषित, अभीष्ट, वांछित, चाहा हुआ।

मनन—चिन्तन, अवबोधन, अवधारण, स्मरण, अनुशीलन, मनःशीलन, विचार, ध्यान।

मनस्ताप—1. मनः कष्ट, मानसिक दुःख, आन्तरिक दुःख, संताप, मनः परिताप, मनः पीड़ा, मानसिक यंत्रणा; 2. अनुताप, पश्चाताप, पछतावा।

मनीषी—ज्ञानी, पंडित, विद्वान, विचारशील, बुद्धिमान, अक्लमंद, विचारवान, चिन्तक, विचारक।

मनुष्य—मानव, मनुज, मानुष, व्यक्ति, जन, आदमी, इंसान।

मनुहार—मनावन, खुशामद, विनय, विनती, प्रार्थना, अनुरोध, सिफ़ारिश।

मनोज्ञ—सुन्दर, मनोहर, मनभावन, चित्ताकर्षक, रगणीय, मनोरम, हृदयग्राही।

मनोरंजन—मनोविनोद, मनबहलाव, आमोद-प्रमोद, तफ़रीह, आनंद, मज़ा, परितोषण।

मरघट—श्मशान, मसान, मुर्दाघाट, शवदाह स्थान, मरनघाट, चिताभूमि, प्रेतगृह।

मरतबा—1. दफ़ा, पारी, बार, पद, ओहदा।

मरना—दिवंगत होना, देहावसान होना, परलोक सिधारना, देहांत होना, शरीर छोड़ना, प्राणांत होना, मृत्यु होना, प्राण त्यागना, चल बसना, निधन होना।

मरम्मत—सुधार, सँवार, जीर्णोद्धार, त्रुटि-शोधन, त्रुटिनिवारण।

मरा हुआ—निर्जीव, गतप्राण, निष्प्राण, मृत, दिवंगत, प्राणहीन, मुर्दा, बेजान।

मर्कट—बन्दर, वानर, कपि, कीश।

मर्द—1. मनुष्य, पुरुष, नर, व्यक्ति; 2. पति, स्वामी, दूल्हा, खसम, खाविन्द; 3. वीर, बहादुर, साहसी, हिम्मती, शूर।

मलिन—मैला, गंदा, गंदला, दूषित, ख़राब, अस्वच्छ, कलुषित।

मवाद—पीब, पस।

मशाल—अग्निशलाका, प्रदीप्त काष्ठ खंड, दीपदंड।

मसख़रा—हँसोड़, विदूषक, नक्काल, उपहासक, ठिठोलिया, मज़ाकिया, जोकर।

मसौदा—प्रारूप, प्रालेख, पांडुलिपि, मसविदा।

मस्तिष्क—भेजा, दिमाग़, मग़ज़, बुद्धि।

महत्त्व—महानता, अहमियत, महिमा, महता, श्रेष्ठता।

महल—राजप्रासाद, राजभवन, प्रासाद, राजसदन।

महसूल—1. कर, टैक्स, चुंगी, शुल्क, लगान, मालगुज़ारी; 2. भाड़ा, किराया।

महाजन—महापुरुष, श्रेष्ठ, पुरुष, श्रेष्ठ व्यक्ति, साहूकार, सूदखोर, सेठ, बनिया।

महात्मा—महामना, महापुरुष, महाशय, महानुभाव, उदारत्मा, उदारमति, श्रेष्ठ व्यक्ति।

महादेव—शिव, शंकर, शंभु, महेश्वर, चंद्रशेखर, भूतेश, हर, वामदेव, त्रिलोचन, उमापति, त्रिपुरारी, नंदीश्वर, नीलकंठ, श्मशानेश्वर, आशुतोष, गौरीपति।

महाल—1. मुहल्ला, टोला, पाड़ा, पुरवा; 2. भाग, हिस्सा, पट्टी, खंड।

महावत—हाथीवान, गज संचालक।

महाव्योम—अंतरिक्ष, आकाश, आसमान, गगन।

महिमा—1. महत्ता, गौरव, बड़ाई, प्रताप, प्रभाव, बड़ाई, महत्त्व, गरिमा, प्रभुत्वा, प्रभुता; 2. श्लाघा, प्रशंसा, तारीफ़।

महिषी—1. महारानी, पटरानी, राजरानी, 2. भैंस।

मही—पृथ्वी, धरा, धरणी, धरती, वसुंधरा, मेदिनी, भू, भूमि।

महीन—पतला, बारीक, सूक्ष्म, झीना।

माँग—1. चाह, आवश्यकता, फ़रमाइश, आग्रह, अनुरोध, तकाज़ा, दावा, मुतालबा, अपेक्षा; 2. अभ्यर्थना, प्रार्थना, याचना।

मांगलिक—कल्याणकारी, मंगलमय, मंगलकारी, मंगलसूचक, शुभकर, शुभ।

माँझी—केवट, कर्णधार, मल्लाह, नाविक।

माँसल—1. गूदेदार, गुदगुदा; 2. मोटा-ताजा, हृष्ट-पुष्ट, पीवर, पीनस्वस्थ, तंदुरुस्त।

माणिक—पद्मराग, मणि, लाल, गट्ठर, लोहित, माणिक्य, रत्नराट्, चन्द्रकांत, सूर्यकांत, मानिक।

मातम—मृत्युशोक, शोक, स्यापा।

मातहत—अधीन, अवर, अधीनस्थ, निम्न पदस्थ, नीचे, ताबे।

माता—1. जननी, माँ, अम्मा, माई, जन्मदात्री, जनयित्री, अम्बा, अम्बिका, महतारी, वालिदा; 2. चेचक, शीतला।

माथा—1. भाल, ललाट, मस्तक; 2. सिर, कपाल, खोपड़ी।

माधुरी—मधुरता, मिठास, माधुर्य, मधुरिमा।

मान—गौरव, प्रतिष्ठा, सम्मान, इज़्ज़त, मर्यादा, यश, कीर्ति।

मानक—आदर्श, प्रतिमान, कसौटी, मानदंड।

मानव—मनुष्य, मनुज, आदमी, व्यक्ति।

मानी—अहंकारी, अभिमानी, गर्वीला, घमंडी।

मान्य—1. सत्य, सप्रमाण, औचित्यपूर्ण, युक्तिसंगत, प्रामाणिक, वैध; 2. माननीय, सम्मानीय, पूजनीय, पूज्य।

माफ़ी—क्षमा, मुक्ति, विमुक्ति।

मामला— काम, बात, विषय।

मामूली—1. सामान्य, साधारण, स्थूल, महत्त्वहीन, औसत दर्जे का; 2. थोड़ा, किंचित।

माया—1. इंद्रजाल, प्रपंच, कपट, छल, धोखा, छलना, दृष्टिभ्रम, भ्रांति; 2. लीला; 3. धन।

मायावी—तिलस्मी, भ्रामक, आभासी, मायामय, फरेबी, छली, धूर्त।

मार्ग—रास्ता, पंथ, पथ, सड़क, राह।

मार्मिक—मर्मस्पर्शी, मर्मभेदी, मर्मांतक, हृदयस्पर्शी, हृदयविदारक।

मालदार—समृद्ध, सम्पन्न, ऐश्वर्यशाली, वैभवशाली, धनवान, धनी, धनिक।

माहात्म्य—महिमा, महत्त्व, बड़ाई, गरिमा, महानुभावता, महानता।

माहुर—विष, ज़हर, गरल, हलाहल।

मिचली–वमनेच्छा, ओकी, ओकाई, मतली।

मिज़ाज–1. प्रकृति, स्वभाव, शील, तबीयत, दिल; 2. गर्व, घमंड, अहंकार, अभिमान, शेखी।

मिती–तारीख़, दिनांक, तिथि।

मित्र–सखा, साथी, दोस्त, यार, हमदम, सहयोगी, सहचर, हमराज़, हितैषी।

मिथ्या–1. असत्य, झूठा; 2. कृत्रिम, बनावटी।

मिलन–1. मेल, संयोग, संसर्ग, संगम, समागम, सम्पर्क; 2. मिलाप, भेंट, दर्शन, अभिसार, वस्ल, साक्षात्कार; 3. मिश्रण, मिलावट, संश्लेषण, एकीकरण, सम्मेलन, सम्मिलन।

मिलावट–मिश्रण, समिश्रण।

मीठा–मिष्ट, मधुर, प्रियस्वादु, स्वादु, सुरस, सुमिष्ट, सरस, रसीला, मिठाई, मिष्ठान्न।

मुँह–1. आनन, मुख, आस्य; 2. चेहरा, शक्ल, सूरत, आकृति, छेद, दरार, सूराख, मुखविवर, मुखाकृति, मोहरा, नैन-नक्श।

मुँहज़ोर–उद्दंड, अशिष्ट, उच्छृंखल।

मुक़दमा–अभियोग, दावा, मामला, वाद, केस।

मुकुट–ताज, किरीट, शिरोमणि।

मुकुर–शीशा, दर्पण, आदर्श, आइना, आरसी।

मुक्त–स्वच्छन्द, बंधनरहित, पाशहीन, स्वतंत्र, आज़ाद, खुला।

मुक्ति–1. कैवल्य, निर्वाण, मोक्ष, अक्षय, स्वर्ग, अपसर्ग; 2. छुटकारा, छूट, रिहाई, आज़ादी, स्वतंत्रता।

मुखिया–प्रधान नेता, सरदार, अगुआ, अग्रगण्य।

मुख्य–1. प्रधान, प्रमुख, ख़ास, विशेष, प्रवर, उत्तम, उत्कृष्ट, श्रेष्ठ; 2. आवश्यक, सारभूत, महत्त्वपूर्ण, मौलिक, मूलभूत, प्राथमिक अनिवार्य, आधारभूत; 3. अग्र, अग्रगण्य, अग्रणी।

मुग्ध–आसक्त, आकर्षण, मोह, लुब्धता, लवलीनता, तल्लीनता।

मुग्धमति–मूर्ख, मूढ़, बेवकूफ़, अनाड़ी।

मुठभेड़–1. टक्कर, भिडंत, हाथापाई, लड़ाई; 2. सामना, भेंट, मिलाप, मिलन।

मुद्रा–1. सिक्का, रुपया, अर्थ, वित्त, धन, पैसा, द्रव्य; 2. भावभंगिमा, इंगित, भाव संकेत; 3. शील, मोहर, छाप।

मुनाफ़ा–लाभ, नफ़ा, फ़ायदा, प्राप्ति।

मुनि–ऋषि, तपस्वी, त्यागी, तापस, व्रती, संयमी, साधक, योगी।

मुफ़्त–1. व्यर्थ, फिजूल, निरर्थक, निष्प्रयोजन; फोकट, निःशुल्क।

मुलाक़ात–मिलन, भेंट, मेल, मिलाप, दर्शन।

मुलायम–सुकुमार, मृदु, कोमल, लोचदार, लचीला, गुदगुदा, पिलपिला, नरम, नाजुक।

मुसीबत–1. तकलीफ़, कष्ट, व्यथा, क्लेश, दिक्कत, मुश्किल, परेशानी, दुःख; 2. आपत्ति, विपत्ति, संकट, आफ़त, आपदा, विपदा, गर्दिश, कठिनाई।

मुस्तैद–1. कटिबद्ध, सन्नद्ध, तत्पर, उद्यत, तैयार; 2. चुस्त, फुर्तीला, तेज।

मुहब्बत–प्रीति, प्रेम, प्यार, लगाव, लगन, स्नेह, इश्क़।

मुहिम–1. युद्ध, लड़ाई, आक्रमण; 2. अभियान, चढ़ाई, आंदोलन, ज़ेहाद।

मूक–गूँगा, अवाक, वाणीरहित, चुप, मौन।

मूढ़—मूर्ख, बेवकूफ़, बोदा, नासमझ, जाहिल, बेअक्ल, बुद्धिहीन, बुद्धू, मंदमति।

मूर्तिमान—सशरीर, प्रत्यक्ष, गोचर, साक्षात्, साकार।

मूल—नींव, बुनियाद, आधारशिला।

मूलधन—पूँजी, असल, सरमाया।

मूल्यवान—बहुमूल्य, क़ीमती, अनमोल।

मृग—1. चौपाया, जानवर; 2. हिरन, कुरंग, हरिण, हिरण।

मृगतृष्णा—मरीचिका, मृगमरीचिका।

मृगया—शिकार, आखेट, अहेर।

मृत्यु—मौत, निधन, देहांत, देहावसान, प्राणांत, अंत, निर्वाण, काल, कज़ा, इंतकाल, महाप्राण, अंतिमयात्रा, स्वर्गवास, परलोकगमन।

मृदु—1. कोमल, नरम, मुलायम, नाजुक, गुलगुला; 2. रोचक, सुहावना, प्रिय, मधुर, रुचिकर; 3. धीमा, मंद, हलका।

मेघ—अभ्र, वारिवाह, जलधर, वारिद, बादल, नीरद, अम्बुद, सारंग।

मेधावी—प्रतिभावान, प्रज्ञ, बुद्धिमान, बुध, सुधी, विद्वान्, दिमाग़वाला, मेधायुक्त।

मेल—1. मिलाप, संयोग, समागम, संसर्ग, संयोजन, सम्पर्क, सहचार, साहचर्य; 2. जोड़, बराबरी, समता, समानता, तुल्यता, एकता; 3. मिलावट, मिश्रण, सम्मिश्रण, घोल—माल, पंचमेल।

मेल-जोल—मेल-मिलाप, मेल-मुहब्बत, पारस्परिक, समझौता।

मेहनत—श्रम, परिश्रम, उद्योग, मशक्कत।

मेहनती—परिश्रमशील, कर्मठ, कर्तव्यपरायण, अध्यवसायी, उद्यमी, उद्योगी, परिश्रमी, प्रयत्नशील।

मेहमान—अतिथि, अभ्यागत, पाहुना, आगन्तुक।

मेहमानदारी—आवभगत, आदर-सत्कार, आतिथ्य, अतिथि, मेहमानवाज़ी।

मैत्री—मित्रता, दोस्ती, सौहार्द, स्नेहभाव, मेल-जोल, बंधुता, भाई-चारा, प्रेम, स्नेह।

मैना—मदना, मदन, शलाका, सारिका, चित्राक्षी, प्रियवादिनी।

मैला—कलुषित, अपवित्र, अशुद्ध, मलिन, गंदा, अस्वच्छ, धूसरित।

मोक्ष—मुक्ति, छुटकारा, निर्वाण।

मोती—मौक्तिक, मुक्ता, शुक्तिज, स्वातिसुत।

मोर—मयूर, शिखी, शिखाबल, शिखी, केकी, कलापी, सारंग, सर्पकाल।

मोह—1. अज्ञान, नासमझी, मूर्खता; 222. ममत्व, ममता, माया, स्नेह, प्यार, प्रेम।

मोहक—आकर्षक, मनोहरता, लुभावनापन, दिलचस्प।

मोहित—मुग्ध, आसक्त, लुब्ध, आकृष्ट, आकर्षित।

मौन—स्तब्ध, निस्तब्ध, नीरव, शांत, चुप, ख़ामोश, मितभाषी, अल्पभाषी।

मौलि—1. चोटी, शिरा, चूड़ा, वेणी; 2. मस्तक, ललाट, माथा; 3. किरीट, मुकुट, ताज।

मौलिक—मूलभूत, आधारभूत, बुनियादी, अकृत्रिम, वास्तविक, असली, तथ्यपूर्ण।

म्लान—1. मलिन, मैला, गंदा, दूषित, गँदला; 2. कमज़ोर, दुर्बल, आसक्त, बलहीन; 3. कुम्हलाया हुआ, मुरझाया हुआ, शुष्क; 4. उदास, खिन्न, विषादयुक्त।

य

य - देवनागरी वर्णमाला का छब्बीसवाँ व्यंजन वर्ण है। इसके उच्चारण में कुछ आंतरिक प्रयत्न तथा कुछ बाह्य प्रयत्न होते हैं।

यंत्र—मशीन, कल, संयंत्र, उपकरण, औज़ार।

यंत्रणा—क्लेश, यातना, वेदना, पीड़ा, दुःख, दर्द, तकलीफ़।

यकायक—अचानक, एकाएक, सहसा।

यकीनन—निश्चित, निःसंदेह, अवश्य, बेशक़, ज़रूर।

यज्ञ—याग, मख, ऋतु, हव, हवन, होम, ज्योतिष्टोम, अनुष्ठान, हरिकर्म।

यति—1. यति, संन्यासी, तपस्वी, तापस, साधु, जितेन्द्रिय; 2. यति; 3. विश्राम, विराम, विरति।

यतीम—अनाथ, असहाय, मातृ—पितृहीन।

यत्न—1. कोशिश, प्रयत्न, प्रयास, चेष्टा; 2. युक्ति, उपाय, तदबीर, जतन, उपचार।

यत्र-तत्र—इधर-उधर, जहाँ-तहाँ, सर्वत्र, जगह-जगह।

यथार्थ—1. ठीक, उचित, वाज़िब; 2. सत्य, वास्तविक, असली, सच्चा, सही, यथातथ्य।

यथेष्ट—यथेष्छ, अभीष्ट, इच्छानुसार, इच्छित, मनमाना।

यम—मृत्युपति, सूर्यपुत्र, महिषध्वज, काल, धर्मराज, जीवनपति, यमराज, श्राद्धदेव।

यमुना—सूर्यसुता, सूर्य तनया, कालिन्दी, स्वसा, कृष्णा, अर्कजा, रवितनया, हंससुता।

यश—ख्याति, शोहरत, नेकनामी, कीर्ति, प्रसिद्धि, प्रशंसा, बड़ाई, नाम, नामवरी, विख्याति, सुनाम।

यशोदा—नंदभार्या, नंदरानी, यशोमति, महरि।

याचना—विनती, विनय, निवेदन, प्रार्थना, अभ्यर्थना।

याचिका—प्रार्थना-पत्र, आवेदन-पत्र, अभ्यर्थना-पत्र।

यातना—तकलीफ़, पीड़ा, यंत्रणा, दुःख, कष्ट, परेशानी।

यात्रा—सफ़र, देशाटन, सैर, प्रस्थान, भ्रमण, पर्यटन, गति, गमन।

याद—स्मरण-शक्ति, मेधाशक्ति, स्मरण, स्मृति, सुधि।

यान—1. वाहन, सवारी, गाड़ी; 2. नभयान, वायुयान, विमान, हवाई ज़हाज़।

यामिनी—रात्रि, रात, निशा, रजनी।

युक्त—1. मिला हुआ, लगा हुआ, जुड़ा हुआ, मिश्रित, संयुक्त, संलग्न; 2. ठीक, उचित, वाज़िब, मुनासिब, संगत, उपयुक्त, सही।

युक्ति–1. उपाय, ढंग, तरकीब, तदबीर, जुगुत; 2. कौशल, चातुरी, प्रवीणता, योग्यता, चतुराई, होशियारी।

युक्त–मिला हुआ, जुड़ा हुआ, सम्मिलित, संयुक्त, संलग्न।

युद्ध–रण, जंग, लड़ाई, समर, संघर्ष, द्वंद्व, समाघात।

युद्धभूमि–रणभूमि, रणस्थल, रणांगन, समरभूमि, युद्धक्षेत्र, युद्धस्थल, मैदान- ए-जंग, लड़ाई का मैदान।

युधिष्ठिर–धर्मराज, कौन्तेय, धर्मपुत्र, धर्मराज।

युवक–युवा, तरुण, कुमार, जवान, नौजवान।

युवती–तरुणी, बाला, कुमारी, यौवनवती, रमणी, प्रमदा।

युवावस्था–जवानी, तारुण्य, तरुणाई, यौवन, जोबन।

यूथ–1. समूह, झुंड, जत्था, समुदाय; 2. सेना, फ़ौज, कटक, लश्कर।

योग–1. मेल, मिलाप, मिलन, संयोग, संपर्क, जोड़, तप, तपस्या।

योग्य–सक्षम, कुशल, समर्थ, क्षमताशील, क्षमताशाली, शक्तिमान, कार्यक्षम, सुयोग्य, उपयुक्त, अनुरूप, माफ़िक, अनुकूल, काबिल, लायक।

योजना–परिकल्पना, प्रस्तावित कार्यक्रम, रूपरेखा, प्रोजेक्ट, प्लान, कार्यसाधन, कार्यव्यवस्था।

यौवन–युवावस्था, जवानी, जोबन, तारुण्य, तरुणावस्था।

र

र - हिन्दी वर्णमाला का सत्ताइसवाँ व्यंजन वर्ण और दूसरा अंतस्थ वर्ण है। इसका उच्चारण जीभ के अग्रभाग को मूर्धा के साथ स्पर्श करने से होता है।

रंक—ग़रीब, दरिद्र, कंगाल, निर्धन, धनहीन।

रंग-रूप—रूप, मुखाकृति, सूरत, शक्ल, गुण, आभा, कांति।

रंगीला—1. रसिया, रसिक, छैला, बाँका, मौजी; 2. सुन्दर, खूबसूरत, आकर्षक, मनभावन, मनोहर; 3. प्रेमी, अनुरागी, स्नेही, आशिक।

रंडी—वारांगना, वारवधू, वारनारी, गणिका, वेश्या, व्यभिचारिणी, गणिका, तवायफ।

रंध्र—छेद, सूराख, छिद्र, बिल।

रक्त—रुधिर, लहू, रक्तिम, खून।

रक्तपात—1. खून-खराबा, मार-काट, नरसंहार, लड़ाई- झगड़ा।

रक्षा—संरक्षण, त्राण, परित्राण, सुरक्षा, प्रतिरक्षा, हिफाजत, बचाव, रखवाली।

रखवाली—रक्षा, रक्षण, देखभाल, देखरेख, निगरानी, अवेक्षण, अभिरक्षण, परिरक्षा, [illegible], पहरेदारी, [illegible]।

रजनी—रात, रात्रि, निशा, यामिनी।

रण—लड़ाई, युद्ध, संग्राम, समर, जंग, संघर्ष।

रणभूमि—समरभूमि, संग्रामभूमि, युद्धस्थल, युद्ध क्षेत्र, वीरभूमि, मैदान-ए-जंग।

रत—अनुरक्त, आसक्त, लिप्त, निमग्न।

रत्ती—1. ज़रा सा, थोड़ा-सा, रत्तीभर; 2. गुंजा, धुँधली।

रत्नाकर—समुद्र, सागर, अर्णव, पारावार, वारिधि।

रब्त—मेलजोल, मेल-मिलाप, आत्मीयता, सम्पर्क, सम्बन्ध।

रमण—स्त्री प्रसंग, मैथुन, संभोग, रतिविलास, रतिक्रीड़ा, कामक्रीड़ा।

रम्य—सुन्दर, मनोरम, मनोहर, चित्ताकर्षक, मनभावन, मनमोहक, आकर्षक, हृदयस्पर्शी

रवि—सूर्य, भास्कर, दिवाकर, दिनकर, दिनमणि।

रवैया—चलन, तौर-तरीक़ा, रंग-ढंग।

रश्क—ईर्ष्या, डहन, जलन, द्वेष।

रस—1. जूस, रस, शोरबा; 2. सार, तत्व, सत्त; 3. अनुराग, प्रीति, प्रेम, मुहब्बत; 4. उमंग, तरंग, आवेश, मनोवेग; 5. आनंद, मज़ा, मौज।

रसीला—रसयुक्त, सरस, रसत्व, रसवान, रसाल, रसपूर्ण, रससिक्त, मधुर, मीठा, मृदु, मृदुल।

राका—पूर्णमासी, पूर्णिमा, पूनम, पूनो।

राक्षस—निशिचर, निशाचर, मनुजाद, रजनीचर, असुर, दैत्य, दानव, पिशाच, देवशत्रु।

राग—प्रेम, अनुराग, आसाक्ति, लगाव।

राज–1. शासन, हुकूमत; 2. प्रभुत्व, पूर्णाधिकार, पूर्ण स्वामित्व।

राजा–महीपाल, भूपाल, नरपति, अवनीश, नरेश, नृप, भूपति, पृथ्वीपाल, सम्राट्, भूप, पार्थ, प्रजापति, बादशाह, नरपाल।

राज्यपाल–गर्वनर।

रात्रि–निशा, शर्वरी, निशीथ, निशीशिनी, त्रियामा, विभावरी, रजनी, क्षपा, निशि, रैन, रात, तमी, तमस्वती।

राधा–राधिका, वृषभानुजा, हरिप्रिया, वृषभानुनंदिनी, कीर्ति-किशोरी, ब्रजरानी।

रानी–स्वामिनी, मालकिन, बेग़म, राजपत्नी, महारानी, राज्ञी, साम्राज्ञी, महिषी।

रामचन्द्र–राम, दाशरथि, रघुवर रघुपति, रघुराज, रघुनंदन, सीतापति, अवधेश, राघ, पुरुषोत्तम।

राय–मत, सम्मति, सलाह, धारणा, विचारणा, विचार, विश्वास, सिद्धान्त, मंतव्य, परामर्श, मंत्रणा, अभिमत।

रावण–दशवदन, दैत्येंद्र, दशकंधर, लंकेश, निशिचरपति, दशकंठ, दशमाथ, लंकापति।

राशि–पुंज, ढेर, समूह, भंडार।

रासभ–गधा, गदहा, रजकवाहन, गर्दभ, खर, खच्चर।

राहगीर–राही, मुसाफ़िर, पथिक, बटोही, यात्री।

रिक्त–खाली, शून्य, रीता, खोखला, खोखा।

रिपु–शत्रु, दुश्मन, वैरी, विरोधी, द्वेषी।

रिश्ता–सम्बन्ध, सम्पर्क, नाता, नातेदारी, रिश्तेदारी, मेल।

रिश्वत–उत्कोच, घूस, लाँच, नज़राना, कमीशन, बख़्शीश।

रिहाई–छुटकारा, मुक्ति, छुट्टी, मोचन सम्मोचन, विमुक्ति, विमोचन।

रीति–1. ढब, ढंग, तरह, प्रकार; 2. विधि, तरीक़ा, पद्धति, प्रंणाली; 3. रस्म, रिवाज़, प्रथा, परम्परा, परिपाटी, दस्तूर, रूढ़ि; 4. क़ायदा, नियम, क़ानून, विधान।

रुकावट–अड़चन, बाधा, निरोध, व्यवधान, प्रतिरोध, विघ्न, रोध, अवरोध, रुकाव, अटकाव, प्रतिबंध, अडंगा, पाबंदी, गतिरोध, रोड़ा, विराम, ठहराव।

रुग्ण–रोगग्रस्त, रोगी, बीमार, अस्वस्थ, व्याधिग्रस्त।

रुचि–चाह, इच्छा, अभिलाषा, कामना, पसंद, रुझान, प्रवृति, मनोवृत्ति, प्रेम, दिलचस्पी।

रूढ़ि–रीति, रस्म, रिवाज़, परम्परा, प्रथा, दस्तूर।

रूप–1. शक्ल, सूरत, आकार, आकृति, डौल, गठन, बनावट, हुलिया, चेहरा-मोहरा, नैन-नक्शा, रूपरंग।

रेत–बालु, रेणु, रेणुका, बालुका, सिकता।

रोक–1. रुकावट, अवरोध, रुकाव, अटकाव, अटक, रोध, विराम; 2. निषेध, मनाही, निरोचन, प्रत्यादेश, अभिषेध, प्रतिषेध।

रोकथाम–संयम, निग्रह, निरोध, नियंत्रण, दमन, रोक, प्रतिबंध, रुकावट।

रोग–व्याधि, बीमारी, मर्ज़, रुग्णता, अस्वस्थता।

रोगी–व्याधिग्रस्त, रुग्ण, बीमार, अस्वस्थ, रोगग्रस्त।

रोचक—1. रुचिकर, प्रिय, दिलचस्प, मनोरंजक, मनभावन, मनमोहक, मनोहर, लुभावना, सुहावना; 2. माधुर्य, मृदुता, स्वादुता, मीठापन, अलवणता।

रोज़गार—1. कारोबार, पेशा, जीविका, वृत्ति, काम, धंधा; 2. व्यवसाय, व्यापार, वाणिज्य, तिजारत।

रोटी—1. चपाती, फुलकी, फुलका; 2. जीविका, रोज़गार, कारोबार, काम, धंधा, निर्वाह।

रोना—आँसू बहाना, रुदन करना, रोदन करना, क्रंदन करना, विलाप करना, बिलखना, आर्तनाद करना।

रोब—प्रभाव, आतंक, दबदबा।

रोम—बाल, लोम, रोयां।

रोशनी—1. उजाला, प्रकाश, जगमगाहट, आभा, चमक, द्युति, कांति; 2. दीपक, चिराग, दीया।

रोष—1. क्रोध, कोप, गुस्सा, चिढ़, कुढ़न; 2. वैर, विरोध, दुश्मनी, शत्रुता, विरुद्धता, प्रतिकूलता।

रौ—गति, चाल, वेग, धुन, सनक।

रौबदार—गौरवशाली, प्रभावशाली, तेजस्वी, विख्यात, प्रशंसनीय।

ल

ल - देवनागरी वर्णमाला का अट्ठाईसवाँ व्यंजन और तीसरा अंतस्थ वर्ण है। इसका उच्चारण स्थान दंत है।

लंघन—उपवास, व्रत, अनशन, रोज़ा, फ़ाका, निराहार।

लक्षण—1. चिन्ह, निशान, आसार, दाग़; 2. पहचान, स्वभाव, गुण, विशेषता।

लक्ष्मण—सौमित्र, शेषावतार, लखन, रामानुज, लछिमन।

लक्ष्मी—1. रमा, कमला, पद्मा, श्री, इंदिरा, हरिप्रिया, लोकमाता, विष्णुवल्लभा, सिंधुसुता, चंचला; 2. संपत्ति, धन, दौलत, माया, रुपया-पैसा, वैभव, ऐश्वर्य, संपदा, द्रव्य, अर्थ।

लक्ष्य—निशान, उद्देश्य, ध्येय, इष्ट प्रदेश, निर्दिष्ट स्थान, ठिकाना, मंज़िल।

लगातार—सतत, निरंतर, अनवरत, अविरल, अविराम, सिलसिलेवार, बराबर, सर्वदा, नित्य, अभग्न, क्रमिक, अजस्त्र।

लगाव—लगावट, सम्बन्ध, वास्ता, प्रेम, प्रीति, संलाग, आसक्ति, योग।

लग्न—1. मुहूर्त, लगन; 2. विवाह, शादी, ब्याह।

लघु—छोटा, संकुचित, संकीर्ण, अविस्तृत; 2. कम, थोड़ा, अल्प, न्यून; 3. तुच्छ, हेय, नीच।

लज्जा—1. लाज, शर्म, हया, संकोच, झिझक, गैरत; 2. मान, मर्यादा, प्रतिष्ठा, सम्मान, गौरव, गरिमा।

लड़ाई—भिडंत, मुठभेड़, टकराव, हाथापाई, युद्ध, जंग, समर, संग्राम।

लता—बेल, बल्ली, वल्लरी, लतिका।

लपट—1. लौ, ज्वाला, भभूका, जलाक; 2. लू, गर्म, हवा, भभक।

ललित—1. सुन्दर, मनोहर, मनभावन, मनोज्ञ, रमणीय; 2. अभिलषित, मनचाहा, यथेष्ट, अभीष्ट।

लहर—1. हिलोर, लहरी, वीचि, उर्मि, तरंग, कल्लोल; 2. उमंग, जोश, मौज, आनंद।

लाचार—विवश, मजबूर, असमर्थ, बेबस, निरुपाय, बाध्य।

लाज—लज्जा, शर्म, हया, संकोच, लिहाज़ मुरव्वत।

लाभ—प्राप्ति, उपलब्धि, मुनाफ़ा, फ़ायदा, नफ़ा।

लाल—पुत्र, बेटा, तनय, नंदन, सुवन, आत्मज।

लालच—लोभ, लिप्सा, ईहा, लोलुपता, तृष्ण, हिर्स, हवस, प्रलोभन, लालसा।

लालसा—इच्छा, साध, अभिलाषा, लिप्सा, ईहा, तृष्णा।

लाली–अरुणता, अरुणिमा, ललाई, सुर्खी, लालिमा, राग, लालपन।

लिप्त–लीन, तल्लीन, मग्न, निमग्न, अनुरक्त, आसक्त।

लिप्सा–लोभ, लालच, प्रलोभन, चाह, इच्छा, अभिलाषा, कामना, वासना।

लिहाज़–1. मुलाहज़ा, शील, संकोच; 2. रियायत, पक्षपात, तरफ़दारी; 3. लाज, शर्म, हया।

लीन–तल्लीन, तन्मय, रत, संलग्न, मग्न, मशगूल, आसक्त; 2. लुप्त, ग़ायब।

लुच्चा–दुराचारी, शोहदा, बदमाश, कमीना, कुकर्मी।

लुटेरा–दस्यु, अपहर्ता, अपहरणकर्ता, डाकू, डकैत।

लुत्फ़–आनंद, सुख, मज़ा, मौज, मस्ती, विनोद, हर्ष, रोचकता।

लुप्त–गुप्त, अप्रकट, अदृश्य, ग़ायब, अंतर्धान, गुम।

लुब्धक–शिकारी, बहेलिया, आखेटक, अहेरी।

लेखक–1. ग्रंथकर्ता, ग्रंथकार, रचयिता, प्रणेता, रचनाकार, साहित्यकार; 2. लिपिक, कातिब; 3. व्यावसायिक लेखक।

लोक–1. संसार, विश्व, दुनिया, जगत; 2. लोग, जन, प्राणी, मनुष्य, मानव, इंसान, आदमी।

लोकतंत्र–जनतंत्र, गणतंत्र, प्रजातंत्र, लोकशाही।

लोचन–आँख, नयन, नेत्र, चक्षु।

लोभ–लालच, तृषा, तृष्णा, लिप्सा, स्पृहा।

लोभी–लालची, स्पृह, आकांक्षी, इच्छुक, पिपासु, उत्सुक, तुष्णालु।

लोलुप–लोभी, लालची, आकांक्षी, उत्सुक।

लौ–1. लपट, ज्वाला, दीपशिखा; 2. लगन, चाह, तृष्णा।

लौटना–फिरना, पलटना, घूमना, वापस आना, मुड़ना।

व

व - देवनागरी वर्णमाला का उन्तीसवाँ व्यंजन वर्ण है। इसका उच्चारण शब्द दाँत और होंठ की सहायता से किया जाता है। अतः इसे दंत्यौष्ठ कहते हैं।

वंचक–धूर्त, धोखेबाज़, ठग, खल, फ़रेबी, दग़ाबाज़।

वंचना–धोखा, धूर्तता, ठगी, जाल, फ़रेब।

वंचित–विमुख, रहित, हीन, शून्य।

वंदना–स्तुति, प्रणाम, वंदन, अभिवादन, नमस्कार।

वंश–वंश परम्परा, वंश शृंखला, कुल, खानदान, घराना, गोत्र, जाति, नस्ल।

वक्ता–वाचक, व्याख्याता, भाषणकर्त्ता, तकरीर करने वाला।

वक्र–टेढ़ा, बाँका, तिरछा, तिर्यक, बंकिम, कुटिल।

वक्ष–छाती, उर, सीना, वक्षस्थल, उरस्थल।

वचन–1. शब्द, वाक्य, वाणी, बोली; 2. उक्ति, कथन, बात; 3. आश्वासन, वादा, प्रण, प्रतिज्ञा।

वणिक्–व्यापारी, व्यवसायी, रोज़गारी, बनिया।

वध–घात, हिंसा, हनन, प्रतिघातन, हत्या, क़त्ल।

वन–अटवी, अरण्य, विपिन, कानन, कांतार, जंगल।

वनिता–1. स्त्री, औरत, नारी, महिला, अबला; 2. प्रियतमा, प्रिया, प्रेयसी, अनुरक्त स्त्री, प्यारी।

वन्य–जंगली, वनचर, बनैला, आरण्यक, काननसेवी।

वपु–शरीर, देह, काया, बदन, तन।

वमन–उलटी, छर्दन, छाँट, छर्दि, वमि, प्रच्छर्दिका, ओकी।

वय–वयस, उम्र, अवस्था, आयु।

वर–दुल्हा, बन्ना, वरदान, उत्तम, श्रेष्ठ।

वरण–चुनाव, चयन, छँटाई।

वरदान–आशीष, आशीर्वाद, वर, फलसिद्धि, मनोरथसिद्धि, उपहार, भेंट।

वर्ग–कोटि, श्रेणी, समूह, समुदाय, कक्षा, दर्जा, जमात।

वर्जित–निषिद्ध, निषेधित, प्रतिषेधित, बाधित, अपवर्ज्य।

वर्णन–बयान, चित्रण, कथन, विवेचन, व्याख्या, विवरण, वृतांत, उल्लेख, इतिवृत, मीमांसा, ज़िक्र, चर्चा।

वर्तमान–उपस्थित, प्रस्तुत, विद्यमान, मौजूद।

वर्ष–संवत्सर, संवत्, सन्, ईसवी, बरस, साल।

वर्षा–1. बरसात, वर्षाकाल, वृष्टिकाल, पावस ऋतु; 2. वृष्टि, बारिश, बरखा।

वलि–1. रेखा, लकीर, सतर; 2. पंक्ति, श्रेणी, कतार; 3. झुर्री, बल, सिकुड़न, सिलवट।

वल्लभ–पति, स्वामी, प्राणेश्वर, शौहर, ख़सम, खाविन्द।

वश–अधिकार, क़ाबू, नियंत्रण, अख़्तियार, प्रभुत्व।

वसंत—ऋतुराज, कुसुमाकर, ऋतुपति, मधुमास, बहार, मौसम-ए-गुल, मौसम-ए-बहार, कामसखा।

वस्तु—चीज़, द्रव्य, पदार्थ।

वस्तुतः—वास्तव में, सचमुच, ठीक, यथार्थ।

वस्त्र—परिधान, पोशाक, लिबास, कपड़ा, पट, वसन, अंबर, चीर, वेशभूषा, जामा।

वहशत—असभ्यता, अशिष्टता, अभद्रता, जंगलीपन, उजड्डपन।

वाँछा—इच्छा, अभिलाषा, मनोरथ, स्पृहा, कांक्षा, आकांक्षा, चाह, कामना, वासना, ईप्सा।

वाँछित—इच्छित, अभिलषित, अभीष्ट, अभिप्रेत, अभीप्सित, चाहा हुआ।

वाकिफ़—ज्ञाता, जानकार, अनुभवी।

वाग्जाल—शब्दाडंबर, शब्दजाल, शब्दाडंबरी, भाषा।

वाण—तीर, शिलीमुख, शर, शायक।

वाणी—1. सरस्वती, ज्ञानदेवी, विद्या, हंसवाहिनी, श्वेतवसना; 2. बात, वचन, शब्द, जबान, भाषा; 3. जिव्हा, जीभ, रसना।

वातावरण—1. माहौल, परिवेश, पर्यावरण; 2. वायुमंडल, आबोहवा, जलवायु।

वाद-विवाद—1. तर्क, वितर्क, बहस, मुबाहिसा, सवाल-जवाब, शास्त्रार्थ; 2. वाग्युद्ध, कलह, तक़रार, झगड़ा, तू-तू मैं-मैं।

वार्ता—1. बातचीत, संवाद, संभाषण; 2. समाचार, ख़बर, संदेश, वृत्तांत, हाल।

वास—1. गंध, बू, महक, सुगंध; 2. निवास, आवास, वासगृह; 3. घर, मकान, गृह, आलय, निलय, सदन, शाला।

वास्तविकता—यथार्थता, सत्यता, असलियत, तथ्यता।

विकट—1. उग्र, तीव्र, प्रखर, प्रचंड; 2. भयंकर, डरावना, खौफ़नाक, भद्दा, भोंडा, कुरूप; 3. टेढ़ा, वक्र, तिर्यक, तिरछा।

विकराल—भीषण, भयानक, डरावना, खौफ़नाक।

विकार—दोष, बुराई, विकृति, बिगाड़, ख़राबी, नुक्स, त्रुटि, कमी।

विकास—प्रसार, फैलाव, बढ़ाव, प्रगति।

विक्रम—पराक्रम, वीरता, बहादुरी, शौर्यता, शूरता, साहस, दिलेरी।

विगत—1. गत, बीता हुआ; 2. रहित, रिक्त, हीन।

विघ्न—बाधा, रुकावट, अड़चन, अटकाव, अटक, व्यवधान, अवरोध, प्रतिरोध, रोड़ा, अड़ंगा।

विचार—धारणा, चिन्तन, भावना, ख़्याल, ध्यान, सोच, अनुमान।

विचित्र—विलक्षण, अजीब, निराला, अद्भुत, अनोखा, विस्मयकारी, आश्चर्यजनक, अपूर्व, अनूठा, अलौलिक, असाधारण, असामान्य।

विज्ञ—जानकार, बुद्धिमान, समझदार, विद्वान, पंडित, प्रवीण, निष्णात, पारंगत, कोविद, विशेषज्ञ, मर्मज्ञ।

विदग्ध—रसिक, विद्वान, पंडित, होशियार, प्रवीण, अनुभवी, विज्ञ।

विदित—अवगत, ज्ञात, मालूम, ज़ाहिर, प्रकट, व्यक्त।

विदुर—जानकार, ज्ञाता, पंडित, ज्ञानी, विवेकी, पंडित, विज्ञ।

विदूषक—वैहासिक, विनोदी, ठिठोलिया, मसखरा, भाँड, मज़ाकिया।

विद्यालय—पाठशाला, शिक्षालय, ज्ञानमंदिर, मदरसा, विद्यापीठ।

विद्युत—बिजली, चपला, तड़ित, करका, क्षणप्रभा, चंचला, दामिनी।

विधाता—ब्रह्मा, विधि, स्रष्टा, सृष्टिकर्त्ता।

विधान—1. प्रबंध, व्यवस्था, आयोजन, इंतज़ाम; 2. निर्माण, रचना, सर्जन; 3. ढंग, प्रणाली, रीति; 4. क़ायदा, नियम, क़ानून, विधि, संविधान।

विधि—1. व्यवस्था, प्रबन्ध, इंतज़ाम; 2. ढंग, रीति, तरीक़; 3. क़ानून, नियम, मिन्नत, अर्ज़।

विनाशी—विनाशशील, नश्वर, ऐहिक, लौकिक, दैहिक, शरीरी, मरणशील, मरणधर्मी, कालधर्मी।

विनीत—विनम्र, सुशील, शालीन, शिष्ट, नम्र, विनयी, शीलवान।

विनोद—आमोद-प्रमोद, मजाक, उल्लास, आनंद, विलास, मनोरंजन, हँसी, क्रीड़ा, तमाशा, खेल-कूद, कौतुक।

विपन्न—आर्त्त, दुःखी, व्यथित, विपत्तिग्रस्त।

विपरीत—प्रतिकूल, विरुद्ध, उलटा, ख़िलाफ़, विरोधपूर्ण।

विपिन—वन, जंगल, अरण्य, कानन।

विप्र—ब्राह्मण, द्विज, भूदेव, पुरोहित, वेदज्ञ।

विभव—1. धन, संपत्ति, वित्त, अर्थ, ऐश्वर्य; 2. बल, शक्ति, पराक्रम, शौर्य; 3. अधिकता, आधिक्य, प्रचुरता, बाहुल्य।

विभा—1. प्रभा, आभा, कांति, चमक, प्रकाश, रोशनी; 2. किरण, रश्मि, ऊर्मि; 3. शोभा, छटा, सौन्दर्य, सुन्दरता।

विभिन्न—अलग-अलग, विविध, तरह-तरह का, भिन्न-भिन्न, कई प्रकार का।

विभूति—1. धन, संपत्ति, विभव, ऐश्वर्य, दौलत; 2. अधिकता, विपुलता; 3. प्रभुत्व, महानता, बड़प्पन।

विभेद—1. खंड, विभाग, प्रभाग; 2. भिन्नता, पृथकता, अलगाव; 3. भेद, अंतर, फ़र्क़, प्रकार, क़िस्म।

विभोर—1. विकल, व्याकुल, आकुल, व्यग्र; 2. मग्न, मुग्ध, लीन, तल्लीन; 3. मस्त, मत्त, मदहोश।

विमर्श—1. विवेचना, आलोचना, समीक्षा; 2. परामर्श, राय, सलाह, विचार; 3. जाँच, परख।

विमल—स्वच्छ, साफ़, निर्मल, शुद्ध, पवित्र, मलरहित, निर्दोष।

विमान—वायुयान, हवाई ज़हाज़, उड़न- खटोला।

विमुक्त—स्वतंत्र, स्वच्छंद, आज़ाद, रिहा, बरी।

विमुख—1. उदासीन, विरक्त, अनासक्त; 2. प्रतिकूल, विरुद्ध, परांगमुख।

विमुग्ध—मोहित, आसक्त, आकृष्ट, लिप्त, प्रभावित, उन्मत्त, मस्त, मतवाला, मदहोश, बेसुध।

वियोग—विरह, विछोह, जुदाई, विच्छेद, हिज्र, फिराक, अलगाव, पार्थक्य, अलहदमी, वियुक्ति।

विरक्त—संसार-विमुख, उदासीन, वैरागी, विरागी, अनासक्त, निर्लिप्त।

विरक्ति—विराग, निर्वेद, उदासीनता, अनासक्ति, निर्लिप्तता।

विरल—1. छिटपुट, विकीर्ण, कहीं—कहीं; 2. दुर्लभ, कठिन, अप्राप्य, दुष्प्राप्य, दुरुह; 3. तनु, पतला।

विरह—वियोग, बिछोह, बिलगाव, जुदाई।

विराग–अरुचि, विरक्ति, अस्पृहा, अप्रवृत्ति, विमुखता, अनिच्छा, ऊब, उदासीनता, विमोह, अप्रीति।

विराट–बड़ा, विशाल, विस्तृत, विकराल, विश्वरूप।

विराम–1. अटकाव, रुकावट, ठहराव, अवरोध; 2. आराम, विश्राम, शांति; 3. अवकाश, निवृत्ति, छुट्‌टी, फ़ुरसत।

विलक्षण–अद्‌भुत, विचित्र, अलौलिक, अनोखा, निराला, आश्चर्यजनक, अपूर्व, अद्वितीय, अनूठा, अनुपम, बेजोड़, विस्मयकारी।

विलग–अलग, पृथक्, भिन्न, जुदा।

विलोम–विपरीत, प्रतिलोम, प्रतीप, उलटा।

विवरण–वर्णन, ब्यौरा, तफ़सील, खुलासा।

विवश–बेबस, मजबूर, लाचार, असहाय।

विवेचन–मीमांसा, तत्वविचार, निरूपण, समीक्षण, जाँच, परख।

विशद–1. स्वच्छ, निर्मल, विमल, साफ़; 2. स्पष्ट, व्यक्त, प्रकट; 3. विशाल, विस्तृत, विस्तार, युक्त, बड़ा।

विशारद–1. दक्ष, निपुण, प्रवीण; 2. विशेषज्ञ, ज्ञाता, पंडित, विद्वान, आचार्य।

विशिष्ट–1. अद्‌भुत, विलक्षण, असाधारण, अनोखा, अनूठा; 2. मुख्य, प्रधान, श्रेष्ठ, सर्वोच्च।

विश्रुति–प्रसिद्धि, ख्याति, शोहरत, मशहूरी।

विष–ज़हर, गरल, कालकूट, हलाहल, माहुर, मार, संगर।

विषम–असमान, अनमेल, असंगत, भयंकर, भीषण, डरावना, कठिन, दुरुह।

विषयी–विलासी, भोगी, कामी, लंपट, व्यभिचारी, कामाचारी।

विष्णु–नारायण, जनार्दन, हरि, धरणीधर, चतुर्भुज, चक्रपाणि, लक्ष्मीपति, कमलापति।

विस्तार–प्रसार, फैलाव, आयाम, विशालता, लम्बाई-चौड़ाई।

विस्फोट–स्फोट, फूटना, धमाका।

विहंग–पक्षी, चिड़िया, पखेरू, परेवा, खग।

वीर्य–शुक्र, धातु, बीज, बल, शक्ति, ताक़त, वीरता, शूरता, शौर्य, पुंसत्व, मर्दानगी, मुख-आभा।

वृथा–व्यर्थ, निरर्थक, निष्प्रयोजन, बेकार, फ़जूल, बेफ़ायदा।

वृष्टि–वर्षा, मेह, बारिश, मेघ, बरसात।

वेशभूषा–परिधेय, परिधान, वस्त्र, कपड़ा, पोशाक, लिबास, भेस।

वेश्या–रंडी, गणिका, वारांगना, विलासिनी, तवायफ़।

वैराग्य–वीतरागता, विरक्ति, संन्यास।

व्यंग्य–ताना, छींटाकशी, कटाक्ष, आक्षेप, तंज़, फ़बती।

व्यतिरेक–भेद, अंतर, फ़र्क़।

व्यथित–दुखित, पीड़ित, क्लेशित, वेदनाग्रस्त, आर्त्त, परिवेदित।

व्यवस्था–प्रबंध, इंतज़ाम, आयोजन, बंदोबस्त, रीति, पद्धति, प्रणाली, कानून, कायदा, नियम।

व्यसन–लत, आसक्ति, खोटी आदत, बुरी आदत, बुरा शौक।

व्याधि रोग, बीमारी, रुग्णता, अस्वस्थता।

व्रत–1. उपवास, निराहार, अनाहार, अनशन, रोजा; 2. दृढ़ संकल्प, प्रतिज्ञा, दृढ़निश्चय।

व्रीड़ा–लाज, शर्म, लज्जा, संकोच, हया।

श

श - देवनागरी वर्णमाला में व्यंजन का तीसवाँ वर्ण है। इसका उच्चारण स्थान तालू है।

शंकर–शिव, शंभु, महादेव, त्रिपुरारि, त्रिलोकीनाथ, मदनारि, मृत्युंजय, भोलेनाथ, महेश, उमापति, कैलाशपति, उमेश।

शंका–1. संदेह, संशय, शक, आशंका, अंदेशा, खटका, अनिर्णय; 2. भय, डर, खौफ़, दहशत।

शंकित–1. शंकाशील, अप्रतीतिकर, संदिग्ध, अविश्वस्त, संशययुक्त, आशंकाग्रस्त, संदेहास्पद; 2. भयभीत, डरपोक, बुज़दिल, भयाकुल।

शक–संशय, शंका, संदेह, आशंका।

शकुन–सगुन, शुभ मुहूर्त, शुभसूचक चिन्ह।

शक्ति–बल, ताक़त, ज़ोर, सामर्थ्य, क्षमता।

शक्तिशाली–बलवान, ताक़तवर, ज़ोरदार, समर्थ, सशक्त, ओजस्वी, ऊर्जस्वी।

शठ–धूर्त, चालाक, लुच्चा, बदमाश, दुष्ट, पाजी, कपटी।

शतक–शताब्दी, शती, सदी, सौ, सैकड़ा।

शनैः–धीरे, आहिस्ता, हौले।

शनैश्चर–शनि, मंदचाल, छायासुत, रविनंदन, मंदग्रह।

शपथ–सौंगध, कसम, सौंह, हलफ़, प्रतिज्ञा, प्रण।

शब्द–स्वर, ध्वनि, निनाद, स्वन, नाद, संख, घोष, लफ़्ज, कथन।

शब्दकोश–शब्द संग्रह, शब्द संकलन, शब्दावली, शब्दार्थिका, अभिधान।

शमन–निवृति, दमन, नियंत्रण, क़ाबू, रोक।

शरण–संश्रय, आश्रय, रक्षा, बचाव, पनाह, छाँह, छत्रछाया।

शराब–मदिरा, मद्य, वारुणी, दारू, हाला, मय, सुरा।

शराबखाना–मदिरालय, मद्यशाला, दारू-खाना, मयखाना, सुरालय, सुरा-सदन, हौली।

शराबी–मद्यप, मद्यासक्त, पियक्कड़, दारूबाज़, मदिरासेवी।

शरीफ़–भला, सज्जन, कुलीन, शिष्ट, विनीत।

शरीर–देह, तन, कलेवर, गात्र, वपु, काय, अंग, पिण्ड, काया, जिस्म, बदन।

शर्त–दाँव, बाज़ी, पण, प्रतिबंध, अनुबंध।

शर्म–लाज, लज्जा, झेंप, व्रीड़ा, हया, संकोची, शर्मिन्दगी।

शर्मीला–लज्जालु, लज्जाशील, लजीला, संकोची, झेंपू, असंलापी, एकांतप्रेमी।

शव–मुर्दा, लाश, लोथ, मिट्टी, पार्थिव-शरीर।

शस्त्र—आयुध, अस्त्र, हथियार, युद्ध- सामग्री।
शस्त्रधारी—सशस्त्र, हथियारबंद, सायुध।
शांत—प्रशांत, धीर, निःशब्द, स्तब्ध, अक्षुब्ध, चुप, मौन, गंभीर, निश्चल, संयत, निरपेक्ष, संवेगहीन, आवेशरहित, नीरव, ख़ामोश, स्थिर।
शादी—विवाह, ब्याह, पाणिग्रहण, परिणय, गठबंधन।
शानदार—ऐश्वर्यशाली, वैभवशाली, भव्य, दिव्य, आलीशान, विलासपूर्ण, शोभनीय।
शाप—अभिशाप, बद्दुआ, अभिशाप, श्राप।
शामत—दुर्भाग्य, अभाग्य, बद्किस्मती, विपत्ति, दुर्दशा, ख़राबी।
शायरी—काव्य, कविता, पद्य, छंद।
शालीन—शिष्ट, सौम्य, सभ्य, भद्र, विनीत, नम्र, सलज्ज।
शाश्वत—नित्य, सतत, सदैव, निरन्तर, लगातार, चिर, सनातन, सर्वकालिक, चिरस्थायी, अविरत, अक्षम।
शासन—1. आज्ञा, आदेश, हुक्म; 2. हुकूमत, प्रशासन, अनुशासन, प्रभुत्व, आधिपत्य, स्वामित्व।
शिकायत—गिला, शिकवा, निंदा, बुराई; 2. अभियोग, वाद, साध्य, निवेदन, परिवेदन, फ़रियाद।
शिकार—1. आखेट, मृगया, अहेर; 2. असामी।
शिक्षक—अध्यापक, उपदेशक, गुरु, आचार्य, मास्टर, टीचर।
शिक्षा—1. तालीम, पढ़ाई—लिखाई, शिक्षण, प्रशिक्षण, विद्या; 2. उपदेश, नसीहत, ज्ञान, सबक, सीख; 3. परामर्श, सलाह, राय।
शिखर—1. शिरा, चोटी, शिखा, शृंग; 2. कलश, कँगूरा।
शिखा—1. चूड़ा, चोटी, चुंडी; 2. लपट, लौ, ज्वाला; 3. कलगी, शीशगुच्छ।
शिथिल—1.सुस्त, धीमा, मंद, ढीला, आलसी; 2. दुर्बल, कमज़ोर, अशक्त।
शिरा—नाड़ी, नस, धमनी, स्नायु।
शिला—पाषाण, सिल, पाहन, पत्थर, चट्टान, प्रस्तर।
शिल्पी—वास्तुशास्त्री, स्थपति, कारीगर, शिल्पकार, दस्तकार।
शिव—चंद्रशेखर, उमापति, कैलाशपति,भोलेनाथ, महेश्वर, शंभु, त्रिलोचन,चंद्रभाल, चंद्रमौलि, भैरव, भूतनाथ, त्रिनेत्र, त्रिलोकीनाथ, आशुतोष, महादेव, महेश, कामारि।
शिविर—पड़ाव, कैंप, डेरा, खेमा, छावनी।
शिशिर—जाड़ा, शीतकाल, हिम, पाला, सर्दी, ठंडी।
शिशु—बालक, बच्चा, बाल, लड़का।
शीघ्र—त्वरित, क्षिप्र, द्रुत, अविलंब, तुरन्त, तत्क्षण, झटपट, तत्काल, फ़ौरन, चटपट, जल्दी।
शीर्ष—1. सिर, कपाल, मुंड; 2. सिरा, चोटी, शिखर, शिखा, श्रृंग।
शुक्ल—उजला, सफ़ेद, श्वेत, धवल, धौला, उज्जवल, हिममय, हिमसदृश।
शुचि—पवित्रता, शुद्धता, स्वच्छता, निर्मलता, सफ़ाई, विशुद्धि, पवित्र, शुद्ध, निर्मल, परिष्कृत।

शुद्ध–1. विशुद्ध, खरा, साफ़, चोखा, सज़ा, निर्दोष, स्वाभाविक; 2. विमल, निर्मल, पवित्र।

शुद्धि–स्वच्छता, सफ़ाई, पवित्रता, शुचिता, निर्मलता, विमलता।

शुभ–1. शिव, शुभकर, शुभकारी, मंगल, मंगलप्रद, माँगलिक, कल्याणकारी; 2. मंगल, कल्याण, भलाई।

शुरुआत–प्रारम्भ, सूत्रपात, पहल, श्रीगणेश।

शुष्क–1. सूखा, खुश्क, नीरस, विरस, रसहीन; 2. स्नेहरहित, हृदयहीन, शून्य, निर्मम।

शून्य–1. खाली जगह, रिक्त स्थान, अवकाश; 2. आकाश, आसमान, व्योम; 3. एकांत स्थान, निर्जन स्थान, जनशून्य स्थान; 4. अभाव, रिक्तता, खालीपन, कमी; 5. बिन्दु, बिन्दी, नुकता, निरंकार, निराकार।

शूर–वीर, बहादुर, योद्धा, सूरमा, शूरवीर, साहसी।

शूल–पीड़ा, दर्द, चुभन, वेदना।

श्रृंखला–1. क्रम, सिलसिला, तारतम्य, माला; 2. ज़ंजीर, सांकल, मेखला; 3. श्रेणी, कतार, पंक्ति।

श्रृंगार–भूषा, साज, सजावट, ठाट, सिंगार, अलंकरण, रूपसज्जा।

शेखर–शीर्ष, सिर, खोपड़ी, कपाल, मूंड, मस्तक।

शेखी–गर्व, घमंड, अभिमान, ऐंठ, शान, अकड़, दंभ।

शेर–सिंह, नाहर, बाघ, पंचानन, केशरी, पशुनाथ, पशुराज, पारीन्द्र, गजारि, वनराज।

शैली–चाल, ढंग, ढब, प्रणाली, परिपाटी, तर्ज़, तरीक़ा, विधि।

शोध–1. दुरुस्ती, शुद्धि; 2. जाँच, परीक्षा, पड़ताल, छानबीन; 3. खोज, गवेषणा, अनुसंधान।

शोभन–1. सुन्दर, मनमोहक, मनोहर, मनोरम, सुहावना, सजीला, रमणीय; 2. उत्तम, श्रेष्ठ, उचित, उपयुक्त, सटीक; 3. शुभ, मंगलकारी, कल्याणकारी, कल्याणप्रद, भला, अच्छा।

शोभा–दीप्ति, कांति, छवि, श्री, सुषमा, विभा, आभा, प्रभा, छटा, सौंदर्य, सुन्दरता, चमक, सजावट, मनोहरता, मनमोहकता।

श्मशान–मरघट, मसान, मुरदघट्टा, मृतकदाह-स्थान, दग्धस्थान, शवदाहस्थान, कब्रिस्तान।

श्रमिक–श्रमजीवी, मज़दूर, कामगार, कामकर, मेहनतकश।

श्री–1. धन, संपत्ति, विभूति, वैभव, ऐश्वर्य; 2. शोभा, छटा, सौन्दर्य, रमणीयता; 3. कांति, चमक, आभा, प्रभा, चमक।

श्रृंगारिक–प्रेमात्मक, श्रृंगारात्मक, वासना- पूर्ण, प्यार का।

श्रेय–1. अच्छा, बढ़िया, बेहतर, उम्दा, श्रेष्ठ, उत्तम, उत्कृष्ट; 2. शुभ, कल्याणकारी, मंगलप्रद।

श्रेष्ठ–सर्वोपरि, अद्वितीय, उत्कृष्ट, उत्तम, सर्वोत्तम, अनुपम।

श्लाघा–प्रशंसा, तारीफ़, स्तुति, बड़ाई, खुशामद, चापलूसी।

श्वास–प्राण, साँस, दम, संजीवनी, वायु।

श्वेत–उजला, धवल, उज्जवल, शुभ्र, गोरा, साफ़, दुग्धवत, हिमवत् रजतसदृश।

ष

ष - देवनागरी वर्णमाला में व्यंजन वर्ण का इकतीसवाँ अक्षर है। इसका उच्चारण स्थान मूर्धा है। इसलिए यह मूर्द्धन्य 'ष' कहलाता है।

ष–1. कच, केश, बाल; 2. स्वर्ग; 3. बुद्धिमान, विद्वान व्यक्ति; 4. निद्रा; 5. अंत; 6. शेष, बची वस्तु।

षंजन–आलिंगन, मिलन।

षंड–1. बैल, सांड; 2. नपुंसक, हीजड़ा; 3. ढेर, राशि, समूह, झुंड।

षंडाली–1. तालाब, ताल।

षटक–छः गुना, छः में ख़रीदा हुआ, छठी बार होने या किया जाने वाला, छः की संख्या, छः का समाहार।

षड्यंत्र–साज़िश, कुचक्र, अभिसंधि, कूट-योजना।

षोडशी–दस या बारह महाविद्यालयों में से एक, सोलह वर्ष की स्त्री, तरुणी, सोलह वस्तुओं का वर्ग, प्रेतकर्म विशेष।

स

स - देवनागरी वर्णमाला का बत्तीसवाँ व्यंजन वर्ण है। इसका उच्चारण स्थान दंत है। इसलिए इसे दंत्य 'स' कहते है।

संकट—आपत्ति, विपत्ति, आपदा, आफ़त, मुसीबत, विपदा, दुर्भाग्य, अभाग्य।

संकल्प—विचार, इरादा, चेष्टाहीन, इच्छाशक्ति, कामनाशक्ति, रुचिबल, दृढ़-निश्चय, प्रण, प्रतिज्ञा, व्रत।

संकीर्ण—तंग, सँकरा, अविस्तृत।

संकेत—1. चिन्ह, निशान, प्रतीक, लक्षण; 2. इंगित, इशारा, अंगविक्षेप, अंगभंगिमा।

संकोच—असमंजस, हिचक, लाज, लज्जा, शर्म।

संक्षिप्त—थोड़ा, अल्प, कम।

संक्षेप—सार, समाहार, सारांश, संक्षिप्त रूप।

संगति—मेल, मिलाप, संग, साथ, साहचर्य, सम्बन्ध, ताल्लुक, मैत्री, दोस्ती।

संगम—मेल, मिलाप, संयोग, संग, साथ, सम्पर्क, सम्बन्ध, संगति, सोहबत।

संग्रह—1. एकत्रीकरण, संचय, संकलन, जवाब; 2. ढेर, समूह, राशि।

संघ—वर्ग, समुदाय, गण, समूह, दल, टोली, जत्था, भीड़, गुट।

संघात—1. आघात, चोट, मार, टक्कर; 2. वध, हत्या, क़त्ल।

संचालन—निर्देश, निर्देशन, मार्गप्रदर्शन, प्रेषण, दिग्दर्शन।

संजीदा—1. गंभीर, शांत, सौम्य; 2. बुद्धिमान, समझदार, प्रतिभाशाली, अक्लमंद।

संतप्त—दग्ध, विदग्ध, पीड़ित, व्यथित, दुखित।

संतान—संतति, वंशज, वंश, औलाद, बाल-बच्चे।

संतुलन—साम्य, साम्यवस्था, समतोलन, समभार, समरसता।

संतोष—संतुष्टि, तृप्ति, तसल्ली, धीरज, धैर्य, ढाढस, सब्र, संशयपूर्ण, शुबहेवाला, सांत्वना।

संदिग्ध—संदेहजनक, संदेहास्पद, भ्रमयुक्त।

संधि—1. मेल, संयोग, सुलह, समाधान, समझौता; 2. गांठ, जोड़, मिलान।

संध्या—सायंकाल, विकाल, गोधूलि।

संन्यासी—त्यागी, वैरागी, यती, चतुर्थाश्रम, भिक्षुक, गोस्वामी, योगी, तपस्वी, विरागी, एकांतवासी, साधनाशील, साधक, विरक्त, परिव्राजक, वानप्रस्थ, संत, साधू, मुनि।

संपूर्ण—पूरा, सारा, समूचा, समग्र, समस्त, सब, अखिल, कुल, तमाम, सर्व, निखिल।

सम्बन्ध—सम्पर्क, वास्ता, नाता, रिश्ता, ताल्लुक, लगाव, सरोकार।

संबोधन—बुलाना, पुकारना, आह्वान करना।

संभावी → सठियाना

संभावी—संभावित, संभव, मुमकिन, संभाव्य, कल्पनीय, आनुमानित।

संभूत—1. उत्पन्न, पैदा, जात; 2. युक्त, सहित, संयुक्त, संलग्न।

संभ्रम—घबराहट, व्याकुलता, व्यग्रता, बेचैनी, विकलता।

संभ्रांत—सम्मानित, प्रतिष्ठित, भद्र पुरुष।

संयत—नियंत्रित, शासित, नियमित, सीमित, मर्यादित, अनुशासित, भावसंयमी, शांत, गम्भीर।

संयोग—मेल, मिलाप, साथ, संग, लगाव, सम्बन्ध, सम्पर्क, संश्लेष, साहचर्य, संलग्नता।

संलग्न—संयुक्त, युक्त, संबद्ध, अनुबद्ध, लगा हुआ, नत्थी।

संविधान—नियम, क़ानून, राज्य नियम, क़ायदा।

संसर्ग—1. सम्पर्क, लगाव, सम्बन्ध, घनिष्टता, मेल-जोल, मेल-मिलाप; 2. सहवास, मैथुन।

संसार—विश्व, जगत, दुनिया, मर्त्यलोक, इहलोक, जग, जगती, भुवन, भव, भवसागर, आलम, ज़हान, पृथ्वी, भूलोक, भूमंडल, संसृति।

संसारी—पार्थिव, ऐहिक, लौकिक, इहलौकिक, सांसारिक, दुनियावी।

संसिद्धि—सफलता, कामयाबी, सिद्धि, फलवत्ता, मनोरथसिद्धि।

संस्थापक—प्रवर्तक, संचालक, जनक, स्रष्टा, मूलकर्ता, आरंभकर्ता, प्रतिष्ठापक।

संहार—1. ध्वस्त, नाश, विध्वंस, बरबादी; 2. अंत, समाप्ति, खात्मा।

सखा—साथी, मित्र, दोस्त, संगी।

सखी—सहेली, सहचरी, संगिनी, अली, आली, हमजोली।

सघन—1. घना, गझिन, अविरल, गुंजान; 2. ठोस, ठस, दृढ़, कड़ा।

सच—यथार्थ, वास्तविक; 2. सत्य, मिथ्यारहित, सच्चा।

सचमुच—1. यथार्थतः, ठीक-ठीक, वास्तव में, वस्तुतः; 2. निश्चित रूप से, अवश्य, ज़रूर, निश्चय ही।

सचाई—सत्यता, वास्तविकता, यथार्थता।

सचेत—1. समझदार, सयाना, चतुर, होशियार; 2. सजग, सावधान, चौकस।

सच्चाई—1. सत्यवादी, सत्यभाषी, सत्यनिष्ठ, सत्यवान, सत्यव्रती, ईमानदार, सत्यपरायण, धर्मनिष्ठ, सत्यकाम, निश्छल, निष्कपट; 2. प्रमाणयुक्त, प्रामाणिक, वास्तविक, यथार्थ, असली।

सजग—1. सावधान, सचेत, सतर्क, चौकस, चौकन्ना; 2. होशियार, चतुर, चालाक, निपुण।

सज-धज—बनाव-सिंगार, सजावट, अलंकरण, शान, दिखावट, आत्मप्रदर्शन, आडम्बर।

सजा—दंड, दंडादेश, दंडाज्ञा।

सज्जन—भला आदमी, भद्रजन, शरीफ़, शिष्ट व्यक्ति, महानुभाव, सम्मानित व्यक्ति।

सज्जा—सजावट, सजधज, अलंकरण, बनाव-सिंगार।

सठियाना—बुद्धिलोप होना, मंदबुद्धि होना, मूर्ख होना, मतिक्षीण होना, मतिभ्रष्ट हो जाना।

सतत–सदा, हमेशा, निरनतर, लगातार।

सतीत्व–पातिव्रत्य, जितेन्द्रियता, शुचिता, सतीधर्मिता, सतीपन, साध्विता, पतिव्रता।

सत्कार–ख़ातिरदारी, आतिथ्य, आवभगत, मेहमाननवाज़ी, मेहमानदारी, स्वागत, सम्मान, आदर।

सदन–घर, गृह, मकान, निवास-स्थान, आवास।

सदा–सतत्, सर्वदा, निरन्तर, सदैव, अविरत, नित्य, हमेशा, लगातार, हरदम, हरसमय।

सदृश–समान, अनुरूप, तुल्य, बराबर, सम।

सनातन–नित्य, हमेशा, निरन्तर, शाश्वत।

सन्नद्ध–तैयार, उद्यत, प्रस्तुत, तत्पर।

सफल–सार्थक, कारगर, कामयाब, फलीभूत, फलवान।

सभापति–अध्यक्ष, प्रधान, संचालक, प्रबंधक, चेयरमैन।

सभ्यता–सौजन्य, शिष्टता, शिष्टाचार, सुशीलता, शीलवत्ता, भद्रता, भलमन- साहत।

समकालीन–समवयस्क, समसामयिक, एककालीन, समवर्ती, सहभावी, सहवर्ती, समक्षणिक, समकालिक, हमवक़्त।

समता–साम्य, बराबरी, जोड़तोड़ तुल्यता, अनुरूपता, सदृशता।

समन्वय–समायोजन, सामंजस्य, संयोग, संसर्ग, संश्लेषण, मेल, मिलाप, एकीकरण, तालमेल, संतुलन।

समय–1. बेला, काल, घड़ी, कालमान, वक़्त; 2. अवसर, मौक़ा, अवकाश, फुरसत।

समर्थक–अनुगामी, अनुयायी।

समस्त–कुल, सब, सारा, समूचा, समग्र, सकल, सम्पूर्ण।

समान–तत्सम, अनुरूप, तुल्य, सम, सदृश, समकक्ष, बराबर, एक-सा, एक-जैसा, एक भाँति।

समाप्ति–संपूर्णता, पूर्णता, समापन, खात्मा, अवसान, इतिश्री।

समीक्षा–आलोचना, समालोचना, मीमांसा, विवेचन, समाकलन, निरूपण।

समीचीन–यथार्थ, ठीक, उचित, वाज़िब, न्यायसंगत।

समीप–पास, निकट, क़रीब, नज़दीक।

समुद्र–सागर, सिंधु, जलधि, अर्णव, उदधि, रत्नाकर, नदीश, नीरनिधि, वारीश, प्योधि, अंबुधि।

सम्मुख–सामने, समक्ष, आगे, सन्मुख, प्रत्यक्ष।

सम्राट–महाराजाधिराज, बादशाह, शंहशाह, महाराजा, सुलतान, अधीश्वर, अधिपति।

सरकारी–आधिकारिक, शासनिक, राजकीय, शासकीय, सार्वजनिक।

सरदार–1. नेता, नायक, अगुआ, मुखिया; 2. सेनापति।

सरमाया–1. मूलधन, पूँजी; 2. धन, दौलत, संपत्ति।

सरल–1. सीधा, दंडवत, 2. सीधा सादा, नम्र, कोमल, निश्छल, निष्कपट, सच्चा, ईमानदार, उदार, छलशून्य; 3. आसान, सुबोध, बोधगम्य, सहज, सुगम।

सरस्वती—ब्राह्मी, भारती, भाषा, वाचा, गिरा, वाणी, शरदा, इला, वाग्देवी, शारदा, वागीश्वरी, विद्या, हंसवाहिनी, वीणापणि, वर्णमातृका, वागीशा।

सरहद—उपांत, देशांत, सीमा, हद, प्रसीमा।

सरासर—पूर्णतः, पूर्णतया, सर्वथा, पूणरूपेण, एक सिरे से, बिलकुल, साक्षात, सम्मुख, समक्ष।

सरूर—1. आनंद, खुशी, प्रसन्नता; 2. मादकता, नशा, खुमारी।

सर्प—नाग, फणी, व्याल, अहि, उरग, पन्नग, साँप, मणिधर, फणधर, विषधर, भुजग, भुजंग।

सर्वज्ञ—सर्वज्ञानी, सर्वगत, संपूर्णज्ञाता, समग्रविज्ञानी, समूचा, जानकार, त्रिकालदर्शी।

सलाह—सम्मति, राय, परामर्श, मंत्रणा, मशविरा, विचार—विनिमय।

सलूक—1. व्यवहार, बरताव, सद्‌भाव; 2. तौर, तरीक़ा, ढंग, सलीका।

सह—सहित, समेत, संग, साथ।

सहनशील—सहिष्णु, क्षमाशील, क्षमावान, धैर्यवान, धीरज।

सहनशीलता—सहिष्णुता, तितिक्षा, धैर्य, क्षमावृत्ति।

सहसा—एकाएक, अकस्मात्, झटपट, अचानक, हठात्।

सहानुभूति—1. संवदेना, सहभावना, समभाव, सहवृति, हमदर्दी; 2. अनुकंपा, दया, करुणा।

सही—सत्य, यथार्थ, वास्तविक, सच, ठीक, शुद्ध, प्रमाणिक।

सांत्वना—आश्वासन, ढाढ़स, दिलासा, तसल्ली, धीरज।

साँवला—श्याम, नील, श्यामल, काला, कृष्णवर्ण।

साँस—1. श्वास, श्वसन, निश्वास, निश्वसन, दम, उच्छवास; 2. अवकाश, फुरसत; 3. गुंजाइश, समाई।

सांसारिक—लौकिक, लोकपरक, ऐहिक, सांसारी, दुनियावी।

साग-पात—शाक, भाजी, तरकारी।

साज़िश—षड्‌यंत्र, कुचक्र, कूटप्रबंध, छल, दाँवघात।

साधु—संत, संन्यासी, मुनि, ऋषि, महर्षि, यती, योगी, वैरागी, तपस्वी।

सामग्री—असबाब, सामान, द्रव्य, चीज़, वस्तु।

सामना—1. समक्ष, सम्मुख, सामने; 2. भेंट, मुलाकात, मिलाप, समागम; 3. मुकाबला, होड़, लाग-डाट, प्रतिस्पर्धा, प्रतियोगिता।

सामयिक—तात्कालिक, वर्तमान।

सामर्थ्य—योग्यता, शक्ति, ताक़त, पराक्रम, बल।

सामान—1. माल, असबाब, साज़—सामान, सामग्री; 2. उपकरण, औज़ार।

सायंकाल—रजनीमुख, सायं, दिनांत, संध्या, गोधूति, प्रदोषकाल।

साया—1. छाया, छाँह; 2. परछाई, प्रचिच्छाया।

सार—1. सत्व, सत्त, निचोड़, अर्क, रस; 2. संक्षेप, सारांश, निष्कर्ष, तात्पर्य; 3. गूदा, मग्ज।

सारणी—तालिका, सूची, सूची-पत्र, अनु-क्रमणिका।

सारांश—1. निष्कर्ष, आशय, तात्पर्य, सार, अभिप्राय, भावार्थ, भाव, निचोड़, मतलब, तथ्य; 2. परिणाम, नतीजा, फल।

सालना—चुभना, गड़ना, टीस मारना, टीसना।

साह—1. व्यापारी, वणिक, महाजन, धनी; 2. साहूकार, बनिया, सेठ, रोज़गारी।

साहस—हिम्मत, हौसला, जीवट, जुर्रत, निःशंकता, निर्भयता, बहादुरी, दिलेरी।

सिंह—हरि, केसरी, केशरी, मृगेन्द्र, मृगराज, मृगारि, नखरायुध, शेर, बबर, व्याघ्र, बाघ, वनराज, पंचारन।

सिंहासन—राजासन, गद्दी, राजगद्दी, तख़्त।

सिकता—बालू, रेत, बालुका।

सिक्त—1. सिंचित, सींचा हुआ; 2. तर, गीला, भीगा हुआ।

सिखाना—शिक्षित करना, प्रशिक्षित करना, शिक्षा देना, प्रशिक्षण देना, योग्य बनाना, ट्रेनिंग देना, अनुशासित करना, नियमित करना।

सितारा—1. नक्षत्र, तारा; 2. भाग्य, प्रारब्ध, किस्मत।

सिद्ध—अविवाद्य, निर्विवाद, अवधारित, निश्चित, प्रमाणित, अप्रतिपाद्य, सर्वमान्य, पुष्ट, साबित।

सिफारिश करना—अनुशंसा करना, अभिस्ताव करना, अनुरोध करना, संस्तुति करना।

सीढ़ी—निसेनी, पैड़ी, जीना, सोपान।

सीता—वैदेही, भूतनया, भूमिजा, जनकनंदिनी, जानकी, रामप्रिया।

सीना—सिलाई करना, टांका लगाना, तुरपना, बखिया करना, तागना, गूंथना।

सीमित—परिमित, मर्यादित, निर्धारित, निश्चित, परिसीमित।

सुन्दर—कमनीय, काम्य, रभ्य, सुरम्य, रमणीय, रमणीक, अभिराम, मनोरम, मनोहर, मनोज्ञ, चारु, सुचारु, मंजु, मंजुल, रुचिर, सुदर्शन, प्रिय, प्रियदर्शी, कलित, ललित, ललाम, सुभग, हसीन, खूबसूरत, दिलकश, सलोना, सुहावना, मनभावन, बढ़िया, उम्दा, कांत, अनुरंजक, आकर्षक, चित्ताकर्षक, हृदयग्राही।

सुन्दरता—सौंदर्य, शोभा, छवि, छटा, सुषमा, श्री, सौष्ठव, लालित्य, रमणीयता, रूपलावण्य, कांति, दीप्ति, हुस्न, खूबसूरती।

सुन्दरी—रूपसी, रूपराशि, सुदर्शना, रमणी, सुमुखी, सुभगा, प्रियदर्शिनी, शोभना, मुग्धा, चंद्रमुखी, विधुवदनी, मृगनयनी, गजगामिन, मीनाक्षी, सुनयना, सुलोचना, गोरी, पिंगला, अलबेली, छबीली, हसीना।

सुकुमार—1. कोमल, मृदु, नाजुक, नरम, मुलायम; 2. क्षयी, विनश्वर, सुभेद्य, भंगुर, भंगशील, भिदुरा, भुरभुरा।

सुगंध—परिमल, महक, सौरभ, सुरभि, सुवास, खुशबू।

सुगम—सहज, सरल, आसान, अभिगम्य, सुबोध, सुलभ।

सुपुर्दगी—अभ्यर्पण, प्रत्यर्पण, समर्पण, अर्पण, स्वत्व त्याग।

सुप्त—शयित, सुषुप्त, प्रसुप्त, निद्रागत, निद्रालीन, सोया हुआ।

सुबह—सवेरा, भोर, अरुणोदय, ऊषाकाल, प्रभात, प्रातःकाल, तड़का, भिनसार, विहान।

सुबोध—सुगम, सुज्ञेय, सुस्पष्ट, विशद, अव्यक्त, सुप्रकाशित, बोधगम्य।

सुभीता—सुगमता, सहूलियत, सुविधा, सुयोग।

सुर—देव, अमर, देवता।

सुरमा—काजल, अंजन, आँजन।

सुरा—मद्य, मदिरा, शराब, आसव, दारू।

सुरीला—मधुर, सुस्वर, संगीतपूर्ण, मीठा, रसीला।

सुलगना—1. धूमायित होना, धूमनिर्गत करना, धूँआ छोड़ना, धुँआ देना, धुँआ निकालना धुँआना; 2. घुटना, कुढ़ना, संतप्त होना, क्रोधित होना।

सुलभ—1. सरल, सहज, सुप्राप्य, सुगम, आसान, सहल; 2. साधारण, सामान्य, मामूली।

सुविधाजनक—सुखकर, सुखप्रद, आरामदेह, सुखदायक, सुखकारक, सुविधायुक्त।

सुष्ठु—1. अतिशय, अत्यधिक, अत्यंत; 2. अच्छी तरह, ठीक ढंग से, भली भाँति; 3. यथायोग्य, यथातथ्य।

सुस्त—आलसी, काहिल, अकर्मठ, मंद, शिथिल, श्रांत, क्लांत, म्लान, तंद्रिल, निद्रालु।

सुस्ताना—विराम लेना, आराम करना, दम लेना, रुकना, ठहरना।

सुस्थिर—दृढ़, सुस्थित, अचर, अचल, अटल, निश्चल, अविचल, कायम, जमा हुआ, डटा हुआ।

सुस्पष्ट—प्रकट, व्यक्त, साफ़, सुगम्य, सुबोध।

सूअर—शूकर, सूकर, बराह।

सूक्ष्म—1. तनु, कृश, स्तोक, पतला, दुबला; 2. लघु, छोटा, अणु; 3.अल्प, कम, रंचक, लवलेश; 4. महीन, बारीक, झीना।

सूखा—1. निर्जल, जलहीन, जलरहित; 2. नीरस, रूक्ष, शुष्क, रूखा।

सूचक—1. बोधक, द्योतक, परिचायक, ज्ञापक, व्यंजक; 2. संकेत, चिन्ह, लक्षण।

सूची—सारणी, तालिका, नामावली, पंजी, पुस्ती, बही, खर्रा, फिहरिस्त, रजिस्टर।

सूरज—सविता, मार्तण्ड, दिवाकर, दिनकर, भास्कर, भानु, आदित्य, रवि, सूर्य, दिनेश, प्रभाकर, आफ़ताब।

सूराख़—छिद्र, छेद, विवर, दरार।

सृष्टि—1. निर्माण, रचना, सृजन; 2. जन्म, उत्पत्ति, पैदाइश; 3. संसार, दुनिया, विश्व, पृथ्वी, भूमंडल।

सेज—शयूया, बिछावन, बिछौना, बिस्तर।

सोच—1. चिंता, फ़िक्र, उधेड़-बुन, दुविधा, संकल्प-विकल्प, अंतर्द्वन्द्व; 3. दुःख, रंज, खेद, पछतावा, पश्चाताप।

सोना—स्वर्ण, कंचन, कनक, हेम, हाटक।

सौंपना—समर्पण करना, अर्पण करना, सुपुर्द करना, दे देना, समर्पित काना, उत्सर्ग करना, प्रदान करना, हवाले करना, हस्तांतरित करना।

सौम्य—विनीत, शांत, विनयी, नम्र, सहृदय, शिष्ट, मिलनसार, अभिवादनशील।

स्तन—पयोधर, उरसु, कुच, छाती, चूचुक, चूची, स्तन्याशय, उरोज।

स्तुति—प्रशंसा, बड़ाई, तारीफ़।

स्त्री—1. नारी, औरत, महिला, वनिता, ललना,

कामिनी, मानवी, कांता, वामा, भामा, भामिनी, अबला, पोषिता, पोषा, सीमन्तिनी; 2. पत्नी, जोरू, दारा, मेहरारू, अर्द्धांगिनी।

स्थायी—1. दृढ़, स्थिर, अवस्थित, स्थित; 2. भूभाग, ज़मीन, मैदान; 3. जगह, स्थान, मुकाम, ठौर; 4. पद, ओहदा; 5. अवसर, मौक़ा, समय; 6. गोदाम, भंडार, मोदीखाना।

स्थावर—अचर, अचल, स्थिर, अटल।

स्थिति—अवस्था, दशा, हालत।

स्नेह—प्रेम, प्रणय, प्यार, मुहब्बत, अनुराग, प्रीति।

स्फुट—1. व्यक्त, प्रकट, प्रत्यक्ष; 2. विकसित, प्रस्फुटित, खिला हुआ; 3. फुटकर, अलग—अलग, विविध, विभिन्न।

स्याही—काली, मसि, रोशनाई।

स्वगत—स्वतः, आत्मगत, मनोगत, आप ही आप, अपने आप।

स्वच्छंद—स्वतंत्र, निरंकुश, उच्छृंखल, उद्दाम, उद्दंड, स्वेच्छाचारी।

स्वर्ग—सुरलोक, देवलोक, अमरलोक, अक्षयलोक, अमरावती, गोलोक, परमधाम, जन्नत, नईम।

स्वार्थी—स्वार्थपरायण, मतलबी, खुदगरज।

स्वावलंबन—आत्मनिर्भरता, आत्माश्रय, स्वाश्रय, अपने पैरों पर खड़ा होना।

स्वीकार—अंगीकार, अंगीकरण, स्वीकरण, मंजूर करना, मान्य होना, मानना, कबूल करना।

ह

ह - देवनागरी वर्णमाला का तैंतीसवाँ और उष्मसर्ग का अन्तिम व्यंजन वर्ण है। इसका उच्चारण स्थान कंठ है।

हंगामा—1. कोलाहल, अशांति, शोरगुल, हल्ला, हुल्लड़, शोर, जनरव, महारव; 2. उत्पात, उपद्रव, हुड़दंग, विप्लव।

हंस—मराल, मुक्ताभुक्, सरस्वती वाहन, नीर—क्षीर, विश्लेषक, कलकंठ।

हँसमुख—प्रफुल्ल, आनंदित, सहर्ष, उल्लसित, मगन, प्रसन्नचित्त, हँसोड़, ज़िंदादिल, खुशमिज़ाज, प्रमुदित।

हँसी—1. मुस्कान, मुस्कराहट, स्मिति, कहकहा, तबस्सुम, अट्टहास, ठहाका, खिलखिलाहट; 2. परिहास, व्यंग्य, मज़ाक़, दिल्लगी, ठट्ठा, मखौल, खिल्ली।

हक़—1. सत्य, सच; 2. उचित, वाज़िब, ठीक, अधिकार, इख्तियार, वश; 3. कर्तव्य, फ़र्ज़।

हटना—1. अलग होना, पृथक होना, विलग होना, मार्गच्युत होना; 2. विचलित होना, विमुख होना, बचना; 3. टलना, सरकना, खसक, जाना, स्थगित होना।

हठ—1. अड़, ज़िद, टेक, ज़बरदस्ती, दुराग्रह; 2. प्रतिज्ञा, संकल्प, दृढ़निश्चय।

हठी—ज़िद्दी, टेकी, अड़ी, दुराग्रही, ढीठ, धृष्ट।

हताश—निराशोन्मत्त, निराश, आशाहीन।

हत्या—वध, हिंसा, क़त्ल, खून, जीवघात।

हत्यारा—वधिक, हिंसक, खूनी, जीवघाती, क़ातिल, घातक, हंता, हिंसालु।

हथियाना—1. हड़पना, हरण करना, दबा लेना, छीन लेना; 2. कब्ज़ा करना, अधिकार जमाना, वश में करना, दख़ल करना।

हद—1. परिबंध, सीमा, छोर, किनारा, सीमारेखा; 2. मर्यादा, पराकाष्ठा।

हनुमान—पवनसुत, अंजनीकुमार, महावीर, महाबली, केशरीनंदन, कपीश, जितेन्द्रिय, बजरंगबली, प्रभंजनात, रामदूत, मारुति, हनुमंत, हरीश।

हमदर्द—सहानुभूतिशील, ग़मख्वार, दर्दमंद, हितचिंतक, हितैषी, हितेच्छु।

हमेशा—निरन्तर, सदा, सर्वदा, बराबर, लगातार।

हरजाई—स्वैरिणी स्त्री, पुंश्चली स्त्री, कुलटा, दुष्टा स्त्री, छिनाल, व्यभिचारिणी स्त्री।

हरा—हरित, सब्ज़, अंगूरी, तोतई, धानी।

हरापन—हरियाली, हरीतिमा, सब्ज़ी।

हरिण—मृग, कुरंग, सारंग, ऋश्य, हिरन।

हर्ष—सुख, आनंद, प्रसन्नता, आमोद, उल्लास, प्रफुल्लता, मोद—प्रमोद।

हर्षित—प्रफुल्ल, प्रसन्न, उल्लासमय, प्रसन्नचित्त।

हलचल—आंदोलन, उपद्रव, सनसनी, हंगामा, खलबली, उथल-पुथल।

हवा—1. पवन, वायु, समीर, मारूत, अनिल, बयार, बतास; 2. चलन, फैशन, 3. अफवाह; 4. प्रभाव।

हवाई अड्डा—विमान पत्तन, वैपत्तन, हवाई पत्तन।

हवाई ज़हाज़—वायुयान, विमान, नभयान, व्योमयान, पुष्पक विमान।

हवाला—1. प्रमाण, दृष्टांत, मिसाल, उदाहरण, नज़ीर; 2. समर्पण, अर्पण, सुपुर्दगी; 3. उल्लेख, विवरण, संकेत, टिप्पणी।

हाकिम—अधिकारी, शासक, शासनकर्त्ता।

हाथ—हस्त, कर, पाणि।

हाथी—गज, हस्ती, करी, वारण, मातंग, गजेंद्र, कुंजर, इभ, शुंडाल, वितुंड, नाग, सारंग।

हानि—1. घाटा, टोटा, नुक़सान, क्षति; 2. अनिष्ट, अपकार, बुराई; 3. नाश, संहार, क्षय।

हासिल—प्राप्त, लब्ध, उपलब्ध।

हिचकना—संकोच करना, सकुचाना, झिझकना, ठिठकना, हिचकिचाना।

हिजड़ा—नपुंसक, नामर्द।

हित—कल्याण, मंगल, भलाई, उपकार; 2. लाभ, फ़ायदा।

हितैषी—उपकारक, शुभचिंतक, शुभेच्छु, शुभाकांक्षी, मंगलाकांक्षी, हितचिन्तक।

हिसाब—अभिकलन, संगणन, संगणना, गणना, गिनती, हिसाब-किताब।

हिस्सा—1. विभाग, भाग, अंश, खंड, टुकड़ा; 2. अंग, अवयव।

हिस्सेदार—भागीदार, साझीदार, पट्टीदार।

हीन—1. रहित खाली, रिक्त, बग़ैर, शून्य; 2. ओछा, नीच, तुच्छ, नाचीज़; 3. अल्प, कम, न्यून, रंच, रंचक।

हेतु—1. अभिप्राय, उद्देश्य, आशय, मतलब; 2. कारण, वजह, सबब।

हेय—धृणित, तुच्छ, उपेक्षापूर्ण, अनादरपूर्ण, तिरस्कारपूर्ण।

होड़—1. शर्त, बाज़ी, पण; 2. मुकाबला, स्पर्धा, प्रतियोगिता, प्रतिस्पर्धा; 3. अड़, हठ, जिद्द, टेक।

ह्रास—1. क्षय, नाश, विध्वंस; 2. पतन, गिरावट, उतार, घटाव, तनज्जुली; 3. कमी, घटती, न्यूनता।